# LA PEAU D'UN CAÏD

DU MÊME AUTEUR
CHEZ LE MÊME ÉDITEUR

*Le Chinois* (en collaboration avec Jean-Max Tixier)
*Triangle d'or* (en collaboration avec Charles W. Scott)
*Le Chinois 2* (en collaboration avec Jean-Max Tixier)

**Georges N'guyen Van Loc**
en collaboration avec Jean-Max Tixier

# LA PEAU D'UN CAÏD

LE GRAND LIVRE DU MOIS

ISBN 2-258-03832-44

# Avant-propos

Dans ses deux livres de souvenirs, le Chinois a raconté sa prodigieuse aventure à la tête du GIPN, groupe d'élite qu'il a créé. Les lecteurs y ont découvert non seulement un grand flic dévoué au service de la loi mais aussi un personnage hors du commun.

Redouté des truands, adoré de ses hommes, souvent en lutte avec sa hiérarchie, objet d'intrigues voire de jalousies, le Chinois a tracé sa route sans concession, imposant la figure emblématique d'un patron aux nerfs d'acier mais non dénué de qualités humaines.

Les deux tomes de ses mémoires ne pouvaient relater tout ce qu'il a vécu ni rendre compte de sa riche expérience du Milieu. C'est pourquoi il s'est décidé à les transposer dans des œuvres de fiction dont *La Peau d'un caïd* est le premier exemple.

Il s'agit d'un roman, certes. Mais il plonge ses racines dans la réalité la plus crue. L'imagination du Chinois a travaillé à partir de choses vues. Il a créé des personnages durs, surprenants de vérité, parce qu'il les a puisés dans la jungle de sa ville natale : Marseille.

Le poids de l'histoire, celui de la mémoire, donnent à cette saga du grand banditisme un caractère d'authenticité rarement rencontré. Parce que le Chinois est toujours présent derrière ses héros. Parce qu'il parle ce langage fort et vrai que nous aimons.

J. M. T.

Première partie

# NAISSANCE D'UN CAÏD

# 1

Le siège de la Gestapo occupait une position stratégique au milieu de la Canebière. Situé au carrefour du cours Saint-Louis, l'immeuble formait un angle avec l'étroite rue des Récolettes qui, avant l'Occupation, au milieu des marchands de quatre-saisons, offrait ses étals de boucherie, de salaison, de nippes et se prolongeait jusqu'au centre animé des halles Delacroix, temple des produits de la mer.

Les gestapistes étaient friands de symboles. Cet emplacement correspondait au centre géodésique de Marseille. Point de jonction des grandes voies de communication et borne milliaire, c'était là que l'on exécutait autrefois les sentences criminelles. Un lieu souillé à présent par des oriflammes à croix gammée, que même les assauts du mistral ne parvenaient pas à arracher de cette noble façade qu'elles défiguraient. Quiconque montait ou descendait la célèbre avenue était contraint de passer devant.

Il régnait dans le bâtiment une intense activité. Des officiers sanglés dans l'uniforme des SS, des civils vêtus d'imperméable noir, des miliciens, entraient et sortaient en permanence sous le regard des factionnaires en armes. De temps en temps, une traction avant stoppait à hauteur de l'immeuble. Des hommes claquaient les portières et s'engouffraient à l'intérieur. D'horribles choses se tramaient derrière ces murs. On ne savait rien de précis. Mais ce qui transpirait glaçait le sang. C'était là le centre nerveux de la collaboration. L'état-major de la Carlingue.

Il était environ onze heures, lorsque se présenta à l'entrée un homme d'une trentaine d'années, grand et bien découplé, coiffé d'un feutre noir et strictement vêtu d'un manteau bleu marine cintré d'une martingale. Il portait à la main une mallette de cuir.

La sentinelle se raidit et le laissa passer.

Il salua du menton le planton assis dans le hall, derrière une table encombrée de dossiers. Sans hésiter, il gravit l'escalier jusqu'au premier étage, où un huissier lui demanda de patienter quelques instants. Il s'installa sur la banquette de moleskine, face à la porte capitonnée du bureau de Francis Gardelet, le tout-puissant patron de la Milice, le dirigeant du PPF [1] local, l'œil et l'oreille de Doriot à Marseille.

L'homme posa sa mallette à terre et promena un regard circulaire pour s'assurer que tout était en ordre.

L'huissier, debout devant la fenêtre, contemplait la rue. Deux officiers de la Kriegsmarine discutaient à l'autre extrémité du couloir avec un petit homme chauve en veston qui ne cessait de gesticuler. Il reconnut un fonctionnaire de la préfecture. Le trio finit par se séparer. Les officiers descendirent l'escalier. Le chauve disparut dans un bureau.

L'huissier n'avait pas bougé.

L'homme glissa alors la mallette de cuir sous la banquette et la cala contre le mur. Il consulta sa montre-bracelet.

11 heures 17. Jusque-là, tout allait bien.

Une sonnerie aigrelette tira l'huissier de sa contemplation. Il s'approcha de l'homme :

– Monsieur Fournier, vous pouvez entrer. M. Gardelet vous attend.

La Carlingue respectait les formes. Gardelet, ancien chevillard des abattoirs de la ville, aimait à se donner des airs depuis que les hasards de l'histoire l'avaient fait sortir du rang. Il se grisait de petits plaisirs de vanité en se frottant à la bourgeoisie pétainiste et aux milieux d'affaires gagnés à la collaboration.

Tous ces gens devaient passer par lui pour obtenir des

1. Parti populaire français.

privilèges et de menus services, indispensables à qui prétendait encore mener une existence décente en ces temps de disette. Il savait se montrer généreux ou implacable, selon son intérêt ou sa fantaisie. On le redoutait plus encore qu'on ne craignait les Allemands. Il en profitait, assouvissant jusqu'au bout une revanche sur le destin qui l'avait fait naître pauvre parmi les pauvres, dans une masure des quartiers nord de Marseille.

Gardelet avait fait ses classes à la rude école de la rue. A cette époque, les gros bras des abattoirs ne l'épargnaient guère sous prétexte que son physique ingrat n'attirait pas la sympathie. Il en avait bavé avant de grandir et de s'imposer. Ses années noires, il les datait d'avant la guerre. La grande embellie, ç'avait été d'embrasser la cause de Jacques Doriot, le fondateur du Parti populaire français, à qui il vouait une profonde admiration. Il se félicitait d'avoir su flairer le vent et d'avoir pris, un des premiers, la carte du parti, le seul qui pût être véritablement considéré comme fasciste. Mais il n'avait oublié ni les coups ni les humiliations. A présent, il pouvait les rendre au centuple. Ceux qui l'avaient méprisé le courtisaient désormais sans vergogne, rampaient devant lui, et il ne connaissait pas de plaisir plus délectable que de les humilier à son tour, de tenir leur sort entre ses mains, de les broyer si tel était son bon plaisir.

L'ancien chevillard se montrait impitoyable. La Carlingue avait trouvé en lui un chef à son image. On le surnommait le Boucher, sans que cela fît référence à sa profession d'origine. De constitution fragile, il corrigeait son absence de carrure par des artifices vestimentaires. Son sourire faussement amical dissimulait une nature cruelle et sans scrupules, aimant le sang, un fauve. Un tueur.

Francis Gardelet se leva pour accueillir André Fournier. Celui-ci serra la main tendue – blanche, sèche – et prit place dans un fauteuil libre, devant le bureau.

Deux autres visiteurs se trouvaient déjà dans la pièce : un truand notoire, Ange Battisti, et Dominique Pietri, son homme de main. Le caïd accusait une cinquantaine replète. Une calvitie précoce agrandissait le front poli et brillant comme une boule de billard. Le verre des lunettes à monture d'or accusait la dureté du regard bleu glacier.

La chaîne de montre pendant sur le gilet soulignait l'embonpoint. Le second, longiligne, avait des traits anguleux et peu sympathiques, un teint bistre. Le gris de ses prunelles était si pâle qu'il semblait se diluer. De sorte que, lorsqu'il fixait son interlocuteur, celui-ci éprouvait la désagréable impression de se trouver face à un regard vide. Toujours tiré à quatre épingles, on le surnommait l'Élégant.

Fournier les salua. Son métier l'amenait à côtoyer des personnages peu recommandables, à travailler avec eux la main dans la main pour la cause commune, la victoire sur la clique des défaitistes, des juifs, des bolcheviks, des francs-maçons, des métèques, responsables du déclin de la France. Battisti avait choisi son camp dès avant la guerre et Gardelet s'appuyait sur lui pour régner. Ces deux crapules savaient à quoi s'en tenir sur leurs comptes respectifs. Mais cela constituait paradoxalement le ciment de leur alliance. Le milicien couvrait les exactions du truand, sur lesquelles il ponctionnait sa part, et celui-ci l'assurait du soutien du Milieu. Il pouvait toujours mobiliser une gâchette ou un troisième couteau pour exécuter un coup tordu.

Les Allemands fermaient les yeux sur cette entente. Du moment qu'elle les servait, les Français n'avaient qu'à s'arranger entre eux. Quand la guerre serait finie, il serait toujours temps de restaurer l'ordre. Mais la guerre se prolongeait. Depuis quelques mois, elle ne tournait plus à leur avantage. Le front de l'Est craquait sous le rouleau compresseur soviétique. Les Anglo-Américains, après avoir investi l'Afrique du Nord, gagnaient du terrain en Italie, où le Duce n'avait dû son salut qu'à l'entrée des troupes allemandes. Malgré l'arrivée de nouvelles unités prélevées sur le front de l'Est, l'ennemi avait enfoncé des lignes et marchait sur Rome. On parlait aussi de plus en plus d'un débarquement sur les côtes de la Manche.

Gardelet connaissait cette situation et, s'il redoublait de zèle, c'était sans doute pour étouffer la peur qui s'insinuait en lui. Il continuait d'afficher un moral d'acier, d'exprimer sa confiance dans les ressources de l'Axe, de diriger ses troupes avec la même poigne de fer, mais, comme il n'était pas sot, il comprenait l'importance des menaces qui s'accumulaient.

Il observa Fournier. Il ne l'aimait pas. Depuis le premier jour, il se méfiait de ce commissaire de la DST, trop beau, trop élégant, trop intelligent. Fournier possédait cette aisance naturelle qui résulte de la bonne éducation, du milieu social. Des qualités à jamais hors de portée du chef de la Milice et qu'il affectait de mépriser comme si, en ces temps de violence, les bonnes manières eussent pu constituer une tare.

Pourtant, Fournier se montrait compétent et efficace. Son rôle consistait à infiltrer les réseaux de la Résistance pour faciliter leur démantèlement. Jusqu'ici, il s'acquittait bien de sa tâche, même s'il n'avait livré que des renseignements secondaires, insuffisants pour monter une opération de grande envergure. Gardelet ne trouvait rien de précis à lui reprocher.

D'ailleurs, le père de Fournier, vieux compagnon du maréchal Pétain, offrait toutes les garanties nécessaires au sujet de son fils. Depuis la prise de pouvoir du Maréchal, le professeur Paul Fournier, grand ponte de la faculté de médecine de Marseille, où il régnait sur le service de chirurgie osseuse, ne ménageait pas ses efforts pour servir de son mieux le pouvoir en place. Sa célèbre formule : « Aider le Maréchal, c'est aider la France », avait été reprise par les organes officiels de la propagande qui se l'étaient appropriée.

– Fournier, dit Gardelet, jusqu'à présent, je n'ai pas eu à me plaindre de vous.

Il s'arrêta comme s'il voulait que ses paroles pénètrent bien l'esprit de son interlocuteur. Il maîtrisait l'art du double sens et son vis-à-vis était assez subtil pour percevoir la menace dissimulée sous cette affirmation.

Fournier inclina légèrement la tête, sans commentaire.

Suivit un exposé du milicien sur le rôle de la DST et sur la nécessité d'une collaboration étroite et loyale entre les services. Ce qui signifiait en clair : agir selon ses directives.

Il ménagea une nouvelle pause.

Ange Battisti tirait avec lenteur sur sa cigarette, comme s'il voulait épuiser la jouissance de chaque bouffée et que cette occupation mobilisât toute son attention. Dominique Pietri se curait les ongles avec minutie. C'était un maniaque de la propreté. Il passait des heures à se laver les mains, à s'inspecter sur toutes les coutures, à se regarder dans les glaces.

– La Résistance est trop active en ce moment, reprit Gardelet. Il y a trop d'attentats. Nos amis allemands n'aiment pas ça. Moi non plus. Nous devons frapper. Un grand coup. Pour cela, il nous faut des renseignements. Or, voilà longtemps que vous me laissez sur ma faim, mon cher Fournier.

– Ce n'est pas facile. Ils se méfient.

– C'est votre boulot. Alors, faites-le.

Battisti écrasa sa cigarette dans le cendrier et fixa Fournier de son regard dur. Un léger sourire étira ses lèvres minces.

– On te voit beaucoup avec Mariani, qui ne passe pas pour un chaud partisan de notre Maréchal.

– C'est le moins qu'on puisse dire, renchérit Gardelet. Vous vous affichez en sa compagnie.

– Il est bien introduit chez les gaullistes, réagit Fournier.

– Oui, oui. Mais tu le *fréquentes* trop, tu vas te compromettre. Alors, tant qu'à faire, il faut que ça nous rapporte de quoi travailler. Tu comprends ?

– Votre ami Mariani n'est pas intouchable, avertit Gardelet. Il fait beaucoup parler de lui... Et vous aussi, Fournier, vous faites beaucoup parler de vous. Il y a des gens qui s'en inquiètent. Dans... votre intérêt, j'espère que vous savez ce que vous faites et où vous allez.

– Rassurez-vous. Je le sais.

Francis Gardelet se leva, signifiant que l'entretien était terminé. Son long corps de gringalet, son visage émacié où brillaient deux yeux de fouine, très noirs sous des sourcils fournis, la raie blême qui partageait ses cheveux bruns plaqués en arrière et gominés à outrance, lui donnaient l'air d'un traître de cinéma.

Fournier se leva à son tour. Il se tourna vers Battisti.

– Merci de tes conseils, Ange. J'aimerais que nous en parlions. Tu m'accompagnes ?

Battisti donna quelques instructions à son homme de main, puis il enfila son manteau, vissa son borsalino sur sa tête, et suivit le commissaire André Fournier. C'était plutôt son instinct qui lui recommandait de le faire, il n'aurait pas su dire pourquoi.

Dehors, André Fournier inspira profondément. Il retrouvait avec plaisir la foule joyeuse de la Canebière. Il y avait ceux qui montaient et ceux qui descendaient. Il en allait ainsi depuis toujours. Tout le monde passait un jour ou l'autre sur la Canebière.

Deux élégantes léchaient la vitrine d'un magasin de chaussures. Souvent, il suivait, pour le plaisir plus que dans l'espoir d'une bonne fortune, une de ces jolies oisives, habillée comme une princesse en ces temps difficiles, trompant son désœuvrement en multipliant d'inutiles emplettes ou en s'arrêtant au *Grand Glacier* pour tremper ses lèvres dans un ersatz de thé ou de chocolat chaud. Il aimait surtout leurs jambes fines, aux mollets galbés, dont le port des hauts talons, prisé des Marseillaises, accentuait la cambrure émouvante.

L'entretien avait duré un peu plus d'un quart d'heure. Fournier avait estimé qu'il durerait davantage. Il commença à descendre en direction du Vieux-Port, en compagnie de Battisti.

– Gardelet ne peut pas me supporter, Ange. S'il pouvait me charger, il n'hésiterait pas un instant.

– Comprends-le, André. Il a des responsabilités.

– Je ne crois pas qu'il s'agisse de cela.

– Tu as fait des imprudences et il te surveille de près. Moi, je me méfierais.

Fournier changea brusquement de sujet.

– As-tu vu les nouvelles?

– Oui. Je lis les journaux, comme les autres.

– Je ne parle pas de celles qui sont dans les journaux.

Le visage d'Ange Battisti se rembrunit. Il hocha la tête imperceptiblement.

– Je sais.

L'étau se resserrait. L'atmosphère était tendue. Tout le monde devenait nerveux. Dans quelques mois, les Anglo-Américains seraient là. Il aurait voulu douter, s'accrocher encore à ce qui avait été un rêve. Mais, au fond de lui, une voix l'avertissait que le réveil était proche. Dans un désastre qui l'emporterait, le balayerait jusque dans les poubelles de l'histoire, parmi les rats, et les aigles déchus.

Avec Antoine Veroglio, son complice et associé, ils avaient peut-être misé sur la mauvaise couleur, le vert-de-gris. Maintenant, ça commençait à sentir le roussi. Une odeur que le truand n'aimait pas du tout.

– Tu sais, observa Fournier, comme s'il avait suivi le cheminement de ses pensées, Mariani a de l'estime pour toi.

Ils arrivaient aux jardins de la Bourse lorsqu'une formidable déflagration ébranla l'atmosphère. Des gens se mirent à courir en tous sens. On entendit des cris.

Une jeune fille sanglotait, à deux doigts de la crise de nerfs.

Ni Fournier ni Battisti n'avaient bronché.

Un homme, qui les dépassait, lança, presque dans un sourire :

– Ils ont fait sauter la Gestapo!

Battisti se tourna vers son compagnon. Il fut sur le point de dire quelque chose mais il se ravisa. Il regarda fixement le commissaire en hochant la tête. Puis il posa la main sur son épaule.

– Allez, *ciao*, André!

Et il s'engagea dans la rue Paradis d'un pas de promeneur.

Avec le siège de la Gestapo, ses derniers doutes venaient de voler en éclats.

André Fournier le suivit des yeux parmi les passants. L'homme marchait droit, les bras le long du corps, avec un léger roulement des épaules. Les gens s'écartaient spontanément, sans qu'il fît un geste. Depuis des années, Battisti et Veroglio étaient des personnalités connues et redoutées de cette ville, où les bandes rivales s'affrontaient sans cesse pour s'assurer la domination du Milieu. Eux avaient réussi en ne lésinant pas sur les moyens et en sachant offrir leurs services à des politiciens en vue. Ils avaient su jouer la carte de la collaboration quand elle était un atout maître. Ils avaient accepté d'être le bras armé qui frappe dans l'ombre, hors de la légalité, assurant les basses besognes. Ainsi, ils avaient assis leur pouvoir et établi leur fortune. Mais depuis la mort de Veroglio, Battisti était bien seul. C'était peut-être cela aussi, l'image de cet homme disparaissant maintenant au milieu de la foule nerveuse où chacun se demandait ce qu'allaient être les conséquences de l'attentat.

Fournier reprit sa route en direction du Vieux-Port, tourna à gauche sur le quai des Belges. Le mistral se levait. Des nuages de poussière et de papiers gras, soulevés par le vent, virevoltaient en un capricieux ballet.

Il poussa la porte du night-club *La Salamandre.* La salle était déserte. Deux femmes s'activaient au ménage et Max, le barman – un grand dadais taciturne, natif de Maubeuge, que huit ans d'air du Midi n'avaient pas réussi à égayer –, vérifiait derrière son comptoir l'approvisionnement en alcools. Il lui adressa un signe amical de la main et grimpa à l'étage où se situaient les bureaux et les salles de jeu.

Félix Mariani était plongé dans des registres. Il leva la tête en l'entendant entrer.

– Oh! André, comment tu vas?

– Comme tu vois, Félix.

Mariani n'insista pas et se replongea dans sa lecture : il l'informerait s'il jugeait bon de le faire.

Fournier décrocha le combiné du téléphone, composa un numéro. Une voix de femme répondit à l'autre bout du fil.

– Ici, Janus, fit le commissaire André Fournier. Le colis a été livré.

# 2

Quand Félix Mariani avait débarqué à Marseille, Battisti et Veroglio tenaient déjà le haut du pavé. C'était des *messieurs*. Leur renommée allait jusqu'en Corse, où elle suscitait convoitises et vocations parmi de jeunes ambitieux qui n'avaient que leurs poings et leur avidité farouche pour se tailler une place. Les mêmes causes produisant les mêmes effets, ils débarquaient à la Joliette sans un sou en poche, avec des rêves plein la tête.

Le tandem régnait sur un véritable empire composé de plusieurs boîtes de nuit, de bistrots servant de relais pour les affaires et les trafics douteux, de salles de jeu clandestines, de maisons de passe. A cette époque, celles-ci connaissaient leur heure de gloire grâce à l'intensité des échanges avec les colonies. En fait, Battisti et Veroglio tiraient leurs principaux revenus du racket et de la prostitution.

Bons organisateurs, ils disposaient d'une équipe d'hommes de main dévoués, qu'ils payaient grassement, en stratèges rompus à la psychologie sommaire de leur métier. Les gars comprenaient la règle du jeu : mieux valait s'aligner du côté du plus fort s'ils ne voulaient pas d'ennuis. L'argent nouait les langues et fidélisait les poings.

Les présomptueux qui prétendaient contrecarrer les projets de Battisti et de Veroglio se voyaient vite ramenés à la raison par la manière forte. Quant aux plus courageux qui s'obstinaient, ils finissaient comme ils le méritaient, fauchés d'une rafale de mitraillette ou canoniquement poignardés, tués dans un accident de voiture maquillé ou grillés dans l'incendie de leur fonds de commerce s'ils tenaient boutique. On citait volontiers l'exemple de Kid Tony. Le boxeur, ayant refusé d'entrer dans la combine et de perdre un match truqué dans lequel les deux truands avaient parié gros, avait fini carbonisé dans l'incendie de sa salle de culture physique, à Mempenti.

Il n'était pas rare que la police trouvât un cadavre salement mutilé dans la carcasse d'une Rosengart balancée du haut du cap Canaille ou dans le coffre d'une traction avant immergée au pont de la Fausse-Monnaie. Le fil de l'enquête cassait toujours avant qu'elle pût remonter jusqu'aux vrais coupables, les commanditaires dont le nom était pourtant sur toutes les lèvres.

Mais, surtout, les deux hommes avaient su nouer avec intelligence des relations parmi les personnalités influentes de la région. En particulier, avec les hommes politiques. A Marseille, ville cosmopolite, porte ouverte sur le monde, les classes sociales s'interpénètrent. Que des truands fréquentent de grands bourgeois n'étonne personne. Ainsi, le tout-puissant sénateur Bécarre, propriétaire de *L'Écho du Midi*, et en qui beaucoup voyaient le futur maire, recourait régulièrement à leurs services occultes, surtout en période électorale. Ils fournissaient les meilleurs colleurs d'affiches, le meilleur service d'ordre, les meilleurs perturbateurs des meetings adverses.

C'est au début de 1935 que Félix Mariani avait débarqué à la Joliette, tout juste âgé de vingt ans. Vigoureux, tout en nerfs et en muscles, c'était un grand gaillard d'un mètre quatre-vingts. Son beau visage régulier, couronné d'une abondante chevelure de pâtre grec, noire et bouclée, plaisait aux filles de son pays. Doté d'un caractère ombrageux, aiguisé par l'existence à demi sauvage menée dans le maquis parmi ses bêtes, il ne faisait pas bon se frotter à lui. Très chatouilleux sur « le point de l'honneur », *u puntigliu*, il fonçait tête baissée, comme un bélier, cognait avec une rage de vaincre peu ordinaire. Au village, on le respectait.

La pauvre terre de Calacuccia ne suffisait pas à nourrir toutes les bouches de la famille Mariani, installée là depuis des siècles. Tout jeune, Félix avait dû quitter l'école, où il perdait son temps. Il s'était loué comme berger à un riche propriétaire du continent, garagiste à Toulon. Un gros type qu'on ne voyait presque jamais et qui s'enrichissait sans vergogne sur le dos des pauvres bougres. Sa famille, originaire d'Ajaccio, ne conservait d'autres liens avec l'île que l'exploitation des biens qu'elle y conservait.

Mais le jeune Félix savait, au fond de lui, que ça ne durerait pas. Quel avenir attendre de la garde d'une dizaine de biques dans le maquis ? Il n'accepterait pas longtemps de servir les autres, de courber l'échine devant un patron, en se contentant d'une poignée de figues pour salaire. Il avait sa fierté. Il n'était pas de la race des brebis promises à la tonte.

On lui avait souvent parlé de son oncle, Marcel Petrini, mort en juin 33 dans une ruelle du vieux Nice, au cours d'un règlement de comptes particulièrement sanglant, qui avait laissé trois types sur le carreau, plus quelques blessés vite évanouis dans la nature. Personne n'avait jamais su le fin mot de l'histoire.

Avant sa fin tragique, Marcel envoyait beaucoup d'argent dans l'île, et les siens vénéraient sa mémoire. Grâce à ses mandats, ils avaient pu engager les dépenses nécessaires pour effectuer des travaux dans la maison des Petrini, austère bâtisse dressée à l'écart du village, sur un promontoire rocheux cerné de chênes. C'était un homme courageux, qui avait le sens de la famille.

La tante Félicita, qui ne s'était jamais mariée pour se consacrer à son clan, montrait avec dévotion des photos de l'oncle Marcel au jeune Félix. Elle les serrait dans un album relié de velours rouge, comme des reliques. Un homme brun, la bouche ombrée de fines moustaches, avec des yeux noirs enfoncés dans les orbites. Il ne souriait pas. Il se tenait droit comme un i, rigide dans un costume à larges rayures. Sa grosse cravate barrait la chemise blanche dont on devinait le col empesé. Il présentait bien. Félix ne concevait pas qu'on pût être plus élégant.

Quand Félix fermait les yeux, il voyait l'oncle Marcel

comme s'il était vivant. Il l'imaginait se promenant dans les rues de Nice et ne songeait à sa fin tragique qu'avec un pincement au cœur. Pour l'abattre, on avait dû lui tirer dans le dos. Il ne pouvait pas expliquer sa mort autrement. Lui, ça ne lui arriverait pas. Il saurait toujours se tenir sur ses gardes.

Finalement, à force de ressasser ces images, il avait décidé de partir. Et c'est encore à l'oncle Marcel qu'il devait ses premiers contacts à Marseille. Celui-ci avait entretenu d'étroites relations avec des voyous marseillais d'origine insulaire, dont tante Félicita conservait les adresses avec les papiers du défunt. Elle ne savait pas exactement qui étaient ces gens ni comment ils vivaient. Elle savait seulement que c'était des amis de Marcel. Cela lui suffisait.

Avant d'embarquer pour le continent, Félix avait soigneusement noté tous les renseignements sur un calepin. Il savait pouvoir trouver une aide, des conseils auprès des amis de son oncle. Il en aurait besoin. Car, pour tout bagage, il emportait sa rage de vaincre. Jusque-là, il n'avait pratiquement pas quitté son village, sauf deux ou trois fois, pour des incursions à Bastia, dont il gardait un souvenir ébloui. Mais la cité phocéenne aurait pu englober plusieurs Bastia ; c'était une immense métropole, mystérieuse, tentaculaire. Elle représentait l'inconnu, un ennemi sans visage, ou plutôt doté de tant de visages qu'on en était tout étourdi, incapable de les affronter tous. De vieux navigateurs lui avaient pourtant assuré que, si l'on était un homme, on pouvait s'y faire une place. Cette ville était une femme. Elle dédaignait les faibles et les timorés. Elle ne se livrait qu'aux plus forts.

Mariani avait commencé au bas de l'échelle. Il avait tout à apprendre. En gardant les chèvres, il avait acquis une qualité essentielle : la patience. Son heure viendrait. Il n'en doutait pas. Mais il fallait laisser du temps au temps. Alors, il observait. Il travaillait de son mieux, s'initiait aux techniques utiles, nouait des amitiés solides. Il savait être efficace et discret. Contrairement à d'autres jeunes hommes, qui comme lui, tentaient leur chance, il ne se vantait jamais, n'intervenant que pour exprimer des opinions sensées, mûrement réfléchies.

Une réputation de sagesse commença rapidement à l'entourer. Il occupait déjà une place à part dans le Milieu. Félix Mariani n'avait pas fait d'études. Cela ne l'empêchait pas d'être intelligent. Il possédait une ruse instinctive, un flair de sanglier qui lui permettait de prévoir les coups, de déjouer les pièges de ses adversaires. Cette science-là ne s'apprenait pas sur les bancs de la communale.

Au début de la guerre, il occupait une place enviable dans la hiérarchie des truands. Avec l'argent gagné, il avait pu faire venir deux de ses frères, Dominique et Pascal, qui logeaient chez lui, dans un grand appartement loué sur la Corniche, à proximité du Petit-Nice. De ses fenêtres, il voyait se profiler l'archipel du Frioul, Pomègue, Ratauneau, le château d'If. La mer se perdait à l'horizon. Il avait soif de cet espace, de cette respiration.

Au-delà de la ligne bleue, il y avait la Corse, trop lointaine pour qu'on puisse l'apercevoir, mais Félix n'en avait pas besoin. L'île était dans ses yeux, inscrite sur sa rétine, avec ses caps, ses collines, ses gorges, ses petites routes sinueuses, ses villages haut perchés. Elle ne le quitterait jamais. Il respirait l'air du large. Des odeurs de ciste, de genévrier, de pin, emplissaient ses poumons. Il retrouvait le maquis de son enfance.

Après la signature de l'armistice, deux possibilités s'offraient au Milieu, décontenancé par la tournure des événements. Pour Félix Mariani, la question du choix ne se posait pas. Il détestait les Boches. Ils avaient eu la peau de son père sur la Somme, en avril 1917, lors de l'offensive du général Nivelle, qui s'était soldée par un véritable massacre et par un échec militaire. Le caporal Antoine Mariani ne reposait pas sur la colline, dans le caveau familial, mais dans un triste champ perdu dans les brumes du Nord. On appelait ce sanglant épisode d'un nom étrange, qui l'avait longtemps obsédé car il ignorait ce qu'il représentait exactement : le Chemin des Dames.

Ce père qu'il n'avait pas connu était mort au Chemin des Dames. La chose lui semblait inconcevable. Il regardait la photographie du poilu sanglé dans sa capote aux basques remontées, les mollets comprimés dans les bandes molletières, le sourire blanc dans la barbe hirsute, et il se demandait ce que ce fier guerrier était allé chercher chez les *Dames* pour ne plus jamais revenir. Sa mère avait revêtu l'uniforme des veuves. Elle s'était fondue parmi les autres flammes noires du village, pour lesquelles l'âge cessait d'avoir cours.

Mariani n'oubliait pas. Il avait tout de suite proposé ses services à la Résistance naissante qui manquait d'hommes aguerris, capables d'exécuter des opérations à hauts risques. Les responsables avaient accueilli cette recrue avec d'autant plus d'empressement que la plupart des gangsters s'engageaient dans les rangs de Vichy et suivaient la voie de la collaboration, qui leur paraissait immédiatement juteuse. A commencer par le tandem Battisti-Veroglio, qui donnait l'exemple. Comme ils possédaient des amis aux postes de commande, ils supputaient que s'ouvrait devant eux une ère de prospérité où ils se livreraient à tous les trafics avec la bénédiction des autorités. Ils avaient réussi à faire sortir certains des hommes de leur équipe qui avaient été internés au camp de Sisteron, où le gouvernement du Maréchal isolait les « asociaux » et les individus « dangereux ».

La montée en puissance de Mariani, souterraine mais sûre, datait de cette époque. Il avait entraîné dans son sillage ses deux frères et ses amis les plus proches. De quoi constituer un groupe de choc.

Il avait rencontré André Fournier à la fin de 43. Le garçon était plus jeune que lui de quelques années, mais aussi courageux et déterminé. Quand on le lui avait présenté comme un commissaire de la DST, Mariani s'était étonné. Il s'agissait d'une administration dépendant de Vichy, dont le rôle consistait à recueillir des renseignements sur la Résistance, les Alliés, bref, tous les « mauvais Français », la graine de « terroristes », et d'entreprendre toutes les actions utiles à la protection du régime instauré par Pétain. Les agents de la DST étaient, comme les miliciens ou les soldats de la Wehrmacht, les ennemis des FFI et des FTPF.

Sur le coup, fidèle à ses habitudes de prudence, Mariani n'avait fait aucune remarque. Les chefs du réseau savaient ce qu'ils faisaient et en qui ils pouvaient placer leur confiance. Il ne discutait pas leurs décisions.

Un jour, alors qu'ils tendaient un guet-apens sur la route de Ceyreste pour exécuter un collaborateur notoire, Mariani avait tenté de comprendre. Ils se trouvaient embusqués côte à côte derrière une haie, observant la petite route qui luisait faiblement sous la clarté de la lune.

– Pourquoi tu travailles avec nous? avait-il chuchoté.

La question resta sans réponse. Fournier gardait le visage obstinément tourné vers la route. Comme s'il n'entendait pas.

Soudain, dans le froid mordant accru par le mistral, ils avaient entendu la voiture approcher. Un signal les avait prévenus qu'il s'agissait bien de la cible. Un homme avait jailli des fourrés, une cinquantaine de mètres devant eux. Il avait répandu un tapis de clous sur la route.

La traction avant apparut, passa sur le piège et commença immédiatement à tanguer. Ils voyaient maintenant le conducteur tenter désespérément de tourner le volant, de rétablir l'équilibre du véhicule. Les roues droites franchirent le bas-côté, la voiture bascula, abattit un jeune pin, rebondit sur le tronc énorme du suivant et partit en tonneau, passant dans un bruit de tôle broyée devant l'endroit où ils étaient encore planqués, poursuivie par une gerbe d'étincelles, puis alla s'immobiliser dans le fossé.

Leurs hommes entouraient déjà l'amas de ferraille. Ils coururent l'arme au poing.

– Il en reste un seul de vivant.

Le radiateur laissait fuir un mince jet de vapeur. Le chauffeur était affalé sur son volant, coincé par son siège. La tête d'un officier SS dépassait du pare-brise hors de la voiture, la gorge tranchée, le sang inondant les deux S argentés de son col. A l'arrière, un autre Allemand ne valait guère mieux. Fournier écarta le cadavre pour voir le dernier occupant. Un visage cireux apparut dans un rayon de lune, deux yeux exorbités, les lèvres tremblantes. Fournier le fixa calmement :

– Comment vas-tu, Bertin ?

L'autre semblait avoir vu l'enfer et le diable.

– André... Mais...

Dans un sursaut haineux, la bouche tordue par la peur, il repoussa Fournier, fouillant convulsivement les replis de la capote du cadavre tombé sur ses genoux.

– Pas la peine, c'est fini, Bertin. Fini.

Fournier pointa son arme sur le front du collabo et tira dans le même mouvement.

Mariani se détourna, l'air vague. Les échos du coup de feu s'éteignaient. Le mistral s'était arrêté. En contrecoup, un léger souffle d'air s'élevait de la mer toute proche, faisant frissonner les branches des pins.

Les hommes s'éparpillèrent, repartant chacun de leur côté. Félix et André marchaient ensemble dans un chemin de traverse, se dirigeant vers les faubourgs de la ville.

– Tu le connaissais ? dit Félix.

– Personnellement. Oui. Une fripouille. Un vieil ami de mon père.

Le regard d'André traversa Mariani qui comprit aussitôt qu'il venait d'obtenir la réponse de son ami : cet homme-là avait des problèmes avec sa famille. La guerre lui permettait sans doute de les régler.

Le professeur Paul Fournier avait salué avec enthousiasme la prise de pouvoir du maréchal Pétain. Il avait été bouleversé lorsqu'il avait entendu celui-ci proclamer qu'il faisait « don de sa personne à la France ». Le héros de Verdun était l'homme de la situation. Il saurait ramener l'ordre, s'entendre avec les Allemands pour sauver les meubles, restaurer la grandeur de la France trahie par les juifs et les francs-maçons, les communistes et tous les métèques, qui, dépourvus de sentiment patriotique, ne songeaient qu'à profiter, à s'emplir les poches aux dépens du pays. Il fallait bien que cette vermine paie un jour ou l'autre. Le moment était venu. Le professeur Paul Fournier applaudissait au grand nettoyage.

S'il n'éprouvait pas une grande sympathie pour les occupants – il avait ressenti douloureusement la débâcle dans son âme d'ancien combattant –, il les préférait néanmoins à toute cette engeance. Avant la guerre, il lisait avec intérêt *L'Action française* et les œuvres de Charles Maurras, dont il partageait la plupart des thèses, et il encourageait les initiatives du colonel de La Rocque.

Lorsque celui-ci avait créé ses Croix-de-Feu, en 1927, il avait tout de suite adhéré au mouvement. S'il ne s'était pas engagé plus tôt, il le devait aux contraintes de sa profession. Jeune médecin, ambitieux et doué, il préparait sa spécialité et jetait toutes ses forces dans la bataille pour se hisser au premier rang. Trop d'engagement politique l'eût gêné. Méthodique, il classait les choses par ordre de priorité. Plus tard, peut-être...

Il voulait devenir un grand patron. Il l'était devenu. De ce point de vue, il avait réussi sa vie. Issu d'une famille de gros négociants en huiles et savons, il avait augmenté sa fortune en épousant une riche héritière à particule, Marie-Louise de Lambressac, troisième fille du général de Lambressac qui s'était illustré durant la contre-offensive des Alliés en Picardie, au mois d'août 1918.

Dans la corbeille de mariage, Marie-Louise ne déposait pas seulement une dot conséquente. Elle apportait aussi un nom et des relations dont Paul Fournier avait su faire son profit. La jeune femme, sans être jolie, ne manquait pas de charme. C'était une petite blonde un peu fade, au maintien sage, bien proportionnée. Il ne se consumait pas d'amour pour son épouse mais celle-ci possédait de solides qualités, qui se révélèrent précieuses dans la carrière que Paul avait décidé d'embrasser, et lorsqu'il la présentait, il usait quelquefois en souriant de l'expression « Ma plus chère collaboratrice ».

Le commissaire André Fournier connaissait tout cela. Aucun détail de la saga familiale ne lui avait été épargné. Il s'en fût sans doute accommodé, et il en eût même éprouvé quelque fierté, sans la sourde animosité qui l'opposait depuis toujours à son père. Celui-ci ne le comprenait pas et ne lui passait rien. Il lui appliquait une discipline qui le révulsait. L'ordre auquel il soumettait sa maison était intolérable. André le ressentait comme une chape de plomb qui l'écraserait tôt ou tard s'il ne trouvait pas le moyen de s'en affranchir. Auprès de sa mère, entièrement dévouée à son époux et à sa carrière, il ne trouvait ni aide ni réconfort. A peine une affection réservée.

Après deux ou trois bêtises perpétrées au collège pour manifester son esprit d'indépendance et son désespoir, le jeune récalcitrant fut mis en pension chez les maristes, histoire de lui « enseigner les bonnes manières » et de lui « tremper le caractère ».

Les pères maristes, réputés pour leurs écoles, imposaient à leurs élèves une discipline de fer. Ils vous transformaient un avorton en homme digne de ce nom, une forte tête en agneau docile. Pour parvenir à leurs fins, ils ne lésinaient pas sur les moyens : nourriture ascétique, absence de chauffage, confessions publiques, châtiments corporels ajoutaient l'indispensable piment à la rigueur des cours. Nu dehors l'hiver. Douche glacée pour les plus rebelles. Lever à l'aube. Mornes études sous le regard d'un pion renfrogné.

Beaucoup de ses condisciples protestaient pour la forme mais s'en trouvaient ravis. Plus tard, ils en parleraient avec nostalgie. André, lui, avait serré les dents pour résister au long de ces années d'internat, déployant toutes sortes de ruses pour survivre dans cet univers hostile en se ménageant des îlots de solitude où respirer.

Les relations entre le père et le fils s'envenimèrent lorsqu'il fallut opter pour une carrière. Dans l'esprit de Paul, André serait médecin, passerait l'internat, et, marchant sur ses traces, deviendrait à son tour un mandarin redouté et admiré. L'idée que son fils pût nourrir d'autres projets ne l'effleurait même pas. Aussi, lorsque celui-ci, au moment des inscriptions universitaires, refusa catégoriquement d'entrer à la faculté de médecine, une scène effroyable opposa les deux hommes. Pour la première fois de sa vie, le professeur Paul Fournier perdit sa légendaire maîtrise de soi et céda à la colère.

– La voie est tracée. Tu n'as qu'à la suivre. Je ne tolérerai pas que tu gaspilles tes chances !

– La médecine ne m'attire pas !

– Balivernes ! A ton âge, elle ne m'attirait pas plus que toi et ça ne m'a pas empêché de devenir ce que je suis devenu.

– La belle affaire !

– Pas d'insolence, je te prie ! Nous irons t'inscrire demain.

– Pas question !

André ne se sentait décidément pas la fibre médicale. Il voulait une vie active, aventureuse. La police le tentait. Non pas celle qu'on pratique en rond-de-cuir derrière un bureau, avec une machine à écrire vétuste et des tonnes de paperasses ineptes, mais sur le terrain, au contact du danger.

– Un flic dans la famille, enrageait son père, tu te rends compte!

– Il en faut pour veiller sur ta tranquillité et protéger tes précieux bibelots, non?

André s'était alors lancé dans une cinglante diatribe sur cette bourgeoisie honnie symbolisée par son père. Il avait vidé son sac, en vrac, d'un seul souffle, avec une violence qui soulageait enfin son cœur. Il avait l'impression qu'à chaque phrase il assénait une gifle.

Le mandarin reçut l'orage sans broncher. Puis, posant sur son fils un regard dédaigneux, il articula :

– Si j'ai bien compris, tu prétends supprimer des vies humaines plutôt que d'en sauver...

– Les truands...

Il rencontra les yeux glacés de son père, qui mit fin à cette ultime passe d'armes d'un péremptoire :

– Truand ou pas, un homme est un homme et la vie est la vie. Ne compte pas sur mon aide. A dater d'aujourd'hui, tu te débrouilles seul.

Le lendemain, André Fournier s'inscrivait à la faculté de droit.

Le commissaire André Fournier, alias Janus, reposa le combiné et alla s'asseoir dans un fauteuil, à côté de Mariani. Celui-ci leva les yeux des documents qu'il compulsait et sourit.

– Un joli coup, l'ami.

– On peut le dire.

– Tu bois quelque chose?

– Un Picon.

Mariani appela le garçon, lui demanda d'apporter un Picon et un pastis « bien tassé ». Il s'abstint de poser des questions. Mieux valait ne pas en savoir trop sur les missions des autres.

Fournier trempa ses lèvres dans l'apéritif.

– J'ai vu Battisti, là-bas. Il m'a accompagné au retour.

– C'est bien, ça.

– Il commence à sentir le vent tourner. Il songe à protéger ses arrières. Quand il m'a quitté, il n'a fait aucune allusion. Mais je sais qu'il a tout compris.

– Un vieux renard. Il sait où il va. A sa place...

Il ne termina pas sa phrase, laissa flotter son regard comme s'il se perdait dans une vague rêverie. Sans troubler son silence, Fournier suivit le cheminement de sa pensée. Mariani guignait l'empire de Battisti depuis longtemps. Il supputait ses chances. Jusqu'à présent, elles ne valaient pas grand-chose. Mais le jeu changeait de main. Les hasards de l'histoire lui distribuaient les bonnes cartes. Battisti savait qu'il était fichu. Tout au plus pouvait-il espérer sauver sa peau. Avec l'aide de Mariani, ce serait possible, moyennant certaines conditions. Il y avait sur la table un pot énorme. C'était le moment ou jamais de le rafler. Mais, actuellement, personne à Marseille n'avait les épaules assez solides pour pouvoir se le permettre. Excepté Mariani.

Le Corse se leva, rangea les documents dans le coffre.

– Descendons dans la salle.

Fournier vida son verre et le suivit.

Il n'y avait toujours aucun client mais tout était en place pour les recevoir. Fournier aimait ce luxe, respirer cette atmosphère, le plaisir, l'argent facile. Tout cela était tellement différent de ce qu'il connaissait! Son père n'avait sans doute jamais mis les pieds dans un endroit pareil. Si on apprenait dans son milieu que son fils le fréquentait assidûment, son honorabilité en prendrait un sacré coup. Encore une belle dispute en perspective. Mais le digne professeur ne soupçonnait pas que son rejeton pût frayer avec des voyous et s'encanailler avec délices.

Un méchant sourire éclaira les lèvres de Janus au souvenir de leur dernière altercation. Cela s'était passé à Aix, dans le vaste hôtel particulier que ses parents habitaient sur le cours Mirabeau. Le professeur Paul Fournier allait et venait d'un pas nerveux en grommelant des injures à l'encontre des Anglais et des Américains, et surtout des bolcheviks, qu'il eût aimé voir écrabouillés par les panzers de ses amis nazis et qui, déjouant tous les pronostics, relevaient la tête : « Tous des jean-foutre! »

Depuis quelques mois, il ne décolérait pas. Il entrevoyait que le III^e^ Reich ne durerait pas mille ans comme les nazis l'avaient espéré. Les convictions qui avaient organisé toute son existence s'écrouleraient avec la défaite. Il s'accrochait pourtant à l'espoir que la grande Allemagne gardait des forces en réserve. On parlait d'armes secrètes. Des savants travaillaient dans des abris inexpugnables. Les ingénieurs, les techniciens d'Hitler mettaient au point de nouveaux engins qui lui redonneraient l'avantage. Les Allemands étaient d'excellents soldats. On pouvait leur faire confiance.

André ne supportait plus ces discours. Son père ne suspectait pas son appartenance à la Résistance. Aussi devait-il se montrer d'une extrême prudence pour ne pas éveiller ses soupçons. Pourtant, ce jour-là, excédé par tant d'aveuglement, de bêtise et d'entêtement, il n'avait pu s'empêcher de le heurter en soutenant clairement la cause de la France libre et de ses alliés. Il osa parler de De Gaulle comme d'un « héros français ».

La foudre tombant sur le professeur Fournier ne l'eût pas à ce point ébranlé. Il ouvrit la bouche, comme incapable d'articuler une parole. C'était son propre fils qui tenait de tels propos. Devant lui et dans sa maison! Le sol se dérobait sous ses pieds.

– Allons, tu ne sais pas ce que tu dis! avait-il hasardé.

Mais Janus avait l'avantage : cette fois, il avait trouvé la faille et enfonçait la lame, le plus profond possible. Il tenait sa revanche.

– Demain, les Alliés seront là et les salauds de ton espèce paieront pour tout le mal qu'ils ont fait!

Paul Fournier, le visage blême, les traits tirés, le considérait comme s'il le découvrait. Son fils était un monstre. D'un geste théâtral, il désigna la porte.

– Ne remets jamais plus les pieds ici. Je ne veux plus te voir!

– Je n'en espérais pas tant! lança Fournier-Janus dans une ultime bravade.

Il descendit l'escalier à toute allure, se retrouva sur le large trottoir, respira un grand coup.

Le soleil enrobait de miel les pierres jaunes et traversait le feuillage des platanes du cours Mirabeau. Des groupes d'étudiants passaient en discutant et en riant. Des filles marchaient gaiement, vêtues de robes légères qui collaient à leurs corps jeunes et souples. Sur la place, au milieu du cours, chantaient les fontaines. La ville respirait, en harmonie avec elle-même. Simple et belle. Élégante et racée. L'avenir était inscrit là, dans cette vie qui continuait, dans laquelle il fallait mordre, avec rage et plaisir.

– J'ai besoin d'un cognac, dit-il à haute voix.

Il remonta le cours en direction des *Deux Garçons.*

Des larmes embuaient ses yeux.

## 3

Quand il considérait *La Salamandre*, Félix Mariani en retirait un légitime orgueil. Cette boîte luxueuse, fréquentée par une clientèle huppée, matérialisait sa réussite. Il se félicitait d'avoir donné carte blanche au décorateur parisien Maurice de Bénac, qui avait su transformer une salle banale en un lieu raffiné, voué au plaisir.

Ces transformations avaient duré plusieurs mois et coûté une fortune. Félix venait sur le chantier, s'informait, écoutait les suggestions du décorateur, hochait la tête en signe d'assentiment. Il acceptait en général ses choix. Il n'ignorait pas à quel point il manquait de culture et, maîtrisant ses impulsions, il laissait agir l'homme de l'art. Peu à peu s'organisait un décor harmonieux, composé de matériaux nobles mis en valeur par un éclairage judicieux sous lequel chantaient l'acajou, le cuir, le marbre, les velours, le cuivre.

Félix sortait son carnet de chèques et signait.

Son frère Dominique s'inquiétait de ces largesses qu'il jugeait disproportionnées :

– Tu vois trop grand. Tu vas te mettre sur la paille.

En fait, il redoutait surtout que, l'entreprise outrepassant les possibilités financières de son frère, ils se retrouvent tous à la case départ. Félix le rassurait. Il savait ce qu'il faisait et pourquoi. Il fallait payer chaque chose à son prix pour être bien servi. Ce principe-là s'appliquait à tous les domaines.

– Parle-moi encore de Battisti, demanda-t-il à Fournier.

– Je t'ai dit comment ça s'est passé. Le plus surprenant est qu'il m'ait suivi spontanément, sans poser de questions.

– Tu dois bien avoir d'autres tuyaux, non ?

– Tu sais cela aussi bien que moi. Maintenant, il ne peut plus compter sur ce pauvre Gardelet.

– *U diavuli era jilosu!* Le diable était jaloux, dit-il, citant un vieux conte corse.

– Et depuis la mort de Veroglio, il a perdu son principal soutien et beaucoup de son énergie.

– Tout seul, pour toutes ces affaires...

Fournier le regarda droit dans les yeux. Félix était rêveur.

– A ton avis, c'est trop pour un seul homme ?

Mariani eut un sourire carnassier.

– Beaucoup trop, André. Beaucoup trop. Et puis son temps est fini.

Battisti et Veroglio avaient bâti leur empire ensemble. Ils en étaient les deux piliers. Aujourd'hui, il en manquait un. Six mois auparavant, Veroglio, renversé par une voiture sur la promenade de la Corniche, avait été transporté à l'hôpital de la Conception dans un état très grave. Malgré des soins intensifs, il était mort des suites de ses blessures quelques jours plus tard.

Battisti était resté seul dans la chambre mortuaire, pendant un long moment. Deux gorilles placés devant la porte refoulaient les importuns. Quand il était ressorti, le visage tendu, les mâchoires serrées, on avait remarqué ses yeux rougis. Sans témoins, devant la dépouille de son plus fidèle ami, le caïd avait pleuré.

Il s'agissait d'un accident de la circulation, pas d'un règlement de comptes, comme la rumeur publique l'avait d'abord prétendu. Un honnête commerçant de la Plaine, fromager de son état, conduisait la voiture – une Panhard de couleur noire. Il faisait nuit. Il n'avait pas vu le piéton traverser au virage et n'avait pas freiné à temps. Une mort absurde pour un truand de cette classe.

Battisti avait organisé des funérailles grandioses pour

son alter ego. Messe en l'église des Réformés. Cortège de limousines. Profusion de gerbes et de couronnes. Tout le Milieu y assistait, aux côtés des autorités locales, des dignitaires SS et de la Milice, au premier rang desquels plastronnait Francis Gardelet. Le chef de la Carlingue perdait un soutien précieux. Il se tenait auprès de Battisti, prenant part à l'affliction, sans rien révéler de son état d'âme.

Parcelle D. Lot 44. Une imposante pierre tombale de marbre noir surmontée d'un christ en croix. Le nom du défunt s'inscrivait en lettres d'or. Les employés des pompes funèbres disposaient des monceaux de fleurs, des couronnes avec des rubans où s'étalaient des hommages.

C'était à ce moment-là, au cimetière Saint-Pierre, que, profitant de la cohue et de l'émotion qui distrayaient la surveillance, il eût fallu jeter des bombes. Mais Janus se trouvait dans l'assistance, ainsi que Félix Mariani, discret parmi les anonymes, conscient pourtant de devoir figurer dans le cortège en raison même de sa position. Par solidarité avec le Milieu, en quelque sorte.

Et puis, le caractère sacré de la mort imposait une certaine retenue. Depuis 1863, date de son inauguration, l'immense nécropole, *campo santo* à la mode italienne, alignait les sépultures sur plusieurs hectares de collines où s'inscrivait ainsi la mémoire de la cité. Les Marseillais de toute confession, illustres ou inconnus, trouvaient là leur dernière demeure. En bon Corse, Félix Mariani respectait les morts.

Les choses étaient, en effet, moins tranchées qu'elles ne le paraissaient aux yeux des braves gens non avertis des usages. Pour ceux-ci, le partage s'effectuait sans ambiguïté. Il y avait d'un côté les collabos, de l'autre les résistants. Aucune passerelle n'existait entre les deux camps. Les hommes étaient tout noirs ou tout blancs, tout bons ou tout mauvais, selon les idées qu'ils défendaient.

En fait, après la signature de l'armistice, et plus encore pour le Sud, après la suppression de la ligne de démarcation fin 42, les truands s'étaient partagé les domaines et distribué les rôles. Les uns travaillaient en étroite liaison avec l'ennemi et puisaient dans la collaboration de juteux bénéfices, tandis que les autres, plus rares, s'étant mis au service de la Résistance et de la France libre, se débrouillaient en attendant leur heure.

Pourtant, au-delà de leurs alliances respectives, ils restaient d'abord des truands. Ils appartenaient au même monde, celui qui n'observait pas les lois. Ce qui les opposait relevait davantage de la traditionnelle guerre des gangs pour obtenir la suprématie territoriale que des luttes politiques et idéologiques. Ils laissaient ces jeux aux idéalistes et aux rêveurs. Eux s'intéressaient seulement au fric, au pouvoir. Voilà pourquoi Félix Mariani était présent à l'enterrement de Veroglio. Voilà pourquoi il pouvait se mettre à la place de son rival Battisti, en cette période incertaine, et le comprendre pour ainsi dire de l'intérieur.

– Tu es en bons termes avec Battisti ? reprit Félix.

C'était une constatation plutôt qu'une vraie question. Janus hocha la tête.

– Surtout depuis tout à l'heure.

Félix écrasa pensivement sa cigarette dans le cendrier.

– Les Alliés vont débarquer. C'est sûr. Dans quelques mois, nous serons libérés.

– Je partage ton optimisme. Je suis bien placé pour le savoir. Il y a chez les Boches et chez les miliciens une nervosité qui ne trompe pas. Il ne faut pourtant pas se leurrer, ce sera très dur.

Félix balaya la réserve d'un mouvement de main.

– Bah ! c'est une question de mois. Il y en a qui vont être à la fête !

Il se tut un instant, comme s'il tentait d'imaginer ladite fête. Puis, il revint brusquement au sujet principal.

– Vois Battisti. Je crois qu'il est temps que nous ayons des arrangements, avant son départ.

– Quand ?

– Le plus tôt sera le mieux.

Au nom de leur amitié, soudée face au danger, dans la fraternité du combat clandestin, Félix Mariani s'arrogeait le droit de donner des ordres à André Fournier. Quoique sans mauvaises intentions, le truand pensait manipuler à son profit le commissaire de la DST. Plusieurs facteurs l'y autorisaient : son antériorité dans la Résistance, son opulente fortune, ses largesses, les exploits accomplis dans la lutte contre l'occupant, son caractère entier et, surtout, le sentiment d'admiration que Fournier lui manifestait.

Au début, il se limitait à ce qui relevait de la compétence du réseau, ne faisant que répercuter les ordres de la hiérarchie. Dans l'organigramme, Fournier, nom de code Janus, dépendait directement de lui. Puis, débordant peu à peu ce cadre, il l'avait sollicité pour servir ses propres intérêts, mêlant le jeune commissaire à ses affaires. Il jouait sur du velours. L'époque était elle-même si troublée que personne ne démêlait plus ce qui était régulier de ce qui ne l'était pas.

Doté d'une habileté instinctive, confirmée par une solide expérience des hommes, acquise sur le terrain, Félix Mariani n'agissait pas de front ni de manière brutale. Avec Fournier, il eût échoué. Il savait présenter les choses de telle sorte qu'il s'en dégageât une impression d'évidence à laquelle l'autre ne songeait pas à se soustraire. André Fournier ne se trouvait pas contraint d'obéir, non, il acceptait de rendre service au nom de l'amitié. Au contact de Félix, il avait appris que ce sentiment était sacré et qu'il signifiait obligation.

Mariani ne se montrait d'ailleurs pas ingrat, quoique sa générosité recélât des arrière-pensées ambiguës. Il traitait Fournier en seigneur. Sa porte lui était toujours ouverte et il assurait en secret sa protection. Sans doute éprouvait-il une réelle amitié pour ce fils de famille tiré à quatre épingles, aux manières policées, qui s'exprimait dans un français qu'il ne comprenait pas toujours.

Il l'enviait aussi dans la mesure où le jeune homme incarnait un type social vers lequel le portaient toutes ses ambitions mais qu'il savait ne pouvoir jamais atteindre : si les fées ne se sont pas penchées sur votre berceau pour vous prodiguer leurs faveurs, vous aurez beau vous échiner, jamais vous ne comblerez ce handicap.

Malgré l'ironie qu'il affichait parfois, et qui trahissait une volonté de se protéger, Mariani admirait dans son for intérieur l'instruction et la culture de Fournier. Même s'il manifestait le même courage face au danger, il lui manquait l'éducation, le savoir-faire, la patine d'une certaine bourgeoisie. Inconsciemment, il aurait aimé posséder toutes ces qualités.

La vraie victoire du pauvre petit berger corse inculte eût été là et nulle part ailleurs. Alors, faute de mieux, il se donnait des airs et supputait ses chances de se concilier durablement Fournier et d'exploiter son intelligence et ses connaissances. Celles-ci s'épanouiraient pour peu qu'on leur proposât un terrain favorable. Il n'en connaissait pas de meilleur que cet humus formé de toutes les putréfactions humaines, sur lequel prospéraient les gens de son espèce. Avec son aide, le commissaire André Fournier deviendrait un excellent élément. Comme il l'était sous le nom de Janus, dans l'armée des ombres.

Depuis quelques minutes, Fournier négligeait la conversation. Il regardait fixement en direction d'un groupe d'entraîneuses qui pépiaient au bar.

Le jeune homme aimait les femmes avec fureur. Beau garçon, il leur plaisait et, en sa qualité de commissaire, il exerçait sur elles un précieux ascendant. Malheureusement, son modeste traitement de fonctionnaire ne lui permettait pas de se payer toutes ses fantaisies. Or, depuis que le professeur Fournier lui avait coupé les vivres, il ne pouvait espérer aucun apport de sa famille. Sa mère suivait scrupuleusement les décisions de son mari. Il n'avait même pas cherché à l'attendrir sur son sort. Quant à son grand-père, le général de Lambressac, il l'eût rabroué avec cette verdeur de langage qui le caractérisait s'il se fût hasardé à le solliciter. Honte de la famille, il avait cessé d'exister.

André s'en tirait donc par des expédients, toujours à découvert. Il marchait sur un fil, en équilibre instable. Dans ce monde du Milieu qu'il fréquentait désormais de préférence à ses anciennes relations, l'argent coulait facile. Il n'avait pas la même valeur ni la même signification que chez les bourgeois. Cependant, André avait toujours fait en sorte de ne rien devoir aux voyous. A l'exception de Mariani. Ses imprudences ne l'aveuglaient nullement. Il n'acceptait pas d'être en compte avec eux.

Plein d'astuces, il ne s'était pas mal débrouillé jusqu'à présent. Mais il réfléchissait. S'il ne se décidait pas à franchir le pas, s'il laissait passer la chance, il piétinerait éternellement dans les coulisses de cette grande vie, qui le fascinait, tandis que d'autres se régaleraient du festin.

Félix Mariani avait son idée sur la question. La société n'avait de cesse de transformer les loups en chiens domestiques. Pour y parvenir, elle ne manquait pas de moyens. Flics, curés, profs, juges, adjudants, matons, inspecteurs des impôts : tout ce beau monde rivalisait de zèle pour vous faire marcher dans les rails. Mais choisir un animal bien dressé, trancher la laisse, le collier, l'enrager et le changer soudain en loup, l'exercice s'avérait autrement plus excitant !

Le Corse avait déjà repéré parmi les filles celle qui intéressait Fournier. Une petite brune piquante aux cheveux relevés en arrière, vêtue d'une robe imprimée moulante, et juchée sur des chaussures à hauts talons. Le pied mignon, le mollet galbé, la taille fine et bien prise, assez cambrée, avec des épaules rondes, un cou gracieux. Elle avait un visage de chatte aux pommettes saillantes, avec de grands yeux verts de myope dont la lumière vous troublait, une bouche bien dessinée, les lèvres charnues, ourlées de rouge. Elle travaillait depuis peu à *La Salamandre*.

– Elle te plaît ? lança-t-il.

Fournier sursauta, comme pris en défaut.

– Qui donc ?

– Raymonde, pardi ! Tu n'arrêtes pas de la reluquer.

– Ah ! La brune qui est au bar ? Elle est très belle. Elle travaille pour toi ?

– Sûr.

– Il n'y a pas longtemps qu'elle est là...

– Oui. Mais elle est bien là. Maintenant, tu vas la voir souvent. Et de près, si tu veux, fit Mariani d'un ton énigmatique.

D'un signe, il appela le garçon, un grand type au physique de bellâtre. Il lui glissa quelques mots à l'oreille. Le garçon se dirigea vers les entraîneuses qui bavardaient toujours en attendant le début de la soirée. Raymonde se détacha du groupe. Elle vint à eux en ondulant de la croupe au milieu des tables.

Plus elle approchait, plus elle semblait attirante. Fournier était subjugué. Félix observait ses réactions et constatait avec une certaine satisfaction que son ami aimait les putes et qu'il y avait, dans la façon dont il se comportait avec elles, et avec toutes les femmes en général, quelque chose qui les rapprochait. Son œil exercé ne se trompait pas. Ce fils de famille avait une âme de maquereau. Ça amusait Mariani d'encourager ce penchant, tout en compromettant le commissaire. Voilà pourquoi il voulait lui offrir la fille.

– Raymonde, voici André. C'est mon ami. J'aimerais que tu boives un verre avec lui.

La jeune femme tendit la main.

– Bonjour, André.

– Je te demande d'être très gentille.

– Avec plaisir, monsieur Félix.

Elle s'assit à côté de Fournier tandis que Félix, se levant, le gratifiait d'une tape amicale sur l'épaule.

– J'ai à faire.

Quoique nouvelle dans la maison, Raymonde savait déjà que, quand monsieur Félix voulait quelque chose, on ne répliquait pas. André était d'ailleurs beau garçon. Il ne lui serait pas pénible d'être gentille avec lui.

Déjà, le serveur débouchait la première bouteille de champagne et le vin pétillait dans les coupes.

Ange Battisti était un homme d'ordre. Il ne tolérait pas que les choses ne fussent pas rangées à leur place. Il y apportait tant de soin qu'il en devenait maniaque. Dans sa tête, comme dans son secrétaire, tout était judicieusement classé. Il ne négligeait aucun détail. Au début de sa carrière, ce trait de caractère avait favorisé son ascension. Il eût fait un remarquable commis ou un expert-comptable si le destin n'en avait décidé autrement. Dans l'équipe qu'il formait avec Antoine Veroglio, c'était lui le cerveau, l'autre le bras. Il élaborait ses stratégies avec la rigueur implacable d'une mécanique de précision, sans concéder au hasard la moindre part.

Veroglio était, au contraire, l'homme des coups de main. Tête brûlée, imperméable à la peur, il tuait par plaisir. Le spectacle de la souffrance le plongeait dans un état de jubilation intense. Il n'avait pas son pareil pour sanctionner une faute, mater une rébellion, fléchir un récalcitrant, intimider un quidam ou le liquider. La seule annonce d'une intervention de sa part suffisait en général à rétablir l'ordre et la raison – la meilleure, celle du plus fort. A sa place, beaucoup eussent laissé ces basses besognes à des exécutants. Lui, non. Il avait besoin de cette forme d'action pour se sentir respecté et pour toucher du doigt son pouvoir.

Une fois, Veroglio avait corrigé une pute coupable de n'avoir pas fait casquer un béguin. C'était l'hiver. Il l'avait emmenée faire une petite promenade en mer. Au milieu de la crique déserte, il l'avait déshabillée, de la tête aux pieds, et jetée dans l'eau glacée après l'avoir, évidemment, rouée de coups. Il la tenait par les cheveux. L'infortunée se débattait tellement qu'il l'avait à moitié scalpée. Quand il avait estimé la punition suffisante, il l'avait lâchée et avait ramené la barque au rivage. La fille s'en tirerait par ses propres moyens, s'il lui restait assez de force. Il gardait sur sa table de nuit les mèches soudées de sang coagulé. L'histoire avait fait le tour des bordels. La leçon avait porté. C'était un avertissement. Il pouvait faire pire.

Battisti soupira. C'était maintenant que l'absence de Veroglio lui pesait vraiment. Il éprouvait un atroce sentiment de solitude alors qu'il s'apprêtait à traverser une période terrible, pleine de violence et d'écueils. Il aurait beaucoup de chance s'il en sortait vivant.

Qu'aurait fait Veroglio confronté à pareille situation? Battisti se servit un verre de porto, un nectar de contrebande importé de la plus grande maison de Lisbonne. Il s'absorba dans la préparation d'un cigare, qu'il alluma avec précaution.

Le commissaire Fournier se conduisait de façon bizarre. Il ne l'avait pas entraîné par hasard hors du bureau de Gardelet. Quelques instants plus tard, tout avait sauté. Il ne restait plus rien du chef de la Milice ni de Dominique Pietri. Battisti ne croyait pas aux coïncidences.

Le commissaire Fournier lui avait sauvé la vie. Pourquoi? Était-il au courant de l'attentat? Par quel canal? Et, si cela était, pourquoi n'avait-il pas informé Gardelet, directement menacé? Un commissaire de la DST...

Certes, la médiocrité de ses résultats, une certaine tiédeur, ses rapports avec Mariani, tout cela pouvait éveiller les soupçons, mais ne constituait pas non plus une preuve satisfaisante. D'autant que son père, Paul Fournier, avait donné beaucoup de gages au gouvernement de Vichy.

D'un autre côté, le professeur s'était récemment brouillé avec son fils pour des raisons qu'on ignorait. Pour des histoires de famille ? Son instinct le trompait rarement : le regard de Fournier était clair, trop clair tout à l'heure, rue Paradis. Peu importait ses raisons, il avait choisi l'autre camp. Tout ça sentait mauvais.

Battisti ouvrit son secrétaire. Il en tira une liasse de papiers, qu'il compulsa avec soin. Il en glissa certains dans un classeur, jetant les autres dans la corbeille après les avoir froissés en boule. Quand il en aurait terminé, il les brûlerait.

Si, par malheur, il devait fuir sous la pression des événements, il rangerait d'abord ses affaires. Il prendrait le temps nécessaire pour expédier à l'étranger ses dossiers les plus précieux.

La propagande nazie intoxiquait les gens en diffusant de fausses nouvelles, en truquant les chiffres et les informations, principalement celles qui provenaient de l'Est. Mais, ayant accès aux sources, Ange Battisti savait à quoi s'en tenir. La situation évoluait rapidement vers la catastrophe. Le front russe craquait de toutes parts. L'Italie était quasiment perdue. L'aviation des Anglo-Américains s'était assuré la maîtrise du ciel, leur marine celle de la mer. Des troupes s'amassaient en Angleterre.

De quel délai disposait-il encore ? Sur quel haut fonctionnaire pourrait-il compter pour organiser son départ pour l'Argentine – il n'osait employer le mot « fuite » ? Il n'avait pas joué la carte d'Hitler par conviction. L'idéologie nazie ne l'abusait pas, lui. Mais il était trop tard pour tourner sa veste et changer de camp. Sa marge de manœuvre était, de fait, réduite au minimum, à moins de passer pour un traître.

Battisti se sentait pris au piège, fait comme un rat. Et ça ne lui plaisait pas du tout.

# 4

Raymonde, nue, dormait, allongée sur le ventre, et Fournier la regardait. Le soleil filtrant à travers les persiennes zébrait son dos de rayures blondes. La lumière dorée mettait en valeur la finesse de son grain de peau.

Le commissaire Fournier attendait d'abord des femmes une intense jouissance, nécessaire à son équilibre, mais pas seulement. C'était un être complexe, surprenant même. Peut-être ne se connaissait-il pas très bien lui-même. L'engagement dans l'action violente avait été pour lui un puissant stimulant, qui l'avait obligé à surmonter sa peur, à se surpasser. Mais cela ne lui suffisait pas. A travers les femmes, son plaisir à les dominer, il se cherchait.

Dans les soubresauts du plaisir, il entrevoyait quelque chose qui lui échappait, qu'il ne pouvait saisir, l'ombre d'un gibier qui lui ressemblait et qui détalait à son approche dans des lointains brumeux. La femme n'avait pas de valeur en elle-même. Elle était un passage obligé pour aller vers soi. Voilà pourquoi Fournier-Janus, Janus-Fournier, passait de l'une à l'autre sans jamais s'arrêter.

Il caressa machinalement le dos de Raymonde, sans l'éveiller. Elle avait obéi aux injonctions de Mariani avec un zèle qui ne devait rien à la simple docilité. Preuve qu'elle n'était pas insensible à son charme. André Fournier se savait beau garçon et, sans en éprouver de vaine fatuité, il n'hésitait pas à user de son charme pour parvenir à ses fins. Son physique l'assurait d'un pouvoir qui, dans l'univers où il s'engageait, représentait un réel atout.

Il avait aimé sa façon de faire l'amour, cette alternance de réserve et de bestialité, comme si deux natures se combattaient en elle, l'emportant tour à tour. Il percevait toutefois que la seconde était la profonde, la vraie. Elle ne dosait pas les effets par calcul. Son tempérament les lui imposait avec impétuosité.

Étant novice dans le métier, elle conservait des réticences, voire des pudeurs de jeune fille rangée. Sans doute appartenait-elle à une famille de petits bourgeois, fonctionnaires ou commerçants, qui l'avaient élevée dans des principes rigides et conventionnels, complètement décalés par rapport à la réalité. Il avait souvent remarqué que ces sortes de gens, dans un souci d'honorabilité inspiré par l'exemple des classes supérieures, concevaient leur existence et l'éducation de leur progéniture selon une idée fausse de la société.

Cette pensée le renvoya à ses propres parents, à leur cécité sociale, aux préjugés stupides de leur classe, à tout ce qu'il ne supportait pas, qu'il exécrait. Hormis dans l'exercice de la médecine où il montrait une exceptionnelle ouverture d'esprit, des idées d'avant-garde, son père vivait sur des conventions sans jamais se remettre en question. C'était moins par conviction que par intérêt qu'il avait choisi cette attitude, préférant consacrer son temps et son énergie à sa carrière, plutôt qu'à contester un ordre social qui l'arrangeait. Faire progresser la médecine impliquait à ses yeux qu'on acceptât la règle du jeu : il n'y avait pas de place pour le désordre dans son monde.

Pour cela aussi, André le détestait. Il avait envie de donner des coups de pied dans son château de cartes pour qu'il s'écroule, le laissant à son tour nu et désarmé, face au vent glacé de l'histoire.

Il frissonna. L'érection qui commençait à se manifester tandis qu'il caressait distraitement Raymonde cessa. Il sortit du lit, se rhabilla.

Au moment où il ouvrait la porte, la fille s'étira paresseusement et, s'étant retournée sur le dos, s'étonna :

– Tu pars déjà ?

– Oui, dit-il sans autre explication. Reste autant que tu veux. Tu n'auras qu'à tirer la porte en partant.

Le commandant Larzac attendait sur la petite promenade qui borde le vallon des Auffes, au-dessous du viaduc surplombant la crique, un des endroits les plus agréables de la ville. La grande arche se mirait dans les eaux limpides qui clapotaient au bas des rochers. Des cabanons s'accrochaient aux pentes des collines dont la blancheur éclatait sous le soleil. C'était, pour la plupart, des habitations de fortune, mais pittoresques, avec leurs portes et leurs volets peints de couleurs vives, leurs décorations naïves.

Dans l'étroite calanque, des barques paressaient au mouillage ou suspendues aux plans inclinés par des crémaillères. Les pêcheurs les remontaient car la place manquait. On se serait cru très loin de la grande ville dont les rumeurs parvenaient par vagues, comme étouffées, avec, parfois, lorsque passait le tramway desservant la Corniche – que le populaire surnommait le roulis –, un grand fracas métallique.

Vêtu en pêcheur du dimanche, son banaston posé à proximité, avec les amorces – des piades et des esches achetées tôt le matin rue Fortia, chez Manu, son fournisseur habituel – soigneusement conservées au frais dans un vieux feutre, le commandant trempait sa ligne dans les eaux transparentes. Petit personnage anodin sur une marine.

Mince, le front dégarni, le nez chaussé de lunettes cerclées de métal, avec une courte barbe au menton, on l'aurait pris pour un paisible retraité et non pour un des principaux responsables du réseau France-Toujours. Ce petit homme sec avait pourtant fait une brillante carrière dans l'armée coloniale et il avait été l'un des premiers à rejoindre le général de Gaulle, après l'Appel du 18 juin.

Le bouchon plongea brusquement. Le commandant Larzac releva la canne d'un mouvement sec, laissa filer la ligne, puis la rembobina. L'hameçon sortit de l'eau. Nettoyé. Le poisson avait gobé l'appât.

« Pas ferré assez tôt! Manque d'attention. » Aujourd'hui, le commandant ne pensait pas vraiment à pêcher. Les trois girelles pas même royales et le vulgaire gobie qui s'étaient suicidés au bout de sa ligne faisaient piètre figure au fond de sa nasse. Il était loin le temps où, avec ses amis du club nautique de la Pointe Rouge, il se distinguait dans les concours de pêche.

Il essuya le verre de ses lunettes, observa autour de lui. Rien de suspect. Il consulta sa montre. Encore trois minutes avant l'heure fixée pour le rendez-vous.

Il avait convoqué Janus pour lui faire savoir, d'une manière très confidentielle, que les Américains allaient bientôt débarquer à Fréjus avec la 1re division blindée des Forces françaises libres, et que, de ce fait, il fallait leur préparer le terrain en intensifiant les opérations.

Il estimait Janus pour son esprit d'initiative, son sang-froid, son efficacité dans une situation de double jeu où beaucoup se seraient perdus. Ce jeune homme irait loin. Grâce à sa formation, il pouvait aussi bien assurer des missions d'intermédiaire que prendre part à des actions de commando. S'il survivait à cette foutue guerre, il ferait certainement carrière.

Des bruits de pas le tirèrent de sa méditation. Il reconnut la silhouette de Janus, qui marchait d'un pas de promeneur sur l'étroit chemin qui contournait la calanque. Lorsqu'il parvint à sa hauteur, il s'arrêta et lui adressa la parole, comme s'il s'intéressait à sa pêche.

Le commandant Larzac lui montra sa nasse où frétillaient ses modestes prises.

– Le débarquement aura lieu en Provence au début de l'été. Informez Mariani. Il faut que nous facilitions l'offensive des Alliés. Pour cela, intensifiez le renseignement. Il me faut des rapports tous azimuts sur les positions et les mouvements de l'ennemi, sur l'état des forces allemandes et italiennes en Provence.

– Je transmettrai.

– Essayez de retourner quelques collabos. En leur promettant une certaine indulgence, ça doit être possible. Pas d'états d'âme. Ils peuvent nous être utiles.

– J'ai quelques pistes. Pour sauver leur peau, certains trahiraient père et mère.

Le commandant Larzac relança sa ligne et soupira philosophiquement.

– Rien ne vaut de vivre une telle période pour connaître le fond de la nature humaine.

Janus pensait déjà à autre chose. Il salua d'un geste le

pêcheur et poursuivit avec nonchalance sa promenade solitaire. Le chemin se faufilait entre les rochers avant de s'arrêter brusquement, quelques dizaines de mètres plus loin, sur un abrupt qui dominait les flots. On voyait alors en enfilade jusqu'aux *Flots bleus* , dont la terrasse couverte surplombait la mer du haut de son promontoire. C'était autrefois le rendez-vous d'une jeunesse insouciante qui venait là pour se rencontrer, boire, danser, écouter des airs à la mode. Le patron possédait un phonographe et achetait les nouveaux disques.

L'esprit de Janus fonctionnait à cent à l'heure. Il tenait l'occasion de sa vie. Il voyait clairement le parti qu'il pourrait tirer des propositions du commandant. C'était le moyen de permettre à Battisti de s'enfuir aisément de France par une filière sûre et, pour ainsi dire, légale. Le gangster-collabo ne trouverait rien de mieux. En même temps, il rendait service à Mariani en facilitant ses transactions avec Battisti puisqu'il disposerait là d'une monnaie d'échange.

Battisti saurait se montrer raisonnable. Dans sa situation, il ne pouvait plus faire le délicat. Il fournirait les renseignements demandés. Depuis qu'il magouillait dans les eaux nauséabondes de la collaboration, il en savait long sur les gens compromis et toutes les exactions perpétrées impunément. Il tenait des tuyaux de première main sur tout ce qui se passait sur la Côte et dans l'arrière-pays. Ses dossiers valaient de l'or. S'il parvenait à les obtenir, ces renseignements lui assureraient une protection sans faille et deviendraient entre ses mains un formidable instrument de pression.

André Fournier sourit de satisfaction. Ce coup exceptionnel le placerait au cœur même des affaires de Mariani en faisant de lui beaucoup plus qu'un simple intermédiaire. Il devait le jouer en maître, sans bavure. Comme un champion de billard. Les boules étaient sur le tapis. Elles se nommaient Larzac, Battisti, Mariani. Mais, cette fois, c'était lui qui tenait la queue, lui qui donnerait l'impulsion et l'effet.

La trajectoire des boules était déjà arrêtée dans sa tête. Son excitation s'apaisa. Janus regarda en lui-même et ressentit, malgré lui, une certaine peur, qui disparut aussitôt. Il ne pouvait plus reculer. Le jeu était en place.

André Fournier regagna son domicile vers onze heures. Il eut la surprise d'y retrouver Raymonde.

– Je te croyais partie.

– J'ai fait la grasse matinée, dit-elle en s'étirant d'un souple mouvement de chatte. On est bien chez toi.

– Tu veux du café?

– Non. J'ai faim. Une faim d'ogresse.

Elle repoussa le drap.

Il enveloppa du regard son corps superbe, qui formait une tache blonde dans la lumière tamisée de la chambre. Les seins fermement dressés sur le torse. Le ventre plat, percé d'un nombril mutin. La flamme du pubis.

Une flambée de désir s'alluma dans ses yeux. Cependant, il se contint.

– Habille-toi. Je t'emmène déjeuner chez *Perron*.

– Chouette!

Elle battit des mains avec un enthousiasme de gamine.

« Quel âge peut bien avoir Raymonde? » se demanda-t-il.

Malgré un corps de femme précocement mûrie, on comprenait vite, à certains indices, à des réactions juvéniles, comme celles qu'elle venait d'avoir, qu'elle n'avait pas encore passé le cap des vingt ans.

– Tu aimes le poisson? questionna-t-il, tandis qu'elle achevait sa toilette.

– J'adore!

Elle enfila sa robe imprimée puis entreprit la délicate opération du maquillage.

– Tu sais, le poisson, je connais. Toutes les recettes de chez nous. Mes vieux tiennent un petit restaurant en bord de mer.

– Où ça?

– Aux Sablettes, près de Toulon.

– Comment es-tu arrivée chez Félix?

– Oh! ça, ce serait trop long à raconter.

Il comprit qu'elle préférait se taire et garder son histoire pour elle. Il ne chercha pas à en savoir davantage. D'ailleurs, il s'en moquait. Il parlait sans véritable curiosité, histoire de meubler la conversation, parce que la fille était jolie et qu'il aimait le timbre de sa voix.

Raymonde appliquait minutieusement du rouge sur ses lèvres, devant la glace de la salle de bains. Une moue attendrissante resserrait sa bouche. Son nez pointait en avant. Elle plissait ses yeux de myope afin de parfaire son œuvre. Enfin, elle rangea ses ustensiles dans une petite sacoche de cuir.

– Voilà. Je suis prête.

Elle virevolta, soucieuse de se faire admirer, cherchant à lire dans les yeux d'André s'il était ou non satisfait du résultat. Mais André était avare de compliments. D'autres idées lui trottaient par la tête. Battisti. Mariani. L'avenir.

Il prit Raymonde par le bras et l'entraîna dehors. Un piéton et un automobiliste dont le véhicule était garé sur le trottoir, s'engueulaient.

– Allons-y.

Elle le suivit, docile. Il l'examinait du coin de l'œil. Il se disait qu'une fille de cette classe devait rapporter beaucoup d'argent. Que peut-être... Il se secoua.

« Tiens! voilà que je pense comme Mariani, maintenant! »

Chez *Perron*, le maître d'hôtel les installa à une table bien placée, devant la baie, d'où l'on jouissait du panorama depuis l'Estaque jusqu'aux Goudes. Fournier commanda une soupe de poisson, une dorade grillée, une bouteille de vin blanc de Cassis.

Raymonde parlait d'abondance et mangeait avec appétit. Il relançait la conversation de temps en temps en lançant une banalité, sans vraiment écouter. Il réfléchissait à son entrevue avec Larzac. Il se remémorait le moindre détail, non pour mieux remplir sa mission de résistant, mais pour apprécier tout le parti qu'il pourrait en tirer pour ses propres intérêts. Le sentiment que cet événement marquait un tournant dans son existence s'ancrait dans son esprit, même s'il n'en saisissait pas encore toutes les implications.

Il cédait parfois à d'impulsives pensées. Il supputait qu'en aidant Mariani à reprendre l'empire de Battisti avant son départ, comme il l'espérait, il pourrait en avoir sa part. Mais, aussitôt, il repoussait ces élucubrations.

« Je brode. Je fais du roman. »

Lui, à côté de Mariani, son semblable, son frère, cela

prêtait à sourire même si, bizarrement, sa vanité s'en trouvait chatouillée.

Depuis quelque temps, le commissaire Fournier menait grand train. On le remarquait en galante compagnie dans les endroits à la mode. La réaction de feu Gardelet était en soi fondée. Même la hiérarchie policière commençait à s'émouvoir. Elle n'admettait pas sa façon de vivre, ses bonnes fortunes avec les filles, ses vêtements coûteux, et surtout le respect qu'il suscitait chez les truands. Sans que cela se manifestât au grand jour, certains de ses supérieurs le jalousaient et lui en voulaient. A plusieurs reprises, il avait essuyé de discrètes mises en garde. S'il continuait, elles se feraient plus fermes.

– Ma mère, disait Raymonde, prépare les pageots en papillotes. C'est bon. Tu en as déjà mangé ?

– Oui.

– Tu as aimé ?

– ...

– Si tu veux, je t'en préparerai moi-même. J'ai le tour de main de ma mère.

– C'est ça.

Tôt ou tard, on le mettrait en demeure de choisir alors qu'il ne s'y sentait pas prêt. Il savait pourtant qu'il ne pouvait plus supporter d'être un fonctionnaire dont la paye ne représentait même plus l'argent de poche nécessaire à ses virées nocturnes. La solution ne se trouvait pas dans l'accumulation des dettes. Quant à Mariani, quoiqu'il fût très généreux, il s'avérerait néfaste, à la longue, de dépendre de ses largesses. La question n'était donc pas seulement le pouvoir, mais aussi l'argent.

Fournier soupira, le regard perdu sur la ligne d'horizon nimbée d'une brume de chaleur.

– Tu ne t'ennuies pas, au moins ? s'inquiéta Raymonde.

Il posa la main sur la sienne avec un vague sourire.

– Non. Je suis bien.

Il sortit un paquet de cigarettes, lui en offrit, en alluma une.

Le commandant Larzac lui avait fait savoir que Mariani, après la Libération, serait traité comme un résistant et qu'on passerait l'éponge sur son passé de voyou. Il le méritait pour avoir rendu de signalés services. D'ailleurs, on aurait besoin de lui pour les campagnes électorales à venir. Il faudrait restaurer l'autorité de l'État, réorganiser la vie publique. Des hommes de sa trempe, il en faudrait pour conduire d'autres luttes.

La Résistance se composait de plusieurs mouvements dont certains dépendaient étroitement de partis politiques. On avait réalisé son unité au prix de grandes difficultés et parce qu'il fallait être unis pour affronter une telle situation. Qu'adviendrait-il, une fois la guerre terminée ? Il fallait y penser, anticiper sur l'événement, être prêt.

– Un jour, nous pourrions aller ensemble aux Sablettes, hasardait Raymonde. Qu'est-ce que tu en penses ?

– C'est une idée. On en reparlera.

C'était le commandant Larzac, qui, appréciant les risques pris par Fournier, et son courage dans l'action, l'avait prévenu de ce que certains de ses supérieurs, agacés et envieux, voulaient le mettre au pied du mur. Il lui avait dit aussi qu'ils seraient dans l'obligation de se taire si, une fois la paix revenue, il retrouvait sa vocation de commissaire « classique », destiné à une brillante carrière administrative.

– Vous monterez vite les échelons, mon ami. Vous en avez l'étoffe.

– Je vous remercie de ces marques d'intérêt.

– Croyez-moi, Janus. Je m'y connais en hommes.

Il fallait que Larzac éprouvât pour lui une réelle estime, voire de l'amitié, et qu'il voulût le protéger pour donner à leur entretien un tour si personnel. De tels écarts n'entraient pas dans les habitudes du vieux soldat. Mais, d'une part, André eût pu être son fils et, d'autre part, les luttes de la clandestinité cimentaient des amitiés durables.

Qui était-il exactement, le commandant ? Janus s'était souvent posé la question sans pouvoir y répondre, et celui-ci n'avait pas cherché à dissiper le mystère dont il s'entourait.

Bien entendu, Larzac était un nom de code, comme Janus. André ignorait son patronyme, s'il était marié, s'il avait ou non des enfants, où il habitait. Il ne savait de lui que ce qu'il montrait dans l'organisation : le sang-froid, le calme, la précision, l'efficacité, le courage, l'abnégation, et, aujourd'hui, cette brusque chaleur humaine, qui le touchait au cœur, qui le rassurait et qui l'inquiétait en même temps. Que faire de cette amitié alors qu'il était en train de spéculer sur l'héritage Battisti ?

– Tu as vu la charlotte ? Elle me fait envie.

– Mais bien sûr, prends une charlotte...

# 5

Mardi 15 août 1944 : la Provence avait célébré la fête de l'Assomption dans les touffeurs de l'été. Mais l'espoir était là. Les Alliés avaient débarqué en Normandie. Fin juillet, le front avait cédé. Les Américains approchaient de Paris. Les Soviétiques avaient repris Minsk. Rome était tombée. La censure n'empêchait pas les nouvelles réconfortantes de filtrer. La Résistance était informée et réussissait de mieux en mieux à faire circuler l'annonce des victoires... Ceux qu'on appelait toujours les terroristes multipliaient les attentats et, en réponse, les Allemands intensifiaient les arrestations avec l'aide des miliciens et de la police française. Jamais leur propagande n'avait été aussi fébrile. Tout ce monde dénonçait l'« invasion », les « bombardements aveugles », surtout après le 27 mai, à Marseille, où les forteresses volantes américaines avaient lâché huit cents bombes. On parlait de cinq mille victimes. Peu après minuit, conformément aux prévisions du commandant Larzac, la première salve éclata sur la falaise du cap Nègre, à proximité de la paisible station balnéaire du Lavandou. Une armée de trois cent mille hommes déferlait sur la Côte, entre Cannes et Toulon. Et elle comptait les soldats de la 1re armée française.

La nuit était chaude et sombre, traversée d'éclairs. Le débarquement des Américains et des Français en Provence venait de commencer. Il intervenait soixante-dix jours exactement après le « Jour J », qui avait vu s'élancer à l'assaut des plages normandes l'armada la plus formidable de tous les temps, face à laquelle le fameux mur de l'Atlantique, réputé infranchissable, avait volé en éclats.

En peu de temps, des foyers s'allumèrent dans les massifs des Maures et de l'Estérel. Ce qu'on baptisa alors la guerre des pins se propagea avec la force d'un incendie. Tour à tour, Fréjus, Sainte-Maxime, Cavalaire, Saint-Raphaël s'embrasèrent. Les parachutistes du général Frederick touchèrent terre à Draguignan, tandis que les commandos d'Afrique s'élançaient à l'assaut de la falaise du cap Nègre et que les troupes de choc prenaient pied à La Nartelle, à Anthéor, à Pampelonne et au val d'Esquières.

A Marseille, dès l'annonce du débarquement, les chefs de la Résistance avaient donné l'ordre du combat. Les FFI étaient aussitôt entrés en action. Chacun connaissait son poste et sa mission mais il fallait compter avec la pagaille inévitable en pareille circonstance. La ville se soulevait, mue par la violence d'un espoir trop longtemps étouffé. Elle se couvrait de barricades. Des citoyens ordinaires, recouvrant leur fierté, rejoignaient les rangs des combattants de l'ombre pour participer à la curée.

La vérité oblige à dire que ces résistants de la dernière heure ne comptaient pas au nombre des meilleurs. Si certains s'engageaient avec sincérité, d'autres déployaient un zèle suspect, se livrant à des exactions, à des vengeances sommaires, que les authentiques résistants ne parvenaient pas toujours à contrôler. En fait, les combattants véritables n'étaient guère plus d'un millier face à vingt mille Allemands aguerris, bien armés, et solidement retranchés sur des points élevés d'où il serait difficile et coûteux de les déloger.

Janus et Mariani, le brassard tricolore marqué du sigle FFI, faisaient le coup de feu côte à côte, dans le quartier stratégique de la Joliette, dont ils connaissaient les ruelles comme leur poche. Il s'agissait de s'emparer des leviers de commande du port. Ça tirait dans tous les coins. Des rafales de mitraillette crépitaient. Les sourdes détonations des mousquetons, le fracas du canon, le sifflement des balles faisaient un bruit d'enfer. Les façades des maisons se constellaient d'impacts. Des gravats, des débris de verre jonchaient le sol. Une formidable explosion venait d'ébranler l'atmosphère. On affirmait que l'usine à gaz avait sauté.

Mariani était à son aise, donnant des ordres, bravant le danger. Quant à Fournier, qui n'éprouvait aucune peur, il se surprenait à aimer cette étrange musique de mort et l'âcre odeur de la poudre. Il se sentait comme révélé à lui-même. Pour la première fois, il se battait au grand jour, affichant son camp, ses convictions. Il savait à présent qu'il aimait les armes et qu'il était fait pour l'action violente.

Chaque fois qu'il avait tenu un homme dans sa ligne de mire et qu'il avait pressé sur la détente, il avait ressenti une intense jubilation en le voyant tomber. Il n'éprouvait pas ce sentiment parce qu'il s'agissait d'un ennemi. Non. Il y avait réfléchi après coup et il devait se rendre à l'évidence, si bouleversant que cela fût pour sa conscience de jeune bourgeois : il aimait tuer, il avait ça dans le sang, et ce n'était pas la première fois qu'il en faisait le constat.

Dans un bref moment de répit, il eut une pensée sans complaisance pour son père. Le monde s'écroulait sur la tête de Paul Fournier. Pris de court par les événements, il n'avait sans doute pas eu le temps de plier bagage et de déguerpir. Mais quelle solution de repli eût-il pu trouver, sinon embarquer dans les fourgons de l'ennemi ?

Au demeurant, le professeur n'était pas homme à fuir ses responsabilités, quel qu'en fût le prix. Il appelait ça le sens de l'honneur. Mais que valait le sens de l'honneur s'il ne s'accompagnait pas du sens de la grandeur que de Gaulle incarnait depuis juin 40 ?

Janus, qui cesserait bientôt d'être Janus pour redevenir définitivement Fournier, imagina son père se terrant dans le bel hôtel particulier du cours Mirabeau, portes et volets clos, muré dans la peur. Aucune compassion ne l'anima à cette évocation. Le vieux n'échapperait pas à l'épuration. Sauf s'il intercédait en sa faveur auprès des autorités de la France libre. Alors, Paul lui devrait d'avoir été épargné et son fils savourerait le fruit amer de la revanche. Le ferait-il ? La fibre familiale était-elle encore assez solide pour le tirer vers une telle décision ?

L'insurrection des Marseillais avait pris de court le haut état-major, qui ne prévoyait pas la prise immédiate de

Marseille, et elle l'avait contraint à modifier sur-le-champ ses plans initiaux. L'intérêt stratégique imposait de faire mouvement vers le nord afin d'opérer le plus tôt possible la jonction avec les troupes alliées de Normandie, qui filaient droit sur l'est.

Aussi, lorsque les troupes du général de Montsabert pénétrèrent dans la cité, après avoir franchi le massif de l'Étoile, le plus gros du travail avait-il déjà été fait. Les goumiers s'étaient lancés à l'assaut de la colline de Notre-Dame-de-la-Garde pour nettoyer les derniers nids de mitrailleuses allemandes.

Le 28 août, la garnison ennemie se rendait. Le drapeau tricolore flottait de nouveau sur la vieille cité phocéenne. Alors, les cloches se mirent à sonner dans Marseille enfin libre où une foule en liesse laissait éclater sa joie.

Quelques semaines auparavant, Ange Battisti avait eu successivement deux entrevues capitales, l'une avec Fournier, l'autre avec Félix Mariani.

Fournier-Janus avait goûté au danger et à la violence. Il ne pourrait plus s'en passer désormais. Il pénétrait dans le milieu fermé de la politique, intimement lié à celui des voyous, qui l'aidait à asseoir son pouvoir. Mieux qu'un autre, il en comprenait les rouages et quels profits il pourrait en tirer s'il parvenait à bien manœuvrer. Il possédait sur d'autres un avantage considérable. Grâce à son éducation, à sa culture, à son intelligence, il pouvait s'adapter, parler aussi bien avec un ministre ou un homme d'affaires qu'avec un truand. Il lui venait peu à peu à l'esprit qu'il disposait là d'une réelle supériorité sur ses partenaires. Il ne tenait qu'à lui d'en jouer au mieux de ses intérêts. Même si, pour l'instant, ceux-ci restaient flous.

Implicitement mandaté par Félix Mariani afin de préparer le terrain, mais aussi en mission pour la Résistance, le commissaire Fournier se rendit donc au Roucas Blanc pour y rencontrer Ange Battisti.

Celui-ci habitait sur les hauteurs une grande villa blanche qui dominait la rade. Le caïd le reçut sur la terrasse de derrière, d'où le regard embrassait les espaliers d'un jardin planté d'arbres et de massifs de fleurs, clos d'un mur couronné de tessons de bouteille, au-delà duquel s'étendait un enchevêtrement de toits, de terrasses, d'îlots de verdure. Tout en bas, brillait la mer. Au loin, on voyait flotter de longues taches grises : l'archipel du Frioul. En ce début du mois de juin, l'été pointait le bout du nez, mais la température demeurait assez fraîche, l'atmosphère douce.

Fournier venait pour la première fois chez Battisti. Un maître d'hôtel musclé l'avait accueilli à l'entrée. Pendant qu'il le conduisait à la terrasse où l'attendait le maître des lieux, il avait décelé, en traversant les pièces du rez-de-chaussée, la présence d'autres gorilles déguisés en larbins.

La décoration était un peu trop criarde à son goût mais il remarqua cependant quelques pièces de qualité et deux ou trois tableaux de bonne facture. Il établit un rapprochement avec la maison de Mariani, son luxe tapageur. Ces gens-là n'étaient satisfaits d'eux-mêmes que s'ils éclaboussaient. Ils en faisaient toujours trop. Ils croyaient racheter l'obscurité de leurs origines par l'étalage de leur fortune trop neuve : c'était bien là l'ostentation des parvenus.

Il complimenta hypocritement son hôte.

– Tu es bien installé, Ange.

L'autre hocha la tête en pinçant les lèvres.

– C'est sûr.

– Tu as une vue *imprenable.*

– Tu sais, petit, vue ou pas vue, un jour ou l'autre, tout peut être *pris.*

Cette formule ambiguë situait d'emblée l'entretien à sa juste place. Fournier ne rendait pas une visite de courtoisie. Il venait pour affaires, mandaté par Félix. On pouvait se passer de préliminaires. On ne tournerait pas autour du pot.

Cette maison du Roucas Blanc, Ange Battisti en avait rêvé dans sa jeunesse, lorsqu'il faisait ses classes dans la rue, à la tête de la bande de Gratte-Semelle. Il passait quelquefois devant mais ce n'était que plus tard qu'il l'avait repérée. A l'époque, il se contentait d'un vague espoir : « Un jour, moi aussi, j'habiterai là-haut, avec les riches. » Cette folle ambition, il l'avait concrétisée.

La villa *Cyrnos* lui appartenait depuis 1936, date à laquelle il l'avait achetée à maître Paul Fraticci, le grand pénaliste, ténor du barreau marseillais, qui, l'âge venu, avait décidé de prendre sa retraite dans son île natale, du côté de Zigliara, berceau de sa famille. Qu'un truand succédât à un avocat, un Corse à un Corse, était dans l'ordre des choses. Surtout à Marseille, où les frontières ne sont pas si nettes.

Maintenant, l'édifice s'écroulait. Battisti tombait d'aussi haut qu'il était monté. Il vivait les derniers jours d'un empire condamné à passer dans de nouvelles mains. Ah! si seulement Veroglio était encore de ce monde! Battisti se savait acculé, le dos au mur. Il ne passerait pas de l'autre côté sans l'aide de quelqu'un pour lui faire la courte échelle. Mais, il ne se leurrait pas, ce service, il devrait le payer au prix fort. Après, une fois en Amérique du Sud...

– Ange, commença Fournier, tu connais la situation. Les Alliés sont en Normandie. Le débarquement en Provence est imminent. Je le sais de source sûre. Tes amis...

– Je croyais que c'étaient aussi les tiens...

– C'est une autre question, Ange. Nous en reparlerons. Tes amis reculent sur tous les fronts. Ils vont être écrasés. La fin de la guerre n'est plus qu'une question de mois.

Ange Battisti hocha la tête sans rien dire. Fournier ne noircissait pas le tableau. Il lui apprenait cependant une nouvelle capitale : la libération de la Provence interviendrait avant la fin de l'été. L'étau se resserrait plus vite que prévu. Il n'aurait jamais le temps de prendre toutes les dispositions qu'il avait arrêtées. Il ne sauverait même pas quelques planches du naufrage de toute une existence.

– C'est pourquoi Félix m'envoie, poursuivit Fournier. Tous les deux, vous ne vous êtes jamais fait de crasses. Vous ne vous êtes jamais balancés.

– C'est un homme, Félix.

– Lui aussi, il te respecte. Il te fait dire qu'au point où nous en sommes, tes chances s'amenuisent et qu'il serait urgent que vous ayez ensemble une entrevue pour régler certains problèmes.

Ange simula la naïveté.

– Quel type de problèmes?

Fournier éluda la question d'un geste vague.

– Ce sont vos affaires, pas les miennes. Vous verrez ça ensemble.

Ange Battisti riva ses yeux dans les siens.

– Tu t'entends bien avec Félix, hein?

– C'est mon ami.

– Écoute ce que je vais te dire, petit. Félix n'a pas d'amis. Il a des frères.

Fournier pensa qu'il voulait le déstabiliser, ouvrir une brèche dans son amitié pour en tirer profit selon une stratégie dont l'agencement lui échappait. Il ne tomberait pas dans le piège. Son visage se ferma.

– J'ai confiance en lui comme il a confiance en moi.

Ange esquissa un sourire las.

– Tu es encore un peu jeune pour connaître les hommes de cette trempe. Félix, il est particulier. N'oublie jamais ça.

– Il a toujours été correct avec moi.

– Je pense bien! Je n'ai jamais dit qu'il n'était pas régulier.

– Alors?

– Alors, commissaire, il joue sa partie et tu ferais bien de jouer la tienne. Ça n'est pas nécessairement la même.

Fournier réagit.

– Nous nous éloignons du sujet, trancha-t-il sèchement.

Les paroles de Battisti touchaient pourtant Fournier plus qu'il ne l'eût voulu. Sans doute trouvaient-elles en lui un terrain favorable. Battisti, faisant preuve d'un certain machiavélisme, savait ce qu'il faisait. La graine était semée. Elle germerait tôt ou tard.

– Comme il te plaira, soupira Battisti. Que Félix vienne me voir mercredi, en fin de matinée, s'il est libre. Nous déjeunerons ensemble. C'est mieux pour parler. Dans le cas contraire, qu'il téléphone. Nous prendrons rendez-vous.

– Il serait peut-être préférable que vous vous rencontriez ailleurs, suggéra Fournier sur ses gardes, en terrain neutre...

– Pourquoi? Chez moi, nous serons tranquilles. Il n'y aura pas d'indiscrétion. C'est l'endroit le plus sûr.

– Je transmettrai.

Fournier laissa le silence retomber. Son regard se perdit en direction de la mer. Il suivit le vol d'une mouette qui plongea brusquement derrière les pins.

Pourquoi Ange Battisti le mettait-il en garde à propos de Mariani ? Il n'ignorait pas qu'il avait affaire à un truand notoire, redouté et redoutable. Fournier n'ignorait pas non plus quelle volonté l'animait d'accroître son territoire et sa puissance par tous les moyens et de châtier durement quiconque prétendait empiéter sur son domaine. Mais aucune rivalité n'existait entre eux. Mariani s'occupait de ses affaires. Fournier, tout en rendant de menus services, exerçait sa profession de commissaire à la DST. C'était en tout cas les seules choses que Battisti était censé savoir.

– C'est l'heure de l'apéro. Qu'est-ce que tu prends ? demanda Ange.

– Un pastis. Dans un grand verre.

« Est-ce que ce vieux renard connaîtrait des choses que j'ignore ? »

Ange alla chercher lui-même la bouteille, les verres et la carafe d'eau fraîche. Il prépara le dosage.

– Pas trop tassé, recommanda Fournier.

Ils burent en échangeant quelques banalités. Le temps. Les derniers résultats de l'Olympique de Marseille. L'évasion du Gu Mela de la prison de Castres. Puis, Ange Battisti posa la question de confiance.

– Et pour mon départ, qu'est-ce qu'il a prévu, Mariani ?

– Ne t'inquiète pas. C'est moi qui m'en occupe.

– Pourquoi toi ?

Fournier lui expliqua alors, sans entrer dans le détail, au moyen de quelle filière il favoriserait sa fuite et pour quelle raison il en prenait la responsabilité.

– Si ça foire...

– Parole ! Tu ne risques absolument rien. Les autorités fermeront les yeux. Ce sera pour ainsi dire officiel. Je te le garantis. Mais, pour ça, il faudra que tu te montres très coopératif.

– Je comprends. Je comprends même beaucoup de choses maintenant.

– On n'a rien sans rien, en ce bas monde.
– Qu'est-ce que tu veux savoir ?
– La répartition des forces allemandes dans la région. Ensuite, les noms des gros bonnets de la collaboration et de tous ceux qui s'y sont plus ou moins frottés. Les petits, on les repérera aisément. Ils se laisseront prendre dans la nasse, comme toujours. C'est le menu fretin qui paie le premier. Normal. Les belles pièces... il faut aller les chercher dans leurs trous. Depuis le temps, tu dois avoir des dossiers bien fournis, non ?
– Tu demandes beaucoup.
– Ce n'est pas moi qui fixe le prix. Et puis toi, en retour, tu demandes encore plus, Ange.
Ange Battisti persistait à appuyer sur le caractère personnel de la négociation. Cela ne plaisait pas à Fournier. Cet homme-là était trop rusé, trop fin. Même aux abois, il continuait à réfléchir, à placer des pions...
– Combien es-tu prêt à mettre pour avoir ces renseignements ?
– Nous t'offrons la liberté.
– Je suis encore puissant. Je peux te...
– Tu ne le feras pas. Tu ne vas pas scier ta seule planche de salut. Sans Mariani, sans moi, tu es foutu.
Ange Battisti leva le sourcil. Son œil pétilla de malice.
– Ne devrais-je pas plutôt les donner à Mariani ?
Un peu ébranlé, Fournier hasarda :
– Ces dossiers ne relèvent pas de vos négociations. Ils intéressent les autorités de la France libre, la Résistance.
– Mariani en fait partie, lui aussi.
– On ne peut pas lui confier de tels renseignements. Il pourrait en faire un mauvais usage.
– Pas toi ?
– Je suis officier de police.
– Sait-il que tu veux te les approprier ? S'il apprend que les dossiers lui sont passés sous le nez...
– Ange, je fais seulement mon boulot. Donne-moi les dossiers. Je les remettrai plus tard aux fonctionnaires chargés de régler ces questions. C'est ta contribution à la victoire, Ange. Tiens-en compte. Ce n'est pas Mariani qui pourra te faire quitter la France par la filière officielle. C'est moi.

– Il a d'autres combines.

– Certes. Des clandestines. Tu sais ce qu'elles valent en ce moment et ce qu'elles vaudront demain, quand tout sera sens dessus dessous. La mienne est la plus sûre.

– C'est à voir...

Battisti jouait adroitement Mariani contre Fournier pour tirer le maximum. Janus s'était trop laissé mener dans la discussion. Il fallait rompre. Cela devenait trop dangereux.

– Non, Ange. Ça ne se discute pas. Ça ne se discute plus. Tu veux la vérité, toute crue ? Tu n'as pas d'autre choix. On ne peut plus jouer. C'est une affaire d'État. Mariani te permet de t'en tirer. C'est un frère, tu le dis toi-même. Avec la Résistance, tu n'as pas une chance. Tu t'es trop montré. Ou c'est donnant donnant, ou tu ne t'en sortiras pas. Il a fallu que j'insiste pour...

Le caïd sourit, lassé peut-être, certainement pas dupe.

– C'est la deuxième fois que tu me sauves la vie, remarqua-t-il soudain.

Il se leva, disparut à l'intérieur de la maison.

Il resta absent plusieurs minutes. De temps en temps, un gorille pointait son mufle dans l'embrasure de la porte, coulait un regard chargé de suspicion en direction de Janus que cette surveillance agaçait.

Ange Battisti revint. Il déposa plusieurs carnets de moleskine noire sur la table, devant le commissaire Fournier.

– Voilà. Tu as ce que tu veux. Nous sommes quittes.

Fournier prit un carnet, le feuilleta avec une curiosité fiévreuse.

– Avec ça dans les mains, dit le vieux caïd, tu peux faire exploser la ville.

# 6

Mariani avait dû rencontrer Battisti à plusieurs reprises avant de conclure. Le volume des affaires à régler était tel et leurs imbrications si complexes que, une fois admis le principe de leur cession, l'accord définitif nécessitait de nombreuses séances de travail. On n'effaçait pas d'un trait de plume des décennies de pouvoir. Il fallait discuter, avec le concours d'hommes de loi en qui Félix plaçait sa confiance, pour préserver une apparence de légalité. Cela n'abuserait certainement personne. On saurait que Mariani, exploitant la situation, avait fait main basse sur la ville. Mais les papiers seraient inattaquables.

Bien sûr, Battisti, aux abois, n'était plus en mesure de s'opposer à quoi que ce soit. L'homme était un réaliste. Il cédait son empire pour une bouchée de pain, non négligeable certes, réglée avec des valeurs faciles à emporter et à négocier, comme des diamants, mais une bouchée de pain quand même. Il convenait cependant que les choses soient faites dans les règles. Mariani, fidèle à sa réputation de sage, l'entendait ainsi. Il profitait sans vergogne de l'aubaine offerte par le destin pour spolier son rival de tous ses biens. Mais il ne voulait pas abuser de sa victoire pour l'écraser. Il laissait au vaincu une porte de sortie dans la dignité, comportement normal entre Corses.

Selon le vœu de Battisti, les entretiens se déroulaient au Roucas Blanc, dans la plus grande discrétion. Personne ne pouvait ainsi suspecter le collabo de trahir les siens et de liquider ses biens pour sauver sa peau. Fournier avait seulement assisté au premier rendez-vous, au cours duquel Félix Mariani avait tout de suite mis les points sur les i.

– Tu as perdu la partie, Ange. Mais, vu que tu ne m'as jamais balancé aux Allemands, je serai régulier avec toi. Il y a toujours eu un contrat tacite entre nous. Nous l'avons respecté l'un et l'autre. C'est bien. Aujourd'hui, on peut parler.

Après le *Pace salute!*, ils s'étaient d'abord serré la main pour marquer dans quel esprit ils abordaient la négociation. Félix avait ensuite poursuivi :

– Fournier t'a dit, pour ton départ?

– Oui. C'est arrangé.

– C'est lui qui s'en occupe. Tu peux lui faire confiance.

– Je sais. J'ai eu l'occasion d'apprécier ton ami.

Fournier, quant à lui, avait eu le temps d'étudier minutieusement les carnets de Battisti. Une véritable mine. Le truand ne l'avait pas trompé, de quoi faire exploser la Canebière et le port. Marseille et Toulon y tenaient toute leur place, mais aussi Draguignan et Aix. Tournant les pages, André voyait défiler devant ses yeux les plaques de bronze d'avocats et de quelques juges, les enseignes de gros commerçants, les organigrammes de sièges sociaux, les cartes de visite gravées de médecins et d'anciens édiles. Chaque entrée de ce catalogue de la honte était suivie de l'inventaire complet des méfaits, vilenies et autres dénonciations, agrémenté d'un commentaire de l'auteur, qui quelquefois ne manquait pas d'humour. Les plus petites idylles suspectes étaient répertoriées ainsi que quelques noms d'artistes corrigés par leurs patronymes et leurs âges réels. Quelques réceptions à la Kommandantur ou même au domicile privé de dignitaires nazis locaux constituaient de véritables index de la Collaboration provençale. A la lettre F, il trouva son père : Battisti avait simplement noté, à la fin d'une petite liste de relations compromettantes qui s'arrêtait en 1942, ce simple mot : *idéaliste.* André partit d'un fou rire. Pour le truand, celui qui ne gagnait pas à la collaboration pouvait être considéré apparemment comme élément négligeable. La page suivante lui apporta une nouvelle surprise, c'était la mention d'André Fournier. Elle ne lui apprit rien, à part peut-être le point d'interrogation qui fermait l'énoncé des dates de réunions chez Gardelet. « Fripouille ! » pensa-t-il, mi-figue, mi-raisin.

Janus fit le tri. Il ne fallait rien oublier de ce qui était notoire – il prit soin de recopier intégralement la fiche de son père, cela ne lui déplut pas d'ailleurs –, il devait livrer quelques secrets, quelques gros bonnets, de quoi dédouaner Battisti et justifier des mesures de clémence dont il bénéficiait malgré son lourd passif.

Après avoir tapé à la machine une partie des précieux renseignements, il transmit ces « œuvres choisies » d'Ange Battisti à la Résistance, par l'intermédiaire de Larzac.

Il conservait les carnets, à l'insu de tous, pour son usage personnel. Il avait mis l'original et une copie complète en lieu sûr. Cette bombe à retardement prendrait de la puissance avec le temps. Il possédait là de quoi faire pression sur quantité de personnalités de Marseille et de la région dont la plupart se croyaient vraisemblablement au-dessus de tout soupçon. Derrière de nobles façades, tout était pourri. Les carnets de Battisti constituaient l'arme la plus dangereuse qu'il avait jamais eue entre les mains. Pas de plomb, pas de poudre, pas d'acier, juste de petits mots précis, effilés, tranchants comme des rasoirs.

Déjà la vague d'épuration commençait à déferler sur la ville : on entassait les suspects dans les prisons, on fusillait les traîtres après un jugement sommaire, on tondait les femmes coupables d'avoir couché avec les Allemands.

En attendant de pouvoir quitter la France, Battisti se cachait. Là où nul n'aurait songé à le chercher : dans la villa de Mariani ! Seuls Fournier, Larzac et quelques responsables, impliqués dans sa fuite, se trouvaient dans le secret.

Félix Mariani avait rondement mené les tractations : il devenait propriétaire de plusieurs bars et hôtels. Il héritait de parts majoritaires dans différents cercles de jeu de la région, prenait la succession du clan Battisti dans des rackets particulièrement juteux. Mais, surtout, il achetait très au-dessous de sa valeur *Le Vénusia*, prestigieuse boîte de nuit qui symbolisait la réussite de Battisti et lui tenait lieu de quartier général.

Félix avait essayé en vain de rivaliser avec *Le Vénusia*

lorsqu'il avait lancé *La Salamandre.* Mais son heure n'avait pas encore sonné. Son établissement restait une classe au-dessous. Il avait pu travailler dans les limites concédées par Veroglio et Battisti, pas au-delà. Ceux-ci avaient observé d'un œil glacé les tentatives de montée en puissance de leur cadet et les avaient contenues dès qu'il s'aventurait trop loin à leur gré. Aujourd'hui, Félix triomphait. *Le Vénusia*, désormais, c'était chez lui.

Battisti n'avait pas soufflé mot à Mariani de l'existence des carnets. En agissant ainsi, aucune sympathie particulière ne l'animait envers le commissaire Fournier, encore qu'il lui dût la vie et la liberté. Le jeune homme incarnait doublement l'ennemi, puisqu'il appartenait à la fois à la police et à la Résistance. Il savait maintenant combien il les avait abusés tout au long de la guerre. Enfin, il représentait le genre d'homme qu'il détestait entre tous. Sans doute parce qu'au fond de lui l'envie le rongeait.

Tant qu'il n'était pas vraiment parti, il se méfiait. Le commissaire Fournier ne tolérerait pas une indiscrétion qui puisse altérer ou briser l'amitié qui l'unissait à Mariani. Or, c'était désormais lui, et lui seul, qui tenait dans ses mains l'unique fil le reliant à la liberté. A la moindre imprudence, il cassait.

Non sans habileté, Ange Battisti calculait que le jeune Fournier se révélerait bientôt sous son vrai jour. Il avait tout de suite vu que le garçon avait les dents longues. C'était un loup qui ne connaissait pas encore sa vraie nature. Il chasserait bientôt de race parmi les hyènes et les chacals. Au surplus, contrairement à Mariani et à ses semblables, qui progressaient en s'appuyant sur la force et la cohésion d'un clan, d'une bande, lui, c'était un loup solitaire. L'espèce la plus dangereuse.

En acceptant de lui remettre ses dossiers secrets, Battisti savait ce qu'il faisait. Il lui offrait des armes grâce auxquelles le jeune homme s'imposerait. Cela mettrait peut-être des années à se produire. Mais, tôt ou tard, Fournier s'affranchirait de la tutelle de Mariani et travaillerait pour son propre compte. Battisti en eût mis sa main à couper. Les anciens amis deviendraient des rivaux. Ils s'opposeraient dans une lutte fratricide. Ce jour-là, Ange Battisti, par personne interposée, tiendrait sa vengeance. La roue tournait sous l'impulsion de la Fortune, déesse aveugle gouvernant nos vies, mais on pouvait toujours lui donner un coup de pouce pour en infléchir le cours, l'amener à écraser de préférence des victimes désignées. Et – qui sait ? – alors, Battisti aurait peut-être un nouveau coup à jouer... L'âge venait, mais depuis que les choses étaient réglées avec Mariani, une sorte d'énergie le regagnait. Les vieux lions ont parfois des réveils que les jeunes mâles ne soupçonnent pas.

Fin septembre 44, Ange Battisti, muni de vrais faux papiers fournis par l'administration gaulliste et d'une grosse somme d'argent en dollars représentant son trésor de guerre, embarquait donc sur le *Vidar*, un cargo anglais faisant escale à Tanger. Là l'attendait un contact chargé de s'occuper de son transfert en Amérique du Sud. Il s'agissait d'un homme de confiance, officier de renseignements français, recommandé par Larzac en personne, qui l'avait eu sous ses ordres en Cochinchine.

Quinze jours plus tard, Battisti traversait l'Atlantique à bord du *Liberdad*, battant pavillon mexicain, en route pour Buenos Aires, au milieu d'un convoi de bateaux de commerce protégé par la Royal Navy.

Au fil des mois, les combats s'étaient déplacés en Allemagne, sur laquelle se déversaient des tonnes de bombes. Les Alliés avaient franchi le Rhin et fonçaient sur Berlin. A Paris, le général de Gaulle formait un gouvernement tripartite avec la SFIO, le MRP et le PCF. Il avait su manœuvrer adroitement pour empêcher les communistes de s'emparer des rênes du pouvoir et les Américains d'installer, au fur et à mesure de leur avance, une administration sous tutelle, leur fameuse AMGOT.

Le nouveau pouvoir plaçait ses fonctionnaires aux postes de commande, instaurait peu à peu l'ordre et la paix civile, prenait les mesures d'urgence pour assurer le quotidien et panser les plaies.

Enfin, en mai 45, Berlin tomba aux mains des Alliés et sa chute marqua dans l'esprit de tous l'écrasement définitif du sinistre III^e^ Reich.

En France, la IV^e^ République venait de naître, qui avait

vite dégoûté le général de Gaulle des affaires publiques. La France se remettait au travail. L'euphorie de la victoire était passée.

Le commissaire Fournier avait été maintenu dans son corps d'origine. Depuis que ses activités au sein de la Résistance avaient cessé, il traînait des jours assez maussades. La lutte clandestine ne le stimulait plus. L'exaltation de la Libération était retombée pour lui aussi. Comme il n'était pas homme à porter les drapeaux dans les commémorations ni à participer aux amicales d'anciens combattants, tout cela lui semblait déjà lointain. Son nom de code Janus prenait place au rayon des souvenirs. Seuls l'employaient encore quelques camarades un peu déboussolés, comme lui, mais qui tentaient bizarrement de prolonger une période tragique où ils avaient pu se sentir des hommes. L'épuration aussi avait vécu. Maintenant c'était l'heure pour les planqués de redresser lentement la tête.

Heureusement, il voyait souvent Mariani, toujours aussi fraternel et compréhensif à son égard. Il passait des nuits à *La Salamandre*, à boire et à danser avec des filles qu'il raccompagnait chez elles ou amenait chez lui. Il y avait un orchestre de jazz venu tout droit des États-Unis. Les gens renouaient avec bonheur avec ces rythmes dont ils avaient été frustrés pendant quatre ans, le swing, le charleston, ils découvraient le be-bop. On écoutait des airs de Louis Armstrong, de Glenn Miller. Malgré les restrictions, on buvait de nouveau du champagne et du whisky. On fumait avec délice des cigarettes de contrebande volées à l'armée américaine, avec la complicité des personnels de l'intendance et des MP qui y trouvaient leur compte. Un de ses amis arlésiens s'emplissait ainsi les poches en ponctionnant, par camions entiers, les grands entrepôts militaires installés dans la Crau.

Fournier prenait de plus en plus goût à la vie facile et dorée sans trop s'inquiéter du fait qu'il la devait pour l'essentiel à la générosité de Mariani, grâce à l'argent procuré par le *Pony*, une petite boîte située rue Haxo, et gérée par un prête-nom, qu'il avait reçue en récompense de ses interventions. Il touchait régulièrement ses royalties, sans trop d'états d'âme. Il luttait cependant contre le désagréable sentiment de vivre suspendu au-dessus du vide. A supposer que Mariani se lasse, il retomberait comme un pantin dont on a coupé les ficelles, et ne se relèverait plus.

De temps en temps, il pensait aux carnets de Battisti. Mais avec la sensation d'une certaine irréalité. Une fois même, il avait ressenti la nécessité de vérifier leur existence, de relire les noms et les forfaits. Il avait été les chercher mais, sitôt qu'il en avait ouvert un, il l'avait refermé, replacé dans sa cachette. Ce soir-là, il avait beaucoup bu à *La Salamandre.*

C'est dans ce climat qu'il reçut une convocation l'invitant à se présenter à la préfecture. Elle était signée du commissaire divisionnaire Pierre Barbey, son supérieur hiérarchique. Fournier n'éprouvait aucune sympathie pour ce haut fonctionnaire timoré et vachard, uniquement soucieux de ne pas faire de vagues pour assurer sa laborieuse carrière. Même son contact physique lui déplaisait. C'était un petit homme rond, affecté d'une calvitie précoce, la bouche veule, le menton fuyant, le tout relevé par une fine moustache d'allure faussement martiale.

Comment s'était-il débrouillé pour occuper ce poste de responsabilité, lui qui était si peu responsable ? Grâce à quelles magouilles avait-il gravi les échelons ? De quelles protections occultes bénéficiait-il ? Quoi qu'il en soit, il était là. Il fallait faire avec.

Le commissaire André Fournier ignorait l'objet de cette convocation. On l'invitait en termes administratifs à se présenter à la préfecture des Bouches-du-Rhône, le mercredi, à quinze heures. Ses chefs lui proposeraient peut-être une mission qui lui redonnerait un sentiment d'utilité. Il l'espérait, mais, en fait, il n'y croyait guère.

Lorsque Fournier pénétra dans le bureau du commissaire divisionnaire Pierre Barbey, il fut surpris de ne pas le trouver seul. Il y avait là le procureur de la République Croustillac, toujours très vieille France – son abondante chevelure blanche aux mèches ondulées ressemblait à une perruque poudrée de l'Ancien Régime –, et un autre homme qu'il ne connaissait pas mais à qui les deux autres semblaient accorder une certaine déférence. Grand, mince, les cheveux en brosse, d'épaisses lunettes d'écaille, un costume sombre d'excellente coupe. Peut-être un de ces chargés de mission que le nouveau gouvernement dépêchait dans ses provinces pour y faire le ménage. Il était assis un peu en retrait, à gauche du bureau de Barbey, derrière lequel trônaient le maître des lieux et le procureur de la République.

La présence du procureur ne laissa pas d'inquiéter Fournier : c'était lui qui notait les commissaires et c'était aussi à lui que l'on rendait compte des affaires décisives. La convocation prenait de ce fait une importance imprévue.

« Une vraie commission de la hache », pensa Fournier.

Barbey ne lui demanda pas de s'asseoir. Aucun siège ne se trouvait d'ailleurs devant le bureau. Ce dispositif alerta Fournier. Il ne s'attendait pas à une réception aussi glacée.

Le commissaire divisionnaire jouait machinalement avec son stylo qu'il faisait tourner entre ses doigts. Le procureur gardait les mains jointes sous son menton. Le troisième homme, jambes croisées, fumait paisiblement en observant la scène. Fournier comprit qu'il ne dirait pas un mot. Il n'était pas là pour ça.

– Fournier, commença Barbey, vous avez fait de l'excellent travail pendant la guerre. C'était une période difficile pour tout le monde, délicate. Elle obligeait à faire certaines choses qui auraient été interdites en temps ordinaire, vous comprenez? Les circonstances commandaient... Il fallait parer au plus pressé, faire flèche de tout bois...

Il se tut, s'absorba dans la contemplation de son stylo. Puis il reprit sur le même ton :

– Par bonheur, la paix est revenue. Vous savez ce que ça signifie la paix, Fournier?

Fournier ne voyait pas très bien où son supérieur voulait en venir. Ce préambule ne signifiait rien de bon. Il éprouvait une sorte de malaise prémonitoire et décida de jouer la carte de la naïveté.

– Que nous avons gagné la guerre, répondit-il.

Barbey écarquilla les yeux comme s'il découvrait soudain la stupidité de son subordonné.

– Ça signifie que les choses rentrent dans l'ordre et que nous devons... que vous devez rompre avec certaines habitudes, certaines fréquentations sur lesquelles nous avons dû fermer les yeux trop longtemps.

– Vous n'avez rien à me reprocher.

– Sur le plan professionnel, non. Nous connaissons vos états de service.

Le procureur de la République jugea bon d'intervenir.

– On dit que vous êtes très lié à Félix Mariani.

– Nous nous voyons souvent. Nous avons combattu ensemble et risqué notre vie pour que la France participe à cette victoire.

Le procureur eut un geste d'agacement.

– J'entends bien. Mais, ça, voyez-vous, commissaire, c'est le passé.

Fournier ne put réprimer un mouvement d'humeur.

– Félix Mariani est un héros! lança-t-il avec défi. Vous l'oubliez vite! Moi, pas. J'ai meilleure mémoire.

– Héros est un bien grand mot pour quelqu'un qui a un casier judiciaire fort chargé, glissa avec une évidente satisfaction le commissaire divisionnaire Barbey.

Un profond écœurement s'emparait de Fournier. Barbey et Croustillac étaient des planqués pendant la guerre. Ils avaient réussi le tour de force de ne se mêler de rien et de passer au travers de tout. Pendant que des hommes comme Mariani et lui risquaient de se faire trouer la peau, torturer, expédier dans ces camps de concentration dont on venait seulement de découvrir toute l'horreur, ils faisaient dans leurs frocs. Ils avaient grossi les rangs des fameux résistants de la dernière heure. Maintenant, ils prétendaient donner des leçons! Cet héroïsme dont ils avaient été incapables, ils allaient le lui faire payer. Si possible très cher. Le prix de leur démission à eux, de leur lâcheté, de leur trouille.

L'administration reprenait ses droits. Elle fonctionnait comme auparavant. Les épreuves n'avaient pas effacé l'étroitesse d'esprit, la veulerie, l'envie, la bêtise. Elles avaient pour elles l'éternel alibi du règlement, des obligations de réserve, d'obéissance. Comment réagir avec quelque chance d'obtenir gain de cause quand cette mentalité inspirait la hiérarchie? Il fallait claquer la porte ou juguler sa révolte et consentir. Rentrer dans le rang. Plier l'échine jusqu'à la retraite.

Comme s'il lisait dans ses pensées, Barbey asséna :

– N'oubliez pas que vous êtes un fonctionnaire de police.

– Un défenseur de la loi, ajouta le procureur. Votre métier est de lutter contre le banditisme.

– Pas de le favoriser.

– Vous portez là une grave accusation! s'insurgea Fournier.

– Ne vous énervez pas! Nous vous mettons seulement en garde contre les dangers que vous encourrez si vous continuez de vivre comme vous le faites.

– Ma vie privée ne vous concerne pas.

– Certes. Sauf si elle présente des aspects, disons... euh... compromettants. Vous appartenez à un grand corps de l'État. Cela impose des devoirs.

– Vous ne trouvez pas que vous y allez un peu fort, commissaire ?

Barbey répliqua par un silence chargé de mépris.

Il fixa Fournier d'un œil brillant d'une ironique satisfaction. Intérieurement, il jubilait. Ce petit commissaire qu'on voyait parader dans tous les endroits à la mode, sapé comme un prince, en compagnie de notables, conduisant de belles bagnoles, il allait lui rabattre son caquet.

– J'ai le regret de vous apprendre que le syndicat des commissaires a demandé qu'une enquête administrative soit diligentée concernant certains de vos revenus et votre train de vie, annonça-t-il.

Fournier réussit à se contenir. Il s'abstint de tout commentaire. Il refuserait à ces salauds le plaisir de son humiliation. S'ils espéraient le voir ramper, ils se trompaient.

– La connaissance du Milieu que vous avez acquise auprès de Félix Mariani pourra nous être utile. Ce monsieur va sans doute reprendre ses activités si ce n'est déjà fait. D'ailleurs, il ne peut pas faire autrement. Or il ne jouit plus des protections qu'il avait pendant la guerre.

– Il a des amis bien placés. Des gens qui n'oublient pas.

– Nous le coincerons, Fournier, parce que nous devons le coincer. C'est notre métier. C'est aussi le vôtre.

Le procureur eut un sourire faussement engageant.

– Je crois que M. Fournier saura tirer la leçon de cet entretien, fit-il. C'est un bon élément, même s'il manque parfois un peu de... discernement.

Il se tourna vers Fournier.

– Pensez à ce que nous vous avons dit au sujet de Mariani. C'est un truand. Vous êtes commissaire. Tout cela fait désordre, vous ne trouvez pas?

André Fournier en avait assez entendu. Brusquement, il cessa de se contrôler. Il vida son sac, sèchement, avec dureté. Il stigmatisa la conduite de ses interlocuteurs pendant la guerre, leur incompétence, leur veulerie. Il leur jeta au visage son écœurement, son mépris, il s'emplit les poumons et conclut :

– Mariani est sans doute un truand, mais il vaut cent fois mieux que vous. Au moins, il a de l'honneur, lui!

Sur ce, grand seigneur, il posa sa plaque de police sur le bureau, devant le commissaire divisionnaire Barbey, complètement abasourdi, et partit en claquant la porte.

Le troisième homme n'avait pas bougé, pas prononcé une parole. Mais son visage s'était soudain durci, comme s'il s'interrogeait sur le destin qui attendait ce Fournier qu'il ne connaissait qu'au travers d'un dossier et qui soudain lui apparut plus complexe. Il eut le sentiment d'avoir été trompé par le divisionnaire et par le procureur de la République. Mais il était trop tard.

# 7

Dominique Mariani ne brillait ni par la patience ni par la délicatesse. De teint très sombre, avec des cheveux noirs plantés bas sur le front, d'épais sourcils, une mâchoire carrée, il dégageait une forte impression de bestialité corroborée d'ailleurs par son comportement. Son frère Félix l'employait volontiers dans les manœuvres d'intimidation.

Borné, peu fûté, il ne se posait pas de questions inutiles, ignorait finalement ce qu'était une conscience, n'hésitait pas un seul instant à employer les grands moyens pour obtenir gain de cause. Ce n'était pas à proprement parler un négociateur ni même un exécutant, plutôt un exécuteur. Quand il arrivait quelque part, les gens avertis connaissaient le sens et la portée de sa présence : on ne discute plus.

Assis en face de César Ferrero, Dominique Mariani affectait une mine désolée.

– Vous n'êtes pas raisonnable, monsieur Ferrero. Nous vous offrons 25 000 francs. Considérez que nous faisons un gros effort. Un très gros effort. Parce que votre bar pourrait bien ne plus valoir ce prix-là. Mais vous nous êtes sympathique, voyez-vous.

– C'est une plaisanterie ! Vous savez bien qu'il en vaut trois fois plus !

– Je sais. Vous en voulez 80 000 francs. Vous êtes trop gourmand, monsieur Ferrero.

– J'ai investi. J'ai une belle clientèle.

– Oh ! la clientèle, c'est capricieux. Un jour elle est là, un autre non.

– Je ne descendrai pas au-dessous de 75 000. C'est mon dernier prix.

Dominique laissa glisser un étrange sourire sur ses lèvres d'une minceur cruelle.

– Oui, en effet, ça pourrait bien être le dernier.

Derrière lui, ses deux porte-flingues, Tony Murena et Pascal Roméi, se poussèrent du coude en rigolant. Ils appréciaient l'humour de Dominique et ils raffolaient de sa couleur préférée : le noir.

Le gros homme s'énerva. De la sueur coulait de son front. Il l'épongea d'un revers de manche.

– Je connais la valeur de mon bar. J'ai fait faire l'expertise. Je le vendrai à son juste prix.

– Vous ne trouverez pas d'acheteur.

– J'ai déjà eu des propositions.

– Oubliez-les. Je vous dis que personne n'achètera.

– Qu'est-ce que vous en savez, après tout ?

Dominique découvrit ses dents.

– Je le sais. Voilà tout.

Il se leva, imité par Tony et Pascal. L'entretien était terminé.

– Réfléchissez, Ferrero. Nous vous laissons une quinzaine. Et n'oubliez pas : 25 000 francs. Pas un sou de plus.

César Ferrero s'était fait tout seul, à force de persévérance et de travail, de sobriété et d'économie. Il avait rudement payé pour obtenir son bien. Malgré les pressions de plus en plus insistantes, il refusait avec obstination de le céder pour une somme jugée ridicule et d'accepter ainsi de voir anéantis les efforts de toute une vie. Il s'imaginait de taille à tenir tête. Il vivait en France. Il croyait en la justice de son pays d'adoption et que la police protégeait les honnêtes commerçants de son espèce. Il ignorait de quoi était capable le clan Mariani lorsqu'on osait contrecarrer ses projets.

Émigré à l'âge de seize ans, César s'était retrouvé seul à Paris. Il faisait la plonge dans une brasserie de l'avenue de Tourville pour survivre. Puis, remarqué par ses patrons, il avait obtenu une place de garçon et appris le métier sur le tas. Il se privait pour économiser le maximum d'argent, soutenu par l'ambition de s'installer un jour à son compte. A Paris, si l'on ne disposait pas d'énormes capitaux, il n'y fallait pas songer. Les affaires coûtaient trop cher. Mais en province, à condition de ne pas voir trop grand au début, la partie était jouable.

La chance attendait César en la personne d'un copain, Jean-Claude Chavar, employé dans le même établissement. Celui-ci, venant de faire un petit héritage, cherchait à l'investir. Il estimait le Rital pour son sérieux et son endurance à la peine. Les deux hommes s'étaient associés dans la gérance d'un bar, situé dans le quartier de l'Hôtel de Ville. Ils s'entendaient bien. L'affaire prospéra. Finalement, César Ferrero était resté vingt ans dans la capitale. Vingt ans de collaboration sans faille.

Il n'oubliait cependant pas son projet. Quand il avait estimé disposer d'une somme suffisante, il avait eu une discussion avec son associé.

– Jean-Claude, depuis toujours je veux m'installer dans le Midi. Le soleil me manque.

– Tu n'es pas bien ici ? Nous nous entendons, ça marche. Que demander de plus ?

– Je ne suis pas chez moi.

– Tu y es autant que moi, César.

– Oui. Mais ce n'est pas ce que je veux dire. Je parle du pays, de la terre...

– Avec l'âge, tu deviens romantique. Tu as du vague à l'âme ?

– Non. J'ai beaucoup réfléchi. Cette idée, vois-tu, je l'ai depuis toujours. Elle n'a pas germé brusquement dans ma tête.

César avait vendu sa part à Jean-Claude Chavar. Il voulait tenter sa chance à Marseille, où il avait d'abord acheté *Le Bar des boules*, à la Capelette. Puis, comme il possédait le sens du commerce, un établissement de meilleure qualité, *Le Zénith*, situé à proximité du Vieux-Port, rue Caisserie, dans ce périmètre historique que les Marseillais nommaient toujours le vieux Marseille, malgré la tragique destruction du quartier par les Allemands en 1943.

César Ferrero prétendait transformer *Le Zénith* en y pratiquant, en plus de la limonade, une restauration familiale avec plat du jour, menu économique, cuvée du patron, dans le genre des bistrots parisiens. Mais il manquait de place pour réaliser ses ambitions et lorgnait en vain sur les rares possibilités de s'agrandir qu'offrait le voisinage. Pourtant, son bar drainait à présent une clientèle nombreuse et fidèle qui sympathisait avec lui.

Il s'était acclimaté rapidement et sans effort aux mœurs de l'antique cité phocéenne au point de devenir un véritable personnage de ce quartier populaire, haut en couleur et fort en gueule. Une importante colonie italienne s'y était d'ailleurs implantée, principalement des natifs du sud de la péninsule où le sol ingrat ne nourrissait pas toutes les bouches.

Ses affaires prospéraient. Il gagnait de l'argent. Mais cette réussite relative ne le comblait toujours pas. César Ferrero se rendait à l'évidence : il n'atteindrait son objectif que s'il vendait *Le Zénith.* Selon l'expert, il pouvait en tirer 80 000 francs. En ajoutant à cette somme l'argent placé, il achèterait l'affaire qui couronnerait sa carrière. Il s'installerait enfin chez lui. Définitivement.

Quarante-huit heures après la visite de Dominique Mariani et de ses sbires, à cinq heures et demie du matin, la devanture du *Zénith* vola en éclats. César venait de lever le rideau. Des gamins avaient lancé des pierres avant de déguerpir dans les ruelles adjacentes. Avédissian, le vitrier de la rue de la République, un habitué, avait effectué la réparation dans la journée.

Dans la nuit du vendredi au samedi, on essaya de mettre le feu. Par chance, il ne se propagea pas, n'occasionnant que des dégâts bénins.

Le lendemain, le téléphone sonna. C'était Dominique Mariani.

– Alors, Ferrero, vous avez réfléchi ?

– Je vous l'ai dit. C'est tout réfléchi.

A l'autre bout du fil, il entendit soupirer.

– Le quartier devient malsain, Ferrero. L'entêtement est un gros défaut. Qui peut se payer cher.

– Allez vous faire voir, Mariani. Quand je dis non, c'est non.

– Je vous ai accordé quinze jours. Assez pour réfléchir.

Il ménagea une pause avant d'enfoncer le clou.

– D'autant qu'on vous a un peu aidé. Il vous reste jusqu'à jeudi. J'attends votre coup de fil.

A quatre heures du matin, quelques jours plus tard, un petit groupe d'individus se présenta devant *Le Zénith*. La nuit était noire, épaisse, la rue déserte. Deux hommes restèrent à l'extérieur, trois autres pénétrèrent par la porte de derrière, donnant sur une petite cour ouvrant sur un passage. Ils se glissèrent à l'intérieur du café, dans l'arrière-salle où César entreposait diverses denrées, ses réserves d'apéritifs, des documents. Ils arrosèrent le tout d'essence puis craquèrent une allumette.

La pièce s'embrasa aussitôt. Le sinistre se propagea rapidement dans la salle principale. Des bouteilles d'alcool et une bouteille de butane explosèrent, transformant les lieux en une impressionnante fournaise, bientôt enveloppée d'un âcre rideau de fumée.

Quand les pompiers, alertés par un voisin, arrivèrent, l'incendie menaçait déjà les maisons mitoyennes. Ils mirent plus d'une heure à le circonscrire.

César Ferrero, hébété, regardait son bien se réduire en cendres et, avec lui, tous les projets échafaudés au long d'années de labeur. Les assurances ne couvriraient pas ses pertes et jamais, à son âge, il ne pourrait reconstituer le capital. C'était comme si les flammes s'étaient attaquées à son propre corps, avaient consummé son âme.

Lors de la première tentative, sans trop y croire, il avait déposé une plainte. Le Parquet avait chargé le SRPJ de l'enquête. Il ne se berçait pourtant pas d'illusions. Elle n'aboutirait jamais. César connaissait le nom des coupables mais il ne possédait aucune preuve. S'il commettait l'erreur de les divulguer, il signait son arrêt de mort.

Il pénétra à l'intérieur du *Zénith* à la suite des policiers et des pompiers. Des éclats de verre jonchaient le sol. Des lambeaux de rideaux calcinés pendaient lamentablement aux murs noircis. Le comptoir éventré répandait ses organes convulsés. Il régnait une pagaille indescriptible. Sur une affiche, Édith Piaf, balafrée de traînées noires, considérait le désastre d'un air désabusé.

Un témoin s'écria :

– L'autre jour, ils ont raté leur coup. Mais, nom de Dieu ! cette fois, ils ont mis le paquet !

César Ferrero serrait les poings d'impuissance. Il répétait comme une absurde litanie, tout en faisant l'inventaire du désastre :

– Les salauds!... Les salauds!...

Il faudrait des semaines pour réparer les dégâts et rouvrir *Le Zénith*. D'ici là... Il préférait n'y pas penser. César découvrait l'étendue de sa ruine. S'il reconstruisait, les autres détruiraient encore. Il en serait ainsi jusqu'à ce qu'il cède. Et, au fur et à mesure, il s'appauvrirait. Le piège se refermait sur lui. Plus il se débattait pour s'en sortir, plus il l'étouffait.

Le lendemain, alors qu'il nettoyait les salles et cherchait à récupérer les rares objets qui pouvaient l'être, Dominique Mariani, vêtu comme un milord, pénétra dans le bar, suivi des inséparables Tony Murena et Pascal Roméi. D'un air de profond dégoût, il repoussa du pied un bout de bois brûlé.

– C'est pas un beau spectacle ça, hein, César? Moi, parole, ça me fend le cœur.

César Ferrero baissa la tête. La mort dans l'âme, il eut à peine la force d'articuler :

– J'ai compris.

– Tu aurais dû comprendre avant.

– Y a plus un coup à boire, ici! s'exclama Tony. Je meurs de soif!

Il considérait d'un air faussement navré les étagères vides, semées de tessons.

– C'est l'échéance, reprit Dominique Mariani.

César ne pouvait plus refuser l'offre. Avec l'argent et ce que donnerait l'assurance il pourrait se refaire ailleurs. Peut-être pas à Marseille, devenue malsaine pour lui.

– Vous avez l'argent? demanda-t-il.

Dominique sortit de la poche de sa veste une liasse de billets.

– 15 000 balles.

César ouvrit la bouche de stupéfaction.

– Regarde ce merdier! Aujourd'hui, ça vaut pas plus, l'acheva Dominique. Demain, ça pourrait valoir moins.

L'empire de Félix Mariani reposait sur des bases classiques, conformes au modèle corse. Il pratiquait systématiquement le népotisme, plaçant d'abord sa confiance dans la famille, à la prospérité de laquelle il entendait œuvrer. Seuls les liens du sang offraient une garantie suffisante. Il ne soupçonnait pas que la politique inspirée de ces principes avait contribué à la chute de Napoléon, un empereur pourtant d'une autre envergure. Les siens avaient trop longtemps vécu chichement au village. Un à un, il les sortirait de la misère. A condition toutefois qu'ils acceptent de quitter leur île pour venir s'installer avec lui sur le continent. Certains refuseraient toujours d'abandonner la terre des ancêtres. Et c'était bien ainsi. Ils entretenaient le foyer et la mémoire des Mariani.

Il n'était pas le premier du clan à tenter sa chance. Mais il était le premier à réussir. Bien qu'il fût le cadet, il apparaissait aux yeux de tous comme le chef incontesté de la famille. On le respectait pour son argent et sa puissance, pour ce qu'il avait réalisé, mais surtout pour ses qualités d'homme : la fierté, le courage, la force, le sens de l'honneur. En vérité, derrière ce respect se dissimulait la crainte qu'il inspirait, même à ses proches. Personne n'eût songé à lui manquer.

Après Dominique et Pascal, étaient donc arrivés à Marseille ses deux autres frères, Carlu et Tomaso, puis sa sœur Annonciade. La formidable progression de ses affaires, après le départ de Battisti, avait amené aussi les cousins, petits-cousins, et de vagues alliés auxquels, chaque fois, il procurait le gîte et le couvert pendant le temps nécessaire, une place dans l'une de ses nombreuses entreprises, dans l'administration locale, ou chez certains amis, où ils pourraient se révéler utiles plus tard. Son influence se ramifiant ainsi, il disposait, en plus de son équipe de professionnels du crime, d'un remarquable réseau d'informateurs et d'auxiliaires. La solidarité insulaire, sur laquelle il pouvait naturellement compter, comme la plupart de ses compatriotes, renforçait encore sa position.

Jaloux de son pouvoir, Félix Mariani prenait seul les décisions importantes. Ses frères servaient de prête-noms et de lieutenants sans avoir d'autre autorité que celle qu'il leur déléguait. Ils avaient sous leurs ordres une équipe d'une cinquantaine de voyous, pratiquement tous d'origine corse et plus ou moins apparentés, appelés de Calacuccia et d'autres villages voisins. Dans cette structure pyramidale, parfaitement organisée, les quatre frères assumaient la responsabilité des prostituées, des bars, des hôtels de passe, des cercles de jeu, du racket. Ils continuaient l'exploitation des femmes bien que le 13 avril 1946, Marthe Richard ait réussi à faire adopter par le Parlement la loi qui portait son nom, au grand désespoir des tenanciers qui hurlaient qu'on les étranglait et qu'on leur retirait le pain de la bouche en interdisant les maisons closes.

– La Chambre n'aura pas raison des maisons, s'était écrié, non sans humour, Félix en apprenant les résultats du vote en première page du *Provençal*.

Grâce à la chute ou au départ des collabos, le patrimoine de Mariani avait encore grossi. Cela ne laissait pas de lui poser des problèmes de gestion et d'organisation. Il ne pourrait les résoudre qu'en s'appuyant sur des hommes compétents, dévoués et dignes de sa confiance. Le vivier familial n'étant pas inépuisable, il devait prospecter au-delà. Mais les oiseaux rares ne se dénichaient pas aisément. Il réfléchissait.

Dans son entourage, un nom s'imposait, celui d'André Fournier. Celui-ci appartenait toujours à la DST et Mariani ignorait s'il accepterait un jour de franchir le pas, de basculer du côté des truands. Certains indices autorisaient à le supposer. Depuis les premières opérations exécutées dans la clandestinité, il observait son évolution. Avec le rétablissement de la paix, d'autres voies s'offraient à son ambition. Ce qui l'opposait à sa famille, exacerbé par l'intolérance de la jeunesse et par les urgences du conflit, s'estompait. Son père n'avait pas été vraiment inquiété après la Libération. Mariani avait appris de Larzac qu'on avait voulu épargner le père en raison des états de service du fils. On pouvait concevoir que celui-ci se rapprocherait de nouveau des siens, même s'il ne passait pas l'éponge sur tout.

Beaucoup de choses unissaient Félix et André, mais tant d'autres les séparaient! Est-ce qu'un homme comme Fournier pénétrerait jamais les ressorts qui l'animaient, lui, l'ancien berger de Calacuccia devenu le caïd de Marseille ? Les contraires s'attiraient quelquefois, quoique la sagesse populaire assurât plutôt que « qui se ressemble s'assemble ». Le paysan, que Félix restait au fond de lui-même, incitait à croire le populaire.

Sans doute existait-il entre les deux hommes une fascination réciproque confirmée en maintes occasions. Cela constituerait-il un ciment durable ? Seule l'expérience le dirait. Mariani était prêt à parier sur Fournier. Il manquait à son état-major quelqu'un de très intelligent et d'instruit, rompu aux questions de droit, ayant l'habitude du monde. Fournier remplissait incontestablement toutes ces conditions. Il présentait un autre avantage considérable : il connaissait la police de l'intérieur pour avoir servi dans ses rangs avec un grade élevé.

L'éventuelle adhésion d'André laissait bien pressentir quelques difficultés latentes du côté de ses frères, en particulier de Dominique, jaloux des faveurs qu'il accordait à Fournier. Entre les deux hommes, depuis le début, le courant ne passait pas. Si Fournier prenait officiellement une part active dans ses affaires, il devrait veiller à ce qu'on ne lui mît pas des bâtons dans les roues. Il réunirait le conseil de famille à cet effet et ferait part à tous de ses décisions.

– Pas question de toucher au petit !

C'était maintenant le moment ou jamais. Félix avait su avant Fournier les motifs de sa convocation chez Barbey. Dans l'après-midi, il avait reçu un coup de téléphone de son informateur. Celui-ci avait eu vent de l'esclandre provoqué par Fournier, qui était sorti du bureau du divisionnaire en vociférant.

Félix Mariani attendait donc avec impatience l'ex-commissaire. Lorsque celui-ci le rejoignit à *La Salamandre*, comme presque tous les soirs, il l'accueillit d'un ironique :

– Bonsoir, commissaire.

Encore sous le coup de son entrevue avec Barbey et le procureur Croustillac, Fournier contenait péniblement sa rage.

– Ne m'appelle plus jamais commissaire ! gronda-t-il.

– Je sais. Te fâche pas.

– Qu'est-ce que tu peux savoir !

A son grand étonnement, Mariani précisa :

– On m'a dit. J'ai mes indics. Je te remercie. Tu as été régulier. Tu ne m'as pas trahi.

– Les nouvelles vont vite.

– Tu as démissionné. Tu ne peux plus faire marche arrière.

Il regarda Fournier droit dans les yeux.

– Maintenant, qu'est-ce que tu vas faire ? demanda-t-il. Tu as perdu ton boulot. Tu ne veux plus entendre parler de ta famille...

– Je vais y réfléchir.

Mariani laissa passer un moment avant de reprendre :

– André, j'ai de l'amitié pour toi. Je ne te laisserai pas tomber.

– Merci, Félix.

Jugeant l'instant favorable, Mariani décida de jouer cartes sur table.

– Écoute, j'ai besoin d'un homme comme toi. Viens travailler avec moi. Tu es régulier, je le suis aussi. On peut faire de grandes choses ensemble. Viens.

Il expliqua en détail de quelle façon il voyait évoluer leurs relations. Il ne voulait pas un adjoint, seulement un allié digne de sa confiance. Il brassait d'énormes affaires. Les années d'après guerre autorisaient toutes les audaces et tous les espoirs. Il y avait beaucoup d'argent à gagner. Il fit adroitement miroiter la possibilité de mener la vie brillante et facile qui plaisait à Fournier : les filles, les belles voitures, les restaurants chics, l'appartement haut de gamme.

– Tu as déjà retourné tout ça dans ta tête, observa Fournier.

– Je te regarde vivre. J'ai mes idées. Je suis à côté de la plaque ?

L'autre hésita.

– Non.

Il ne se scandalisait pas de ce que Félix osait lui proposer. Il n'avait aucun argument à opposer à sa démonstration, pas la moindre réticence. Sans doute parce que ce que disait Mariani, il se l'était déjà dit dans le secret de sa conscience, au cours des semaines précédentes. Il avait lui-même préparé le terrain. Depuis qu'il était sorti du bureau de Barbey, il savait que le moment était venu, qu'il fallait faire quelque chose, même si Félix ne lui proposait rien. Mais il ne doutait pas au fond que Félix soit intéressé par son expérience, ses connaissances, sa culture, toutes qualités qu'il ne trouverait pas dans son entourage.

Brusquement, il s'aperçut que sa rage s'était éteinte. Il respirait calmement, ses mains étaient sèches. Il commençait à y voir plus clair.

– Alors, demanda Mariani, ça te tente? Si tu veux, ne réponds pas tout de suite. Réfléchis encore...

– Ma décision est prise.

– Alors?

– Je marche avec toi, Félix.

Après le départ de Fournier, Mariani se félicita d'avoir réussi à le récupérer. Il s'enferma dans son bureau, passa deux ou trois coups de fil. Il s'agissait maintenant de faire admettre Fournier par le Milieu et de le protéger tant que cela ne serait pas vraiment acquis. Les voyous le respectaient parce qu'il avait fait de la Résistance. Ils connaissaient ses faits d'armes.

Mais pour eux, un flic était un flic.

Deuxième partie

# LES ANNÉES DE BRAISE

# 8

André Fournier longeait le Vieux-Port en direction de la rue de la République. Il ne se pressait pas. Piero Luzzi l'attendait vers onze heures à *La Samaritaine*. Il esquissa un sourire en passant devant le restaurant *Les Trois Sœurs* où une femme racolait les clients en vantant sa bouillabaisse, « la meilleure de Marseille ».

Sur le quai des Belges, les poissonnières attiraient aussi le chaland. Leur marchandise frétillait sur des lits d'algues fraîches : poissons de roche pour la soupe, rascasses caparaçonnées, pageots, dorades semblables à des lames d'argent, congres, amas de sardines, merlans, rougets du golfe... Les bonnes femmes se moquaient vertement des timorés et les récalcitrants essuyaient de savoureuses bordées d'injures. L'imagination de ces dames était inépuisable.

Une énorme matrone aux cheveux lissés en arrière, ses fortes hanches sanglées d'un tablier souillé de sel, invectivait un petit vieux à casquette qui souriait sous le déluge verbal.

– Pas fraîches mes sardines! Elles sont plus fraîches que ton gobie, vieux birbe!

Ces colères feintes faisaient partie d'un jeu séculaire. Personne ne se formalisait sous l'insulte car aucune méchanceté ne l'inspirait. Fournier ralentissait le pas afin de profiter du spectacle. Il aimait cet esprit populaire, coloré et bon enfant, cette vulgarité puissante. Marseille, c'était aussi cela. Une ville débraillée et forte en gueule.

Une ville de marchands et de portefaix, de putes et de harengères, de bourgeois et de nervis. Une ville d'excès de soleil et de colère de vent.

Investi de la confiance de Mariani, André Fournier se familiarisait avec ses affaires. Il apprenait vite. De son ancien métier ne subsistait aucun scrupule. Il l'avait exercé à une époque exceptionnelle où les interventions échappaient à la routine et aux conventions. La limite entre la légalité et l'illégalité n'était jamais nettement tracée. Il existait une sorte de zone floue dont les esprits hardis pouvaient profiter. Aussi, à l'instant où il s'était décidé à franchir le pas, Fournier avait-il tout balayé sans regret. Il n'était pas homme à revenir en arrière.

Une seule fois, le passé était venu le visiter. C'était à l'automne 1948. Il était, comme presque tous les soirs, attablé à *La Salamandre.* L'orchestre avait fait sa première pause et un illusionniste tentait de retenir l'attention de la salle. Quelques minutes avant, Raymonde était passée entre les tables, faisant mine de traverser la boîte pour aller au bar. Elle avait feint la surprise en apercevant André.

– Ça va ?

– Oui, oui. Tu n'as pas de client ?

– Non, c'est calme ce soir. J'attends un habitué.

André ne lui avait pas proposé de s'asseoir.

– On se voit un jour ?

– Je passerai te voir.

Il avait eu un geste vague et, pour signifier la fin de la conversation, avait tourné son regard vers l'entrée. Le commandant Larzac parlait avec le portier qui lui désignait la table d'André.

– Excuse-moi, Raymonde. Un ami.

Il se leva, alla à la rencontre de Larzac. Que venait-il faire ici ?

Ils se serrèrent la main, longuement, silencieusement.

– Un revenant ! finit par dire André.

– Je vous cherchais. On m'a dit que je pourrais vous trouver ici. J'ai toujours de bons informateurs.

– En effet, mais le renseignement ne se vend plus très cher. Alors, comment allez-vous ?

Délibérément, il n'avait pas voulu interroger le commandant sur les raisons de sa visite, après plus de trois ans. Sans attendre de réponse à sa question, il entraîna son ancien chef dans la Résistance vers le fond de la salle.

– Venez vous asseoir d'abord. Nous allons fêter ça. Je vais faire appeler Félix. Il sera content de vous revoir.

– Non, c'est à vous que je veux parler. J'irai saluer Mariani tout à l'heure. C'est possible ?

– Mais bien sûr.

André avait perçu comme un malaise dans la voix de Larzac. Que signifiait cette insistance à vouloir lui parler, à lui ? On ne pouvait pas dire que Larzac prenait des gants. Il fallait que la chose soit importante. Ils s'étaient assis à une table isolée, dans une alcôve, la table du patron. Sur un signe d'André, le garçon avait apporté une bouteille de champagne.

– On trinque, proposa André.

Les verres tintèrent. Puis il reprit :

– D'abord, dites-moi ce que vous êtes devenu. Ah ! je voulais vous remercier de ce que vous avez fait pour mon père. Félix a fini par m'avouer que c'était vous qui étiez intervenu...

– Je lui avais demandé de garder ça pour lui. Enfin. J'avais cru comprendre que vous étiez en mauvais termes, votre père et vous... je veux dire... personnellement.

– Oui, toujours. « Mauvais termes » n'est d'ailleurs pas l'expression qui convient. Je ne l'ai pas revu depuis l'hiver 44 et je ne compte pas le revoir. Ce n'est pas pour lui que je vous remercie, c'est pour moi, pour la démarche, c'est une preuve d'amitié. Voilà. Bon si on parlait de vous...

– Pas grand-chose à dire. Vous savez presque tout. Commissaire du gouvernement ici et là, puis préfet. Vu la tournure des événements, après le départ du Général, il ne m'a pas fallu longtemps pour comprendre que tout allait recommencer comme avant la guerre. Vous savez, le genre « troisième force », ce n'est pas ma tasse de thé. Ce qui me plaisait avec de Gaulle, c'est que j'avais l'impression de comprendre la politique. Et puis trop de planqués réapparaissaient dans les cabinets. Voilà, j'ai pris ma retraite anticipée.

– Oh! pouffa André. Mais vous n'avez pas l'âge.

– Et si! Outre que je pourrais être votre père, je vous signale que j'ai quelques années qui comptent double. Voilà. Je suis libéré de mes obligations. Libre. Enfin, pas tout à fait.

– Cela m'étonnait aussi. Un homme comme vous ne peut pas rester sans s'occuper.

– Justement, c'est à ce sujet que je voulais vous parler. Je ne vais pas y aller par quatre chemins. Vous me connaissez... Je recrute des énergies. Des énergies résistantes. Des gens qui croient à la grandeur du pays, même dans les moments où l'histoire ne semble pas indiquer cette direction-là. Vous comprenez... ce qu'ils sont en train de faire de notre combat, ça ne durera pas, ce n'est pas possible. C'est juste une traversée du désert. Même si le Grand ne dit rien, il y a des camarades autour de lui qui préparent l'avenir. Nous avons besoin de gens comme vous. Je connais les circonstances de votre démission. J'y suis très sensible. Vous avez eu raison...

André l'interrompit d'un geste.

– Ne continuez pas. Je ne veux pas en savoir plus.

– Ce n'est pas ce que vous croyez. Il s'agit de politique.

– Justement, commandant. Je n'y crois plus, si j'y ai jamais cru. J'ai choisi un autre chemin. Tout ça est fini pour moi.

– Mais, pensez-vous que c'est le bon chemin? On m'a dit à votre sujet des choses qui me tracassent.

– Vous n'êtes quand même pas venu me faire la morale?

– Écoutez, je vois bien l'incongruité de ce que je peux vous dire. Cela s'appelle un conseil, mais prenez-le pour le conseil d'un véritable ami, de quelqu'un qui vous porte beaucoup... d'estime. Je ne sais pas très bien dire ces choses-là. Enfin, vous vous trompez, Janus, vous êtes sur la mauvaise...

– Arrêtez! J'ai rompu avec la famille Fournier, ce n'est pas pour retrouver un père... résistant.

– Je n'étais pas venu pour ça. Ma proposition est sérieuse, mais elle implique que vous rompiez avec certaines de vos relations actuelles. C'est en tout cas ma conception à moi quand je recrute.

Fournier s'impatientait, il ne savait comment se tirer de cette situation. Il continuait d'admirer cet homme, il s'en rendait bien compte, et ses paroles provoquaient chez lui un sentiment bizarre, peut-être même était-ce de la culpabilité, et il ne supportait pas cela. Il fallait en finir.

– Vous parlez comme les salauds qui m'ont fait partir de la police. Mariani est un ami. Autant que vous. C'est un résistant, autant que vous. Et il a peut-être plus de grandeur que vous ne le croyez. Et puis, je vais vous dire, je suis heureux comme ça, je n'ai pas envie de m'emmerder à sauver la France.

– Mais...

Larzac le regardait avec des yeux étonnés de bête blessée. Il avait l'expression d'un bon père que son fils aurait trahi. C'était insupportable.

– C'est tout. Je crois que nous n'avons rien à nous dire de plus.

Fournier s'était levé.

– J'ai été très content de vous revoir. Vous savez où me trouver. Si vous voulez venir nous voir, en ami, la porte sera toujours ouverte.

Larzac se leva, presque hébété. Il serra la main que lui tendait André. *Pour la dernière fois*, pensa-t-il.

Fournier le regarda partir, le dos voûté. Il expira longuement. Puis il serra la mâchoire, fort, fort à se faire mal. Il ne parla jamais à Mariani de la visite du commandant Larzac.

Mais cette visite, finalement, l'avait aidé. Passé l'obstacle, il se sentait plus fort. C'était une question réglée. Pendant les années de guerre et après la Libération, il avait appris à se connaître. Maintenant, il savait qui il était et ce qu'il voulait. Il irait au bout de son destin. Un autre eût nourri quelque inquiétude à se risquer parmi les caïds du Milieu marseillais, à rivaliser avec eux sur leur propre terrain, à empiéter sur leurs chasses gardées. Même en bénéficiant de la protection d'un caïd de l'envergure de Mariani, unanimement respecté, chaque pas comportait un danger qui pouvait être mortel. La chronique des faits divers s'alimentait de tous les types qui, un jour, s'étaient crus plus malins et plus forts, et en avaient payé l'illusion de leur vie.

André Fournier ne commettrait pas cette erreur. Envisageant tous les cas de figures, il avait longuement observé les truands, d'abord en qualité de flic, rompu aux techniques de la police, puis dans l'entourage de Mariani, en fréquentant les boîtes et les bistrots, en participant à des réunions où se montaient des coups. Il écoutait. Il notait les points forts et les faiblesses de chacun. Au bout du compte, tous relevaient du même schéma. Ils obéissaient à des ressorts psychologiques simples.

La plupart des voyous provenaient de familles corses modestes, culturellement défavorisées. Ils avaient quitté l'école. Livrés à eux-mêmes, rebutés par la perspective du travail quotidien ou de l'étude, ils voulaient s'embarquer le plus vite possible pour gagner du fric, comme nombre de leurs parents et amis.

Pour s'en sortir, ils comptaient surtout sur leur courage physique, leur audace, leur absence de scrupules, leur débrouillardise. Beaucoup avaient d'abord navigué au long cours, s'initiant à tous les trafics, établissant des contacts. Dans leur conception du monde, la violence tenait lieu d'argument. Pour ne pas finir dans la peau d'un minable petit employé sans avenir, d'un ouvrier turbinant comme un esclave pour un salaire de misère, d'un modeste artisan condamné à végéter, seule s'offrait la voie royale des grands fauves : celle de la marginalité. Il fallait se tailler une place avec ses crocs dans les marges de la société. Ou se soumettre, ruminer le poison de la résignation jusqu'à ce que la Camarde vous en retire le goût et qu'à votre tour, pourrissant entre quatre planches, vous empoisonniez la fosse commune. Question de caractère. D'ambition.

Plus tard, une fois riches, puissants, respectés, ils se rangeraient des voitures. Ils s'achèteraient une conduite avec de l'argent blanchi. Dans le meilleur des cas, ils s'embourgeoiseraient en caressant l'espoir de faire souche, de fonder une famille honorable ayant pignon sur rue. En vérité, les truands ne guérissaient jamais de leur enfance. Ils en portaient les stigmates toute leur vie. Bien peu surmontaient ce handicap. Il fallait plusieurs générations pour effacer les taches. Le souvenir des taches. Là résidait l'une de leurs principales faiblesses.

Ils y pensaient pourtant dans le secret de leur âme. Le mépris, voire la haine du bourgeois, cachait en fait une irrépressible envie de promotion sociale. Des gens qu'ils intimidaient, volaient, détroussaient, assassinaient parfois, leur demeuraient néanmoins supérieurs. Ils appartenaient à un monde auquel ils n'avaient pas accès. On ne devenait pas quelqu'un de fréquentable en se frayant un passage dans la société avec un pétard.

Les bourgeois ne partageaient pas leur conception de l'homme. Là où les truands mettaient un point d'honneur à ne pas perdre la face, les bourgeois passaient la main, haussaient les épaules : ils avaient mieux à faire que de se disperser en bagarres de primates. Leur puissance résultait de jeux plus subtils, obéissant à des règles ancestrales, à des conventions, à des codes impossibles à connaître si l'on n'appartenait pas au sérail.

Fournier se souvint. En avait-il assez vu des types se défier pour des bêtises : « Sors d'ici, si t'es un homme! » Ils se cassaient la gueule en pleine rue, dans un terrain vague, en boîte, n'importe où. L'honneur de la brute fière de ses muscles, de l'âpreté de ses poings. Tu parles d'une gloriole! Un charretier en ferait bien autant.

Lui aussi pouvait agir de la sorte, pressé par les circonstances. Il l'avait fait quelquefois, sans être dupe. Même vainqueur, il était vaincu.

Chez les truands, il avait les manières d'un bourgeois, et chez les bourgeois, il avait l'esprit des truands. Il n'avait pas peur des truands parce qu'il les connaissait, et il avait conscience de ce que l'habitude de la violence lui donnait comme supériorité sur les bourgeois. Tant et si bien qu'il n'était jamais là où on l'attendait. Tirant sa force de cette ambiguïté permanente, il méritait plus que jamais son nom de guerre : Janus.

Janus, dieu équivoque au double visage, dont l'un regarde derrière lui et l'autre devant. Adolescent, il avait lu dans une mythologie illustrée l'histoire de cette fascinante divinité propre aux Romains, à laquelle étaient consacrés le premier jour et le premier mois de l'année. On plaçait ses sanctuaires aux carrefours et aux portes des cités, là où s'effectuent les choix, les passages. Le plus célèbre se trouvait sur le Forum, à Rome. Selon que ses portes étaient ouvertes ou fermées, il annonçait la paix ou la guerre. De telles correspondances existaient avec son caractère et sa propre vie, si bien que, pressé par la clandestinité, il avait décidé de dissimuler sa véritable identité sous ce nom d'emprunt.

Ainsi, Fournier se surprenait-il quelquefois à avoir des réflexes de proxénète face à une femme. Il sentait en lui l'instinct du mâle dominateur. Il fallait que la femme se plie à ses caprices, à sa brutalité. Il prenait du plaisir à la soumettre, à la voir ramper devant lui. Quant à l'autre face, celle du flic de métier, excellent professionnel, elle lui procurait une forme de jouissance plus subtile lorsqu'il se comparait à certains de ses collègues policiers, fonctionnaires incompétents et sans courage, ne demandant à leur métier que de les nourrir. Des chiens serviles, aux dents limées, là où il aurait fallu des loups aux crocs acérés.

Du fait de son expérience de flic et des contacts qu'il avait conservés dans la police, André Fournier était devenu le conseiller indispensable de Félix Mariani. Celui-ci se félicitait de l'avoir pris dans son équipe malgré les réticences de ses frères. Ces derniers, sauf peut-être Pascal, voyaient d'un mauvais œil l'intrusion de ce garçon trop bien éduqué et trop doué. Ils se méfiaient. Il n'était pas bâti sur le même modèle qu'eux. Un jour ou l'autre, l'ancien flic réserverait des surprises. Ils étaient à l'affût de la première défaillance.

Grâce à ses relations, André avait fourni à Félix les meilleurs conseillers fiscaux et les meilleurs hommes de loi, dont Victor Garamond, un ancien condisciple de la faculté de droit d'Aix-en-Provence, qui jouissait d'une réputation flatteuse. Il n'avait pas son pareil pour démêler les imbroglios juridico-financiers. Du temps de leurs études, c'était un sujet brillant, bon camarade. Mais toutes ces qualités étaient gâchées par une regrettable tendance à flamber à l'insu de ses parents, lesquels tenaient les cordons de la bourse trop serrés à son gré. Fournier, plus à l'aise, lui prêtait quelquefois de l'argent qu'il ne récupérait presque jamais. A présent, parce que Garamond restait en quelque sorte son débiteur, Fournier savait qu'il pourrait l'avoir à sa merci.

Avant de le pressentir, André Fournier l'avait adroitement jaugé. Garamond vivait toujours très au-dessus de ses moyens. Il entretenait une liaison coûteuse avec une jeune divorcée de la meilleure société. Ses travers de jeunesse ne disparaissaient pas avec l'âge. Garamond ne rechignerait vraisemblablement pas à se compromettre en conseillant Mariani – à condition que ça rapporte gros. Il ne serait d'ailleurs pas surprenant que l'oiseau ait déjà trempé incidemment son bec dans des eaux troubles. On n'assoit pas une réputation aussi solide sans lâcher un peu la bride à la morale.

Victor Garamond présentait bien. Grand, mince, avec des yeux noirs posant une touche de mystère dans un fin visage rasé de près, il portait des lunettes de notable cerclées d'or. L'homme soignait sa personne, la bichonnait. Ses cheveux, naturellement ondulés, étaient bien coupés. Il arborait des chemises de soie blanche sous un immuable costume croisé très strict de couleur bleu marine, et ne s'autorisait de fantaisie, relative, que dans le choix des pochettes et des cravates, le plus souvent achetées rue Saint-Ferréol, chez Reboul.

Son cabinet, situé au milieu du cours Pierre-Puget, face au palais de Justice, occupait cinq grandes pièces au premier étage d'un immeuble cossu datant de l'époque où le baron Haussmann perçait la ville de toutes parts sous prétexte de l'embellir. On n'imaginait pas Garamond exerçant ailleurs sa profession, ni dans un cadre différent : riches boiseries d'acajou, portes capitonnées de cuir, mobilier de style Louis XVI composé d'excellentes copies, quelques tableaux signés d'artistes de l'école provençale – surtout des paysages, des marines –, de belles gravures anciennes représentant des scènes mythologiques. Deux secrétaires sans âge s'affairaient d'un pas de souris, efficaces, silencieuses, presque invisibles. Elles sévissaient déjà du temps du père Garamond. Victor les baptisait ses « vestales ».

– La vie n'est pas facile, avait entamé Fournier. Nous supportons encore les conséquences de la pénurie et des restrictions. Tu sembles pourtant te débrouiller.

– Ne crois pas ça, André. L'argent file vite.

– Je sais. Surtout quand on a de gros besoins. Tu as toujours eu les mains percées. Je me souviens...

Garamond avait soupiré en baissant les yeux.

– André, je suis dans une mauvaise passe. Ma femme n'en sait rien. Mais je suis au bord du gouffre. Si je ne trouve pas très vite une solution, je coule.

– C'est si grave que ça?

– Oui.

– Si je peux t'aider... J'ai des relations.

– Tu ferais ça pour moi?

– Allons, Victor, tu me vois laisser tomber un copain? un vieux complice?

La discussion s'engageait bien. Fournier jouait sur du velours. Il savait se montrer persuasif, négocier en délicatesse. Garamond avait accepté les propositions de Fournier quand celui-ci avait ostensiblement glissé sur la table une première enveloppe. La somme était assez conséquente pour étouffer d'ultimes réticences.

Mariani disposait donc à présent de plusieurs prête-noms répartis dans diverses affaires. Pour obliger ceux-ci à se montrer réguliers, Victor Garamond leur avait fait signer des reconnaissances de dettes supérieures aux engagements, sans date, au bénéfice de Mariani. Ces documents, tenus au secret dans un coffre, serviraient dans le cas où les hommes de paille oseraient manquer à leurs devoirs. Dans ce cas-là, Mariani récupérerait légalement son bien, et les coupables pourraient être châtiés sans préjudice financier. L'équipe de *spécialistes*, dirigée par Dominique Mariani, y pourvoirait au besoin.

Depuis trois quarts d'heure, Piero Luzzi se trouvait attablé à la terrasse de *La Samaritaine*. Il entamait son deuxième demi. Arrivé en avance par oisiveté, il profitait de sa permission libérable après dix ans de Légion étrangère, qui l'avaient exposé au baroud sur presque tous les théâtres d'opérations : l'Afrique du Nord, d'abord, puis la désertion à une bonne vingtaine pour rejoindre les Forces françaises libres en Afrique noire, le Tchad, l'arrivée dans Alger libérée, la libération de la Corse, le débarquement en Italie avec le corps expéditionnaire français du général Juin, la campagne d'Allemagne. Il avait été de la partie en ce jour mémorable de mai 1944, lorsque la *furia francese* avait enfoncé le front de Kesselring et ouvert la route de

Rome. Il se souvenait de l'instant où l'adjudant-chef Pomiès avait déployé, sur les hauteurs gagnées à l'ennemi, un immense drapeau tricolore visible de tout le champ de bataille de Garigliano. Beaucoup d'autres actes de bravoure emplissaient sa mémoire. Un général anglais avait même eu à propos de quelques-uns de ces faits d'armes cette phrase extraordinaire : « Les Français vont à la bataille comme si, à tout instant, le destin de la France dépendait de l'action individuelle de chacun. »

Cela signifiait-il quelque chose à présent d'avoir eu du courage, de s'être battu comme un tigre, d'avoir vu mourir tant de camarades fauchés en pleine jeunesse ? Qui se souvenait des dettes de sang ? Qui s'en souviendrait ?

Après avoir chèrement payé de sa personne, il ne lui restait quasiment rien, à part des souvenirs qu'il pouvait partager avec peu de monde, et une batterie de médailles qui ne valaient même pas le prix du métal. De nouveau, les mercantis enrichis par le marché noir et les magouilles tenaient le haut du pavé et plastronnaient dans leur graisse. Ceux-là sortaient leur panse intacte de toutes les guerres, de toutes les révolutions.

Il avait bien envisagé de rempiler, d'en prendre encore pour cinq ans. Mais ç'aurait été reculer pour mieux sauter. Dans cinq ans, il ne serait guère plus avancé qu'à présent. Seulement plus vieux, plus amer, plus difficile à caser. Il ressassait ces sombres pensées en regardant la mousse se liquéfier lentement dans la chope dont les facettes miroitaient au soleil.

Devant lui, le plan d'eau du Lacydon, avec ses alignements de barques peintes de couleurs vives, ses bateaux de plaisance à la coque racée, ses vedettes de promenade, longs squales étincelants de blancheur, avec leur cargaison de touristes allumés, ne l'intéressait pas. Cette vie-là ne le concernait plus. Le destin avait creusé une tranchée entre elle et lui. Il se tenait de l'autre côté, là où le sol était aride, où rien ne poussait sinon l'herbe amère du désespoir.

Il errait depuis plusieurs jours dans Marseille sans savoir quoi faire de son temps. Il s'arrêtait parfois dans un bistrot, allait au cinéma voir n'importe quoi, rongeait son frein pendant des heures, allongé sur le matelas de sa chambre meublée. La ville le repoussait. La discipline, les camarades, l'action, lui manquaient déjà. Il s'avisait soudain de la place que cela avait tenu au cours des dix années écoulées. C'était comme s'il se retrouvait brusquement sans famille.

André Fournier l'observa en s'approchant de lui. Luzzi lui avait adressé une lettre à Aix-en-Provence, chez ses parents qui l'avaient fait suivre sans commentaire. Le numéro de téléphone de l'hôtel meublé était indiqué. Il avait donc pu appeler Piero et avait fixé ce rendez-vous à *La Samaritaine.*

Au départ, il s'agissait seulement de revoir un ancien condisciple du lycée Thiers, longtemps perdu de vue, dont il gardait un excellent souvenir. Sa jeunesse émergeait des brumes du passé. Ils appartenaient à la même équipe de rugby. La fraternité du ballon ovale ne s'oubliait pas. Surtout contractée à une époque où ce sport de gentleman commençait à peine à se répandre hors de ses régions de prédilection.

Dans les matches comme au quotidien, Luzzi se signalait déjà par sa hardiesse : c'était un casse-cou, une tête brûlée même. Son engagement dans la Légion relevait de la même logique. Autour du képi blanc se développait un mythe puissant qui, popularisé par la chanson et le cinéma, flattait son romantisme viril, un rien désespéré.

Aujourd'hui, Piero Luzzi dégageait une impression de grande énergie et de maîtrise de soi. Ses cheveux ras obéissaient encore à la brosse réglementaire. Une courte barbe dissimulait les mâchoires carrées, le menton volontaire. Les yeux bruns s'enfonçaient sous d'épais sourcils joints en taroupe à la racine du nez, fort et busqué. De profil, il ressemblait à un oiseau de proie. Le teint était hâlé par la vie au grand air, la peau griffée de fines rides. A part ça, l'homme n'avait pas vraiment changé. Seulement plus fermé, plus taciturne que par le passé.

Ils se serrèrent chaleureusement la main. Fournier s'assit dans le fauteuil, de l'autre côté de la table. Il commanda un Picon. Ils avaient tant de choses à se raconter qu'ils ne savaient par où commencer. Fournier, mobilisant l'instinct du flic au service de l'amitié, posa les questions le premier. Il s'intéressa aux états de service de

Piero, s'inquiéta de sa famille, qui le recevait naguère avec sympathie. Il se souvenait de merveilleux plats de spaghettis à la tomate dont il se régalait avec l'appétit de ses seize ans au sortir des horreurs culinaires des frères maristes. Les parents de Piero étaient de braves gens simples et généreux. Des gens comme il n'en connaissait pas dans son milieu familial confiné. Ils s'étaient saignés aux quatre veines pour permettre à Piero de poursuivre ses études.

– Morts sous les bombardements, en 44. Je l'ai appris plus tard. J'étais en Italie, sur le Girofano. Alors...

Un peu réticent au début, l'ancien légionnaire, mis en confiance, devenait loquace, parlait plus volontiers de lui-même. Après une longue période de retenue et de mutisme, où il ne trouvait pas une oreille amie pour l'écouter, il ouvrait enfin les vannes. Gagné par la force du flux, il laissait couler les indiscrétions, les détails intimes qu'il eût cachés en d'autres circonstances. Il racontait son épopée. En même temps, comme le passé récent magnifié par la mémoire se confrontait au présent, il affichait son amertume, avouait son désarroi, évoquait à mots couverts des problèmes sans solution. Il y avait quelque chose d'émouvant, de pathétique même à écouter et à voir ce héros sans emploi, redescendu dans la mesquine société des hommes qui se souciaient de ses talents comme d'une guigne. L'histoire n'avait pas voulu de son sacrifice. Il se retrouvait seul avec lui-même. Sans recours.

– Maintenant, que vas-tu faire ?

Piero haussa les épaules d'un geste las et fataliste.

– *Inch Allah !*

Ses yeux se voilèrent. Il crispa la mâchoire, et poursuivit entre ses dents :

– Pas la moindre idée.

Il but une gorgée de bière, pour se donner contenance.

– Je trouverai bien. J'en ai vu d'autres, tu sais.

– Ce n'est pas si facile. Tu as des contacts ?

– Quelques-uns...

Réponse évasive. Pudeur de ne pas avouer l'échec, comme s'il pouvait ruser dans un labyrinthe obscur. Faire semblant devant l'ami qui, visiblement, avait réussi. Les durs manifestent souvent plus de discrétion que les autres sur ce qui les touche.

Fournier n'était pas dupe. L'idée qui avait commencé à germer dans son esprit se précisait. La rencontre avec Piero Luzzi offrait une opportunité à saisir. Il en avait la certitude sans démêler encore en quoi elle consistait ni de quelle façon elle le servirait.

– Que faisais-tu avant de t'engager ?

– Bah ! J'ai commencé de vagues études de comptable... Mais je n'étais pas fait pour ça. Tu te souviens, je n'ai jamais été un bûcheur.

– En un sens, la guerre t'a soulagé d'un fardeau.

– Plutôt ! J'étais heureux de foutre le camp et de tout plaquer. Et puis après, sauver la patrie ! J'avais un alibi du tonnerre ! Toi, tu as continué ?

– Oui. Licence en droit... Les concours... Je me suis retrouvé commissaire...

– Ah !...

– A la DST. Le renseignement m'attirait. J'avais la conviction que je pourrais être utile.

Piero se rembrunit.

– Mais, alors, hésita-t-il, visiblement embarrassé, tu étais fonctionnaire, sous les ordres de...

– Vichy, oui ! Seulement, mon vieux, c'était une extraordinaire couverture. Je travaillais en fait pour la Résistance. J'étais au courant de tout. On ne se méfiait pas de moi. Tu vois, nous étions du même bord.

– J'aime mieux ça, soupira Piero. Te retrouver dans la peau d'un collabo, ça m'aurait... Je préfère ne pas y penser.

– Te voilà rassuré.

– Pourtant, si je me souviens bien, ton paternel ne cachait pas ses sympathies d'extrême-droite. Son héros était déjà Pétain, le vainqueur de Verdun, le sauveur de la France...

– Nous ne nous voyons plus. J'ai coupé les ponts avec ma famille. En 44, c'était devenu impossible. Bon Dieu, 44 ! Déjà cinq ans... Je ne veux plus avoir affaire à eux.

– Je comprends. La guerre a tout saccagé.

– Revenons à ta situation, Piero. Je peux t'aider.

– Ah...

Fournier s'amusa intérieurement. Il venait de s'aviser que la scène qui s'était déroulée dans le cabinet de Victor Garamond, quelques semaines auparavant, se reproduisait dans des termes à peu près semblables, à la terrasse de *La Samaritaine*, avec Piero Luzzi. Deux hommes qui, à des âges différents, avaient tenu une place importante dans sa vie et auxquels, à présent, il tendait une main secourable, geste qui n'était pas totalement désintéressé. Beaucoup d'événements se produisaient en parallèle pourvu qu'on s'y montrât attentif. Échos, reflets, correspondances tissaient la trame du quotidien.

« Je suis un usurier de l'amitié. »

Le cynisme de sa pensée lui plut, la formule était jolie. Il reprit d'un ton engageant :

– Tu as dû réfléchir avant de quitter l'armée, envisager ton avenir. Tu as bien un projet, non ? Que sais-tu faire ?

Luzzi eut un sourire carnassier.

– A part tuer, pas grand-chose.

André Fournier le considéra un instant en silence. Une proposition lui brûlait les lèvres. S'il la formulait mal ou trop tôt, il gâchait tout. Luzzi, n'étant pas complètement aux abois, tenait à sa dignité. Mais il y avait des façons très dignes de présenter les choses.

Il se souvint de Marinette, la lingère de sa tante, une sèche campagnarde rude à la besogne et nourrie de dictons. Elle s'exclamait à tout bout de champ : « Il faut battre le fer quand il est chaud ! »

Et puis Piero Luzzi avait dû en voir et en entendre dans la Légion...

– Je crois avoir quelque chose pour toi, dit-il. Un boulot dans tes cordes. Bien payé. Je m'occupe de beaucoup d'affaires en ce moment. J'ai besoin de quelqu'un de... compétent et de solide à mes côtés.

– Tu ne blagues pas ?

– Pas le moins du monde !

Avec habileté, André Fournier expliqua ce qu'il recherchait. Un homme de confiance doublé d'un garde du corps. Il glissa sur la nature exacte des affaires traitées, livrant le strict nécessaire pour que l'autre, loin d'être un niais, devinât que l'ancien flic travaillait désormais dans l'illégalité, la main dans la main avec les truands. Les années d'après guerre se révélaient juteuses, propices à tous les trafics. Quand un pays ruiné, dévasté, consacre toutes ses ressources à sa reconstruction, à la restauration de son économie, les occasions se multiplient. Il y a de l'argent facile à gagner. Beaucoup d'argent. Il suffit de n'avoir pas froid aux yeux et de le prendre là où il est.

– Ne te décide pas tout de suite. Réfléchis à ma proposition, Piero. Elle vaut le coup, acheva Fournier sans plus redouter les effets de sa précipitation.

Contrairement à toute attente, au lieu de temporiser, l'ancien légionnaire tendit la main.

– Je suis partant.

Les deux hommes se regardèrent dans les yeux. Ils venaient de lier leur destin.

# 9

– Cette affaire est empoisonnée. Elle foire de tous les côtés, grommela Dominique Mariani, de mauvaise humeur. On n'aurait jamais dû accepter d'écouler la marchandise.

– Sabrini me l'a demandé comme un service, coupa Félix. C'était trop gros pour lui.

– Alors, il aurait dû passer la main et laisser faire les Parisiens.

Félix considéra calmement les liasses de titres et les billets de banque. Il y en avait pour une fortune. A condition d'arriver à la négocier correctement et à la convertir en argent propre. Lorsque Pierrot Sabrini était venu le trouver avec le magot, il n'imaginait pas qu'il se heurterait à de grosses difficultés. Sabrini le tenait d'un contact de Paris, responsable d'un poste important à la Banque du Siam. Celui-ci avait détourné des titres de valeur et des livres sterling pour un montant de cinquante briques. N'étant pas un professionnel, il ne pouvait s'occuper personnellement de traiter une somme pareille. De plus, il était pressé. Il attendait l'argent pour démissionner et quitter la France avant que la direction ne découvre le pot aux roses. Il avait prévu sa ligne de repli au Canada. Il s'installerait le plus loin possible, à Vancouver. Une femme l'y précédait.

Avant de travailler à Paris, dans les hautes sphères, l'homme avait commencé sa carrière dans une succursale de Marseille. Il avait fait la connaissance de Pierrot

Sabrini, souteneur notoire, auquel il avait facilité de menues opérations. Cela cimente une amitié. Ils entretenaient des relations épisodiques depuis le départ du banquier, quoique celui-ci n'ignorât pas de quelles louches activités Sabrini tirait son fric.

Il avait préparé son coup en supputant que, le moment venu, un tel ami le servirait utilement. Il ne se trompait pas. Pierrot Sabrini baignait depuis toujours dans le Milieu, dont lui ignorait tout. Or, dans une affaire de cette importance, l'absence de filière condamnait à l'échec. Mieux valait partager en passant par des réseaux habitués à traiter. Chacun se sucrerait au passage. Il lui en resterait toujours assez ensuite.

Devant l'ampleur de la tâche, Pierrot Sabrini avait senti ses tripes se nouer. Son partenaire ne devait pourtant pas s'en apercevoir. S'il flairait son hésitation, il solliciterait une aide plus solide. Sabrini s'occupait des putes. Collecter le revenu des passes, bastonner les récalcitrantes qui turbinaient mal, se battre contre des rivaux, ça il savait le faire. Mener à bien une opération financière de cette envergure outrepassait ses compétences. Il s'était néanmoins engagé parce que sa part de gâteau s'annonçait importante et qu'il ne savait pas résister à l'attrait des billets de banque.

Selon le principe recommandant de ne pas mettre tous ses œufs dans le même panier, il avait confié une partie de l'argent et des titres à des truands lyonnais, l'autre – la plus grosse – à Félix Mariani.

– Qui se cache derrière cette affaire, Pierrot ? avait demandé Félix en considérant le pactole.

– J'ai promis d'être discret. C'est un type bien. Dans sa position, il risque gros. Je ne peux pas en dire plus.

– Attention, si je ne connais que toi, c'est toi qui seras responsable de tout.

La menace n'était pas gratuite.

– Je sais, Félix. Tu es l'homme de la situation, celui qui peut régler le mieux cette affaire. Tu me connais. Je suis régulier.

– C'est bon. Je m'en occupe.

A présent, l'affaire paraissait moins bonne, c'est-à-dire moins facile et moins juteuse. La Banque du Siam, ayant découvert plus vite qu'on ne l'escomptait la disparition des titres, venait de faire opposition. Du coup, ils ne valaient pas plus que de vulgaires emprunts russes. On pouvait les brûler pour allumer sa pipe. Quant aux livres sterling, leur change soulevait beaucoup plus de difficultés que Félix ne l'envisageait au départ. Elles s'écoulaient au compte-gouttes.

– Alors, qu'est-ce qu'on fait? grogna de nouveau Dominique, qui ne se sentait à l'aise que dans l'action violente.

– Rien. Pour l'instant, on se calme.

– Pierrot nous a pris pour des pigeons. Il ne sait pas qui nous sommes. On va le lui apprendre.

– Il était de bonne foi, s'interposa Fournier, agacé par le comportement de Dominique.

– Un minable, oui! Un con!

– Justement! Un minable se garderait bien de mettre Félix dans l'embarras, intervint Pascal Mariani.

– *Basta!* trancha Félix. Ce n'est pas si important. Il y a un gros paquet de fric mais cette affaire, on ne l'a pas cherchée. Si elle rapporte, tant mieux, sinon, tant pis.

Il se tourna vers Fournier.

– Tu as parlé à Garamond?

– Oui.

– Qu'est-ce qu'il en dit?

– Vu la tournure des événements, il pense que le coup est foireux.

– C'est aussi ton avis?

– Je ne suis pas spécialiste. Peut-être faut-il attendre une conjoncture plus favorable. Peut-être serait-il plus sage de passer la main et de laisser ces types se dépatouiller seuls.

– Les titres, c'est foutu. On peut en faire des boulettes et les jeter au panier. Pour le fric, j'aviserai.

Mariani glissa les liasses de titres et de billets à l'intérieur d'un maroquin qu'il rangea dans le coffre.

– Dominique, dit-il en changeant de sujet, il y a encore du grabuge sur le port, la grève des dockers. Tu t'en occupes.

– Demain matin, on fait une descente. Comme d'habitude. On va leur chatouiller les côtes.

– Cette fois, il faut mettre le paquet. La CGT est déterminée, précisa Fournier, particulièrement bien renseigné dans ce domaine.

Il connaissait des transitaires, fréquentait des assureurs maritimes, avait ses entrées à la chambre de Commerce et d'Industrie. Une grande partie des gens qui se trouvaient à la tête des entreprises comptaient au nombre de ses relations. Certains venaient chez ses parents, autrefois, les jours de réception. D'autres avaient croisé sa route au lycée, à la faculté, dans les clubs plus ou moins fermés qu'il fréquentait à l'époque, avec l'argent et l'entregent de papa. Paul Fournier était une sommité dont on recherchait la flatteuse compagnie.

– Soyez plus nombreux que la dernière fois, conseilla Félix. Ça risque de chauffer. Les marchandises pourrissent sur les quais. Gaffigues m'a téléphoné. Si nous ne brisons pas très vite le mouvement, il perdra beaucoup de pognon.

Fournier hocha la tête.

– Il ne sera pas le seul!

– Il n'a jamais lésiné sur le règlement chaque fois que nous lui avons rendu service, remarqua Pascal, qui châtiait son langage depuis qu'il fréquentait l'ex-commissaire.

– Les gars seront armés. Nous arriverons en bagnole à plusieurs endroits à la fois.

– Flanquez-leur une dérouillée. Je veux qu'ils s'en souviennent. Surtout les chefs.

– Tu verras. Même si les Américains envoient une bombe atomique en Indochine pour nous sortir du merdier, ils ne bougeront plus. On va les soigner. Les accidents du travail à côté, ce sera des égratignures.

Dominique ponctua ses propos d'un rire sinistre.

– Choisissez bien le moment, conseilla Fournier. Les autorités vont certainement envoyer les gardes mobiles. Il ne faudrait pas que vous soyez coincés entre les deux.

– Ils n'agiront pas sans l'aval de Gaffigues et Gaffigues m'a assuré qu'ils interviendraient seulement en fin d'après-midi.

– Pour le coup de grâce, ironisa Pascal.

Félix Mariani s'adressa à Fournier.

– Toi, tu files chez Gaffigues, rue de la République. Vous faites le point. Tu me tiens au courant.

Honoré Gaffigues exerçait la profession d'importateur-grossiste spécialisé dans les produits chers, à forte valeur ajoutée : café, poivre, épices. Mais il prélevait aussi sa dîme sur de nombreuses sociétés de la place, dans lesquelles il avait des intérêts. Dans son domaine, c'était une puissance. Si Gaffigues toussait, le port s'enrhumait. L'homme, natif de la butte des Moulins, en plein quartier populaire du Panier, s'était fait tout seul, en commençant au bas de l'échelle, sans lésiner sur les moyens.

Sur les quais, pour s'imposer, il faut se battre et être plus roublard que les autres. Avec l'essor des colonies, l'époque se prêtait aux ascensions foudroyantes. Maintenant, il s'enorgueillissait de son immeuble de bureaux, un bâtiment Second Empire, décoré de moulures, avec des balcons en fer forgé, proche de la Joliette, d'où il régnait sur des hangars regorgeant de marchandises, de ses entrepôts de La Plaine, de sa villa accrochée à la colline de Bompard, de celle qu'il possédait à Carry-le-Rouet. Si le qualificatif de parvenu devait s'appliquer à quelqu'un, c'était bien à Gaffigues. Il éclaboussait autant qu'il postillonnait.

Gaffigues avait connu Mariani peu de temps après l'arrivée du Corse à Marseille. Il s'était bien adressé d'abord à Battisti, mais les deux hommes ne s'entendaient pas. Ils n'étaient jamais sur la même longueur d'onde. Gaffigues avait toujours peur de perdre plus qu'il ne gagnait. Il avait tout de suite deviné que le jeune Félix avait de l'étoffe et irait loin. Il lui était donc venu en aide comme on achète des actions pour faire un placement. Les actions, Mariani les accomplirait plus tard. Il ne se trompait pas. Et depuis, les deux hommes continuaient à s'épauler avec une sorte de complémentarité dont chacun tirait bénéfice.

Mariani avait présenté Fournier à Gaffigues comme son ami et son homme de confiance.

– Vous aurez à vous rencontrer souvent. André interviendra en mon nom dans les négociations délicates. Il connaît son code sur le bout des doigts.

– Les amis de Félix sont mes amis, avait tonitrué Gaffigues en déployant un large sourire.

Fournier avait serré sans sympathie la main mollasse du négociant. L'homme suintait la vulgarité par tous les pores. Grand, gros, avec un épais visage blafard aux bajoues tremblotantes et un début de goitre, il évoquait un monstrueux batracien. Ses petits yeux globuleux, toujours en mouvement, trahissaient la ruse et la cupidité. A cela s'ajoutait un détail que Fournier ne supportait pas : le personnage dissimulait sa calvitie en rabattant transversalement sur son crâne une longue mèche, sans doute teinte en noir par un coiffeur complice. Tout en lui était visqueux, malsain. Une insoutenable impression d'écœurement s'en dégageait. Mieux valait mille fois les tueurs bien carrés qui servaient de porte-flingue à Félix. Avec eux, on savait au moins à quoi s'en tenir. Mais Gaffigues!... Autant compter sur une planche pourrie pour traverser un précipice.

A neuf heures, André Fournier pénétra dans le bureau de Gaffigues, une vaste pièce lambrissée, ouvrant sur la rue de la République par trois portes-fenêtres. Le bureau de style Empire tranchait sur un mobilier sans grâce. Au mur, le portrait d'une blondinette affriolante troussée par le pinceau mondain de Jean-Gabriel Domergue.

« Sa femme?... Sa maîtresse? »

On n'imaginait pas sans dégoût ce gros crapaud copulant avec cette créature diaphane.

Mais Fournier n'était pas là pour se livrer à des considérations esthétiques. Honoré Gaffigues ne lui en laissa d'ailleurs pas le loisir.

– Où en sommes-nous? attaqua-t-il avec fébrilité.

Fournier consulta sa montre.

– Dominique doit être en route. Dès que l'opération sera terminée, il en rendra compte.

– Vous croyez que ça marchera?

– Il n'y a pas de raison qu'ils échouent. Ils savent exactement où frapper et qui.

Mariani payait des gens chez les dockers pour savoir tout ce qui se tramait sur les quais. De ce fait, il connaissait les grandes gueules et les chefs. Il leur proposait de l'argent pour les contrôler; s'ils refusaient, il faisait en sorte de les mettre au pas en recourant à la manière forte.

Fournier expliqua à Gaffigues le détail de l'opération. Celui-ci écouta attentivement, sans l'interrompre. De temps en temps, il hochait la tête en signe d'approbation.

– On peut toujours compter sur Félix dans les passes difficiles.

– De votre côté, avez-vous vu le préfet ?

– Oui. Mes collègues et moi avons eu un entretien avec lui hier après-midi et je lui ai téléphoné avant votre arrivée.

– Quelle est sa décision ?

– Nous avons réussi à lui faire admettre qu'il était préférable de temporiser jusqu'à ce soir. Il doit envoyer un émissaire auprès des gens du syndicat pour leur signifier que l'ordre doit être respecté. S'ils n'ont pas dégagé la place à partir de dix-sept heures, les forces de police interviendront.

– Bien. Cela laisse le champ libre à Dominique.

– Il ne reste plus qu'à attendre. Vous voulez boire quelque chose ?

– Merci. C'est trop tôt.

– Moi, les émotions me donnent soif.

Il sortit une bouteille de scotch, un verre, et se versa une bonne dose d'alcool qu'il goba littéralement. Cul sec.

Les piquets de grève se pressaient aux grilles du port autonome. Les hommes discutaient ferme. C'était, pour la plupart, de grands gaillards aux muscles saillants, vêtus de salopette bleue et de débardeur. Ils gesticulaient en parlant, exaltés par l'action, puisant une illusoire sensation de force dans l'union des camarades pour le combat contre le patronat. Ils obéissaient aux slogans de la CGT, qui régissait tout sur les quais. Pour obtenir un boulot, il fallait passer par elle. En revanche, elle représentait la seule organisation capable de tenir tête aux capitalistes, au gouvernement, à tous les exploiteurs. Aussi la suivaient-ils, confiants dans les résultats de l'action revendicatrice. Ils constituaient le noyau dur, les troupes de choc. On les mobilisait dans les manifestations et les meetings pour assurer le service d'ordre. Finalement, ils aimaient ça, la bagarre, montrer la force de leurs bras.

Le meneur était un protégé du député communiste

Jean Christophol. On prétendait qu'il avait séjourné en URSS et il tirait de cette rumeur non démentie une partie de son ascendant. Grutier de son état, il incarnait une sorte d'aristocratie ouvrière respectée et secrètement jalousée par les manutentionnaires qui trimbalaient à longueur de jour des sacs et des caisses. Il se nommait Marius Fressatti. Contrairement à la plupart des hommes rassemblés autour de lui, il n'était pas très grand ni très robuste. Mais il savait parler d'une voix forte et trouver des formules simples, mais convaincantes.

Sur le môle H, une petite troupe attendait en retrait des grilles devant un baraquement, dans l'ombre du *Ville-d'Alger*, dont les flancs s'élevaient comme une muraille au-dessus du quai. Les grues arrêtées tendaient leurs bras dans un désordre de fer qui barrait le ciel. Les sacs et les caisses étaient entassés à côté des rails qui couraient tout le long du quai. Ça discutait sec. On appréciait les chances de réussite de la grève.

Marius Fressatti arriva du hangar G8 où il venait de négocier avec des représentants de la direction. Il grimpa sur une caisse. Il leva le bras et le silence se fit.

– On n'avance pas. Ils nous font lanterner. Et en plus ils nous menacent...

Il n'eut pas le temps de développer son argumentation. Au moment où sa harangue allait s'amplifier, des pneus crissèrent sur les pavés de l'autre côté des grilles à une centaine de mètres du baraquement. Le syndicaliste se retourna. Une Citroën noire suivie de trois camionnettes bâchées venait de stopper devant l'entrée tandis qu'un camion, la calandre armée de plaques de métal, fonçait sur la grille.

En un clin d'œil, Marius comprit ce qui se passait.

– Méfi, les gars! Allons-y! Vite, ça va chauffer!

Mais la grille venait de céder et les camionnettes entraient en trombe. Alors que la plupart des dockers se précipitaient vers l'entrée à la rencontre des assaillants, d'autres entraient dans le baraquement et en ressortaient presque aussitôt armés de manches de pioche et de lourdes chaînes courtes. Les bâches des camionnettes s'étaient relevées, déversant la masse compacte des commandos de durs qui formaient maintenant un front unique hérissé de barres de fer et de matraques.

Les premiers dockers qui se heurtèrent à eux se firent massacrer en quelques secondes. Les hommes de Dominique étaient aguerris à ce genre d'exercice et leur organisation était sans défaut. La première ligne assénait des coups qui étourdissaient l'ennemi, puis celui-ci était envoyé à l'arrière où il subissait un passage à tabac qui le laissait sur le pavé.

Petit à petit, cependant, l'équilibre se fit avec l'arrivée dans la mêlée des dockers armés. Quelques truands restaient même au sol. Les hommes de Mariani avaient tout prévu. Une petite équipe était chargée de remettre sur pied ceux qui n'étaient que sonnés, tandis qu'on sortait du terrain une armoire à glace qui n'avait pas résisté à un coup de manche de pioche derrière l'oreille, et dont la chemise était inondée de sang.

Les assaillants changèrent alors de tactique. Ils pénétrèrent en plusieurs endroits la masse des grévistes qui s'étaient regroupés, tentant de la morceler, s'attaquant aux plus costauds d'abord à coups de matraque sur la tête. Ils reprirent ainsi l'avantage, après avoir scindé les dockers en trois groupes isolés les uns des autres. La bagarre devenait sanglante. C'était du corps à corps, dans lequel les hommes de main excellaient. Les coups les plus vicieux pleuvaient, aux jambes, aux bras. Si un homme était à terre, un grand coup de rangers lui écrasait la main.

Dominique, en retrait, ne se souciait pas des détails : il cherchait des yeux sa cible principale. C'est alors que Marius Fressatti hurla à un camarade qui se trouvait un peu à l'écart de la bagarre :

– Téléphone vite au syndicat. Qu'ils se grouillent!

Dominique vit Fressatti entouré de ses derniers gros bras encore valides. L'affaire était faite. Mais on avait un peu traîné. On ne pouvait pas rester ici plus d'une ou deux minutes. Il fallait se concentrer sur l'essentiel.

– Il est là. Il me le faut, lança-t-il.

Quelques nervis interrompirent leur besogne pour se ruer sur le petit groupe de Fressatti, qui vola en éclats. Un coup de poing atteignit le syndicaliste au plexus. Un voile rouge passa devant ses yeux. Il tituba. Par un formidable effort de volonté, il se redressa. Son pied partit en avant et rencontra le tibia de son agresseur. Mais derrière lui, un autre lança sa longue matraque à travers ses jambes. Il s'écroula, la face tournée vers le ciel. Il tentait déjà de se remettre sur ses pieds, quand un troisième individu leva sa barre de fer. Fressatti mit les bras devant son visage en un ultime geste de défense. Le coup arrivait. Une douleur atroce fulgura dans son épaule quand la barre de fer s'abattit. Le choc le renvoya en arrière. Une seconde fois le truand brandissait son arme. Un sifflement. Fressatti vit arriver la barre. Il tourna la tête, à demi inconscient. Il entendit comme un bruit de verre brisé, loin. Ses bras retombèrent le long de son corps. Il s'affaissa, les yeux clos.

– On se casse. On se casse, cria Dominique, c'est terminé !

Quelques hommes s'acharnaient encore. Tout le monde courut vers les camionnettes. Dominique compta ses hommes et remonta dans la traction.

Des dockers se relevaient péniblement. D'autres, encore vaillants, tentaient de courir après leurs agresseurs qui reprenaient le chemin du centre.

Un camarade de Fressatti se penchait sur lui pour le relever. Un mince filet de sang coulait de l'oreille du syndicaliste.

Fournier observait Gaffigues. Il n'avait aucune envie de bavarder avec ce poussah. Quel sujet aurait-il pu aborder ? Il réfléchissait. Était-ce le moment propice ? Pendant la guerre, Gaffigues avait pratiqué le marché noir sur une grande échelle. C'eût été impossible sans complicités. Pour obtenir des autorités allemandes les Ausweiss nécessaires à son trafic, il s'était mouillé. Quelques juifs marseillais avaient payé de leur vie les transactions du négociant.

Grâce aux petits carnets de Battisti, André Fournier savait cela. Mais Gaffigues ignorait qu'il savait. A la Libération, personne n'était venu l'inquiéter. Il dormait sur ses deux oreilles. Dans son esprit l'affaire était classée. Il suffisait d'un geste de Fournier pour qu'elle cessât de l'être. Ce geste, il le ferait le moment venu, si Gaffigues, brusquement confronté à son passé, refusait de se montrer raisonnable.

Le téléphone sonna. Gaffigues décrocha nerveusement.

– Allô!

Il tendit l'appareil à Fournier.

– Pour vous! C'est Dominique.

Fournier prit la communication, écouta, le visage fermé, sans interrompre son correspondant.

– Alors? s'écria Gaffigues dès qu'il eut reposé le combiné. Où en est-on?

– Terminé. Les flics n'ont plus qu'à se pointer pour ramasser les morceaux.

Le gros homme s'épongeait le front, visiblement satisfait.

– Monsieur Gaffigues, dit Fournier, il serait bon que j'aie un entretien avec vous.

– Qu'est-ce qu'il me veut encore, Félix? Nous nous étions mis d'accord. Je tiens toujours mes engagements.

– Il ne s'agit pas de Félix.

– De qui, alors?

– De moi. De vous.

– Expliquez-vous, Fournier. C'est à quel sujet?

– Pas maintenant. Nous en reparlerons.

– Eh bien, prenez rendez-vous avec ma secrétaire, trancha Gaffigues, qui n'aimait pas les mystères et s'impatientait.

– C'est cela, monsieur Gaffigues, je prendrai rendez-vous.

– Dites bien à Félix qu'il aura son fric dans la semaine.

En quittant la pièce, il se dit qu'il venait de trouver un bailleur de fonds. La perspective de faire chanter cette boule de suif ne lui déplaisait pas.

Fournier retrouva Félix Mariani à *La Gerbe d'or*, place du Change. Malgré le succès de ses hommes sur les quais, il n'était pas dans un de ses bons jours.

Fournier s'assit, respecta son silence. Il parlerait s'il voulait. Il commanda un Picon selon son habitude. Le visage de son ami se rembrunissait au fur et à mesure qu'il réfléchissait.

Fournier essaya de faire diversion.

– J'ai des places pour l'*Alcazar*. On passe une bonne revue, avec les Bluebell Girls. Ça te dit?

– J'ai pas le cœur à regarder se trémousser des gonzesses emplumées!

– Ce que j'en dis...

Il s'absorba dans le spectacle toujours renouvelé de la rue. Au bout d'un moment, Félix se décida :

– Il faut liquider Sabrini.

Fournier serra les lèvres, sans faire aucun commentaire. Il savait que cette décision coûtait à Mariani et qu'il ne la prenait pas sans de bonnes raisons.

Félix poursuivit :

– Son fournisseur a été arrêté. Et les flics de Marseille ont été avertis. Ils vont coincer Sabrini. C'est trop dangereux. Il risque de parler.

– On pourrait le soustraire à leurs recherches.

– Qu'est-ce que tu crois que j'ai fait ? Mais il est introuvable, ce con. Il a eu peur. Il aurait dû venir me voir. Me prévenir. Un jour ou l'autre, il va craquer. Peut-être, il essaie déjà de s'arranger avec eux. C'est trop risqué, je te dis. Un type qui fait ce genre d'erreurs, on ne peut plus discuter avec lui.

– Et s'il reste introuvable ?

– Demain, je sais où il sera. Les flics aussi sans doute. Il va falloir jouer serré.

Au bout du compte, force était de le reconnaître, ce balourd de Dominique avait raison. Cette histoire était foireuse depuis le début. Le clan Mariani n'y laisserait pas de plumes. Mais ce minus de Sabrini y laisserait sa peau. Il rendrait l'âme au moment où il aurait enfin du plomb dans la tête. Fournier commençait à s'habituer à ce genre de logique.

# 10

Une voiture passa devant la résidence des Oliviers. Le conducteur scrutait les trottoirs et les véhicules garés. Il poursuivit sa route, fit demi-tour un peu plus loin, repassa devant l'immeuble et alla se garer dans une rue perpendiculaire. Comme tous les samedis, Pierrot Sabrini allait rendre visite à Nunzia, sa mère, qui occupait un coquet deux pièces, au troisième étage du bâtiment principal. Après son veuvage, elle avait d'abord refusé catégoriquement de quitter son village de Morosaglia, berceau du clan Paoli et, à ce titre, un des hauts lieux de l'histoire de la Corse. Pierrot comprenait cet attachement viscéral. Feu son père ne déclarait-il pas avec fierté : « Partout où on creuse dans la terre de Morosaglia, on trouve les racines des Sabrini » ?

Lui-même, lorsqu'il retournait au pays, retrouvait ces mêmes racines. La force des sèves qui en montaient l'étourdissait. Il aimait aller à pied jusqu'au couvent du village, se replonger dans la solitude. Mais il n'y demeurait jamais longtemps. Ses affaires le retenaient sur le continent. Il traficotait selon les opportunités, trempait dans la contrebande de cigarettes, rendait de menus services occultes, mais tirait ses principaux revenus de trois femmes qui travaillaient pour lui. Fonder une famille ne lui semblait pas compatible avec ses activités. Il voulait garder les coudées franches. Il ne possédait certes pas l'envergure d'un caïd mais jouissait tout de même d'une réputation établie dans le Milieu.

Or, à Morosaglia, la famille Sabrini s'éteignait. Il était le dernier enfant de la lignée. Sa mère vivait seule dans l'austère demeure ancestrale. Quelques vagues cousins pouvaient encore s'intéresser à la vieille femme qui venait rejoindre la longue compagnie des veuves corses, refermant sa vie sur le passé, ne chérissant plus que ce fils, le seul héritage d'une existence vouée au labeur.

Pour la décider à venir s'installer à Marseille, Pierrot Sabrini avait dû déployer des trésors de persévérance et user de tous les arguments. Il l'avait eue à l'usure, parce qu'elle l'aimait. Elle cédait au cœur, pas aux raisons. Lasse de s'opposer à ce fils qui était plus que la prunelle de ses yeux, elle avait un jour accepté de faire ses bagages et de s'embarquer sur le *Ville-d'Ajaccio* pour la première traversée de sa vie. Elle lui avait fait promettre de la ramener près de son époux « lorsque tout serait fini ».

Pierrot Sabrini l'avait logée chez lui quelque temps. Puis, il avait acheté et meublé ce petit appartement, où la pauvre femme se sentait à la fois exilée et prisonnière. Mais cela n'importait guère, puisqu'elle voyait ainsi le « petit » toutes les semaines. Ce plaisir, le seul, jamais elle n'aurait pu l'avoir en restant à Morosaglia.

Pierrot Sabrini ferma la portière à clé. La nuit s'épaississait déjà. Il marcha lentement vers la résidence. Il se retourna. La rue était vide. Tout était normal. L'immeuble, noyé d'ombre, avec la découpe régulière des fenêtres éclairées, ressemblait à un gros vaisseau au mouillage. Par intermittence, des bruits de moteur provenaient du boulevard du Cabot, distant de quelques centaines de mètres. Il aperçut la silhouette de sa mère passant et repassant devant la fenêtre de la salle à manger. Elle mettait la table. Donc, pas de flics pour l'attendre. Il respira profondément, soulagé, puis sortit de sa poche un paquet de Gauloises et s'arrêta pour allumer une cigarette. La flamme du briquet illumina un instant son visage un peu poupin. A la seconde même, deux individus jaillirent de derrière un massif de rhododendrons. Plusieurs détonations déchirèrent l'air. Trois balles de gros calibre atteignirent Sabrini. Il était déjà mort avant que son corps n'atteigne le trottoir. Il n'avait pas eu le temps de réagir, pas même celui de voir ses agresseurs.

Des curieux, alertés, se penchaient aux fenêtres. Mais les tueurs étaient déjà loin. Partis sans laisser de traces. Un complice les attendait sans doute au volant d'une voiture.

Mme Sabrini attendait son fils. Elle s'était assise devant son assiette. Tout était prêt. Elle avait allumé la TSF, réglé le volume au maximum. Yves Montand chantait *Les Feuilles mortes.* Mme Sabrini pensa que cette chanson était vraiment très belle, peut-être un peu trop triste, mais la vie aussi...

Le lendemain matin, *Le Provençal* titrait en première page : « La chute sanglante d'un proxénète. » Le journaliste rappelait que la victime, souteneur notoire, bien connu des services de police, avait déjà eu maille à partir avec la justice pour coups et blessures et pour une affaire de recel, plusieurs années auparavant. La méthode, les armes employées, la froide détermination des tueurs, ne laissaient aucun doute sur le déroulement du drame. Il s'agissait d'une véritable exécution. Du travail de professionnels. On ne retrouverait probablement jamais les coupables.

Une photographie de Pierrot Sabrini illustrait l'article. On le voyait jovial, le visage rond, les cheveux, qui commençaient à se dégarnir, lissés en arrière. Un large sourire découvrait ses dents et rehaussait ses pommettes.

Le sourire figé d'un fantôme.

Dans son petit appartement, Nunzia Sabrini reposa le journal. Elle gardait les yeux secs. Une pâleur mortelle décolorait cependant son visage fripé. Le sang s'était retiré de ses veines. Vivre, respirer, lui semblait une injure à la mémoire de ce fils tant chéri. Aujourd'hui, le temps s'était arrêté. Chaque nouveau jour lui infligerait une souffrance terrible ressentie avec un sentiment d'injustice. Elle l'interprétait comme un châtiment imposé par Dieu pour racheter une faute dont elle ignorait tout.

Pourquoi ces lâches avaient-ils tué son Pierrot ? Plus encore que lorsqu'elle avait perdu son mari, Nunzia se sentait veuve. Du veuvage le plus atroce qui soit, celui des mères quand la mort vient leur ravir un fils.

– Ne vous inquiétez pas, monsieur Rivière. Vous n'avez rien à craindre. Je m'en occupe.

Auguste Rivière, le célèbre joaillier de la rue Paradis, tremblait depuis des semaines pour sa fille unique, Céline, entichée d'un mauvais garçon qui ne cessait de la presser. Il avait bien tenté de la raisonner, de lui démontrer que cet individu n'était pas pour elle, qu'elle tombait dans un piège comme beaucoup d'autres avant elle, qu'elle risquait de gâcher sa vie, qu'en s'obstinant, elle causait le désespoir de ses parents, Céline n'en démordait pas. Allez faire entendre raison à une adolescente amoureuse! Elle avait dix-huit ans, la beauté du diable, un formidable appétit de vivre et d'être aimée. Elle se sentait au-dessus de tous les dangers. Invulnérable.

Auguste Rivière avait fait son devoir de père. Alerté des dangers de cette liaison par des amis, il avait pris des renseignements sur le jeune homme, ce qui avait été très facile : le drôle jouissait déjà sur la place d'une réputation établie. Renvoyé de l'école des Présentines pour mauvaise conduite, il n'avait même pas passé son certificat d'études. Depuis, il traînait dans les rues et, de rixes en petits larcins, filait un mauvais coton. On le voyait souvent dans les bistrots louches du quartier de l'Opéra, ou derrière la mairie, avec des petites frappes et des truands chevronnés. Plus Auguste Rivière en apprenait, plus il était inquiet.

Le garçon, fils d'un navigateur voyageant sur les lignes d'Extrême-Orient pour les Messageries maritimes, se nommait François Folacci. Beau gosse, brun, mince, bien découplé, avec des yeux bleus au regard intense, et ce charme particulier aux insulaires. De la graine de proxénète. Céline en perdait la tête. Si ses parents la brusquaient, elle était capable de faire une fugue.

Auguste Rivière avait réussi à coincer François Folacci pour avoir un entretien avec lui. Sans trop se bercer d'illusions.

– Je veux que tu laisses ma fille tranquille.

Le jeune homme, avec un sourire de bellâtre, l'avait pris de haut.

– C'est elle qui me court après.

– Cesse de la voir.

Le sourire du garçon se figea. Il opposait aux arguments du joaillier un front buté. Impossible d'en rien tirer. Rivière s'enferrait. Il ne savait pas comment parler à ce genre de gouape. Ses efforts se retournaient contre lui. Pour un peu, il faisait figure d'accusé, de coupable.

Le garçon avait brusquement tourné les talons, l'abandonnant à sa piteuse défaite.

– Je n'ai plus rien à vous dire.

Le soir même, Céline rentrait plus tard que d'habitude. Bien après minuit.

Auguste Rivière se tordait les mains d'impuissance. Il avait donné à sa fille la meilleure éducation. Elle allait en classe à Notre-Dame-de-Sion, fréquentait la piscine du Chevalier Rose, le Tennis Club de Sainte-Marguerite, était invitée chez toutes les familles qui comptaient, et, pour les beaux yeux d'un jeune coq faisandé, elle mettait tout cet édifice en péril. Il rêvait pour elle d'un grand mariage, avec un garçon bien, fils de notaire ou de médecin, en l'église des Réformés, avec une robe à traîne, des demoiselles d'honneur, un suisse, les grandes orgues, et voilà que la boue puante des bas quartiers souillait déjà ses fleurs d'oranger.

Une seule solution s'offrait au pauvre homme : aller voir Félix Mariani, le juge de paix. Il le connaissait de réputation, comme tous les Marseillais, mais aussi pour l'avoir vu plusieurs fois dans son magasin. Il lui avait vendu des bijoux. Il paraissait sympathique. On assurait que, dans certains cas délicats où son influence pouvait se révéler utile, on ne risquait rien à le solliciter.

Auguste Rivière, ne fréquentant pas le Milieu et n'ayant aucune accointance avec les caïds, ignorait comment entrer en contact avec Mariani. Le hasard le servit en la personne d'un ami qui connaissait bien l'ex-commissaire Fournier. Et de fil en aiguille...

– Ce Folacci, je sais qui c'est, lâcha Mariani. Il ne vaut pas grand-chose. Ces jeunes commencent tous par rouler les mécaniques. Après, la vie se charge de les mater.

– Hélas! Pas toujours.

Le Corse réprima un sourire. Dans le temps, il avait été, lui aussi, un de ces jeunes prêts à tout, inquiétants et dangereux. Il s'était fait les griffes et les dents sur de plus faibles que lui. La vie ne l'avait pas maté parce qu'il avait su se mater tout seul grâce à sa force de caractère, son ambition, son intelligence. Mais ce petit Folacci manquait d'envergure. Il ne valait pas une crotte de bique.

En un sens, il le comprenait. Tout à l'heure, dans un geste d'orgueil paternel, Auguste Rivière avait montré une photographie de Céline. Une blonde aux yeux rieurs, avec un joli minois, une bouche sensuelle. Le cou était mince, les épaules rondes. Les seins pointaient sous la robe de vichy, au large décolleté maintenu par de fines bretelles. Le cliché s'arrêtait à la taille. On ne voyait ni les hanches ni les jambes. Mais on en savait assez pour imaginer : Céline était un morceau de roi.

– Comprenez ce que peut craindre un père. C'est une enfant. Une enfant. Une vie gâchée...

Elle ressemblait un peu à cette petite dans le film de Bourvil qu'il avait vu la semaine précédente, *Le Trou normand*. Comment s'appelait-elle ?

Mariani chassa ses mauvaises pensées. Ce morceau de roi ne serait pas pour les pattes d'un demi-sel comme Folacci.

– Monsieur Rivière, vous n'avez plus rien à craindre. Rentrez chez vous. Je vous tiens au courant.

Le bijoutier s'agitait sur sa chaise. Il ne savait pas de quelle façon payer ce « service » et combien cela lui coûterait. Il était néanmoins prêt à casquer gros pour préserver sa fille chérie. Il eut un geste en direction de la poche intérieure de sa veste.

– Et pour nos arrangements... bredouilla-t-il.

Grand seigneur, Mariani balaya la proposition d'un geste de la main.

– Là, là. Vous voyez ça... Non!

C'était tout vu. Félix Mariani adorait se fabriquer des débiteurs. Principalement parmi les bourgeois.

Dans la semaine qui suivit, Mariani envoya ses hommes chercher François Folacci. Ils le lui amenèrent. Le garçon, ne soupçonnant pas pour quel motif le caïd voulait le voir, n'en menait pas large. D'autant que les deux gorilles qui le conduisaient gardaient un silence de commande. Il fouillait sa mémoire pour trouver quelle faute éventuelle on pouvait lui reprocher. Mais, aussitôt après, sa juvénile fierté l'emportant, il entrevoyait quelque proposition mirifique qui le sortirait de l'anonymat. Ah! travailler avec un type comme Mariani, quelle chance! Quelle soudaine promotion!

Il déchanta vite.

– Le climat de Marseille est malsain pour toi, petit, dit Mariani.

– Mais...

– Tu vas changer d'air. Si tu veux faire de vieux os, laisse tomber Céline Rivière.

– Je l'aime et...

Mariani le foudroya du regard. Il durcit le ton.

– Pas de ça avec moi, petit. Tu t'en vas, tu laisses la fille, et tu ne demandes rien. Compris?

François Folacci hocha piteusement la tête pour signifier qu'il avait compris. Il n'était pas de taille. Personne ne se mettait en travers des décisions de Mariani. Ou bien il fallait payer la note. Et elle était toujours salée.

Le jeunot sortit. Mariani se tourna vers son frère :

– Dis, Pascal, toi qui connais tous les noms. Comment s'appelle-t-elle l'actrice qui te plaisait bien dans *Le Trou normand*?

– Brigitte Bardot. C'est son premier film.

– Ah bon! s'étonna Félix. Tu vérifies pour le petit Folacci. Si nécessaire, tu l'accompagnes à la gare.

Deux jours plus tard, dans le rapide de Paris, François Folacci regardait s'éloigner la Bonne-Mère dans un azur tremblant de lumière et, avec elle, toutes ses ambitions phocéennes.

Il eut un pincement de cœur, ou de vanité, en songeant une dernière fois à la beauté de Céline Rivière. Puis il se dit que les filles ne manquaient pas là où il allait. Les Parisiennes valaient bien les Marseillaises. Il avait obéi à Mariani. Celui-ci saurait s'en souvenir le moment venu. C'était comme s'il avait mis de l'argent de côté.

Il se cala sur la banquette, posa les pieds sur celle d'en face. Il sortit de son sac de voyage les magazines achetés au kiosque de la gare Saint-Charles. Il laissa *Paris-Tabou*, aux photos bien trop osées. Il déplia le dernier numéro de *Cinémonde* et, tandis que le train prenait de la vitesse, il s'absorba dans la contemplation des pin up qui s'exhibaient dans le magazine.

# 11

Félix Mariani noua sa cravate avec un soin minutieux, la fixa au moyen d'une épingle en or. Puis, il vérifia le col de sa chemise, les plis du pantalon dont le bas cassait légèrement sur le cuir des chaussures en crocodile – il les faisait confectionner sur mesure par Ferrulo, le maître bottier de la Canebière. Il lissa les larges revers de son veston, ajusta la pochette assortie à sa cravate.

Le Corse ne lésinait pas sur le vêtement. Il achetait ses chemises rue Paradis, chez Séverin ou chez Ascot. Il commandait ses costumes à Alfiéri, qui tenait boutique rue Saint-Ferréol, à Albert l'Arménien, qui travaillait en étage, boulevard de la Liberté, ou encore à l'Italien Napolitano, qui avait ses ateliers rue Nationale. Toujours les meilleurs artisans. Mais il variait pour que tout ce monde gagne sa vie.

La glace du hall d'entrée lui renvoya l'image d'un homme mûr encore séduisant. De fines rides barraient transversalement son front et formaient, de part et d'autre de la bouche aux lèvres très minces, une sorte de parenthèse gravée au creux des joues. Le temps écrivait sur la peau le récit de la vie. Ces rides ne signifiaient pas encore le vieillissement. Elles accentuaient, au contraire, l'impression de force virile dégagée par le visage. Les années, la réussite, avaient un peu estompé la sauvagerie de son adolescence, qui, cependant, ressortait brusquement lorsque quelque chose le contrariait.

Il passa dans son bureau, ouvrit le coffre, prit une liasse

de billets qu'il glissa dans sa poche. Il préférait payer en liquide. Vieille habitude de paysan et sage précaution : l'argent liquide impressionnait et ne laissait pas de traces. Il coiffa son feutre gris perle dont il rabattit le bord sur les yeux, puis enfila un ample manteau bleu marine à martingale, et sortit.

Dans la rue, Fernand Luchesi, son chauffeur, l'attendait au volant de la Chevrolet noire, à la carrosserie impeccablement lustrée. Ce soir, M. Mariani sortait. Il allait dans le monde.

La politique menée depuis des années par Félix Mariani portait enfin ses fruits. Il s'était toujours efforcé de créer autour de lui une sorte d'aréopage, plus ou moins informel, de personnalités appartenant aux milieux judiciaire, fiscal, douanier, politique, afin d'étouffer ou de minimiser les incidents qui risquaient d'éclabousser, si ce n'est de mettre en péril, ses affaires. Il avait su mettre à profit, avec beaucoup de discernement, certaines relations nouées dans la clandestinité. Pourtant, depuis qu'André Fournier œuvrait à ses côtés, et qu'il bénéficiait de ses conseils, il plaçait mieux ses pions sur l'échiquier. Fournier lui avait fait comprendre qu'il pouvait être nécessaire d'offrir bénévolement ses services, notamment aux hommes politiques, s'ils voulaient devenir indispensables à l'*establishment* de la région. Mariani, sensible à ses arguments, prêtait donc souvent à titre gracieux ses locaux – salons, bars, magasins – pour un mariage, une communion solennelle, voire des conférences données par des notables ou des invités de prestige.

– Tu investis dans le beau linge, Félix, l'encourageait Fournier.

– Oui, mais ton beau linge ne se frotte pas aux torchons, reprenait Mariani, laissant filtrer quelque amertume.

Fournier ne trouvait rien à rétorquer. Il s'en tirait par une vague pirouette ménageant la susceptibilité de son ami. Il savait qu'on tolérait sa présence quand on ne pouvait pas faire autrement. On acceptait de lui serrer la main, de le côtoyer dans des réunions publiques, dans la stricte mesure où on avait besoin de ses services et où sa réputation imposait le respect. Mais il n'était pas accepté.

Jamais il n'avait été invité dans une demeure de la bonne société. Or, il brûlait d'en franchir le seuil, non à la manière furtive d'un voleur, mais en qualité d'hôte véritable, avec les honneurs.

André Fournier comprenait l'état d'esprit de Félix Mariani. Le caïd régnait sur les bas-fonds. Il brillait aux yeux des marginaux qui enviaient sa formidable ascension, et même à ceux du menu peuple, vivier où il recrutait ses lieutenants et ses hommes de main. Mais, pour un certain monde, il n'existait pas. Il n'avait pas de nom. On ne le voyait pas. Aussi l'idée germa-t-elle dans l'esprit de l'ancien commissaire que le cadeau le plus apprécié qu'il pourrait offrir à son ami Mariani serait de le faire convier à l'une de ces réceptions huppées, où nul n'entrait sans montrer patte blanche. Il s'arrangerait seulement pour que Félix gardât la sienne au fond de sa poche tout au long de la soirée. Car, s'il l'exhibait, même affinée par les soins intensifs de sa manucure favorite, tout le monde hurlerait au loup.

Fournier avait attendu une occasion favorable. Elle s'était présentée lorsque le professeur Jacques Brousse, vieil ami de son père, avait reçu les palmes académiques des mains du doyen de la faculté de médecine de Marseille, Pierre de Wersange. Déjà titulaire de la Légion d'honneur, et de quelques autres breloques témoignant de la variété de ses mérites, Jacques Brousse exerçait depuis plus de trente ans la dermatologie et dispensait avec brio son enseignement aux jeunes carabins qui raffolaient de ce sexagénaire fringant, à l'humour caustique. Esprit curieux, fin humaniste, grand voyageur, il manifestait en toutes circonstances une rare ouverture.

Jacques Brousse avait décidé de fêter l'événement en organisant une grande réception, dans sa superbe villa de Cassis. André Fournier était invité. Le professeur Brousse l'avait connu tout gosse et lui portait quelque affection. En fait, André bénéficiait du discrédit mondain de son père, qu'une maladie providentielle immobilisait à Aix. Sans cela, il eût décliné l'invitation. Nul ne l'ignorait : il ne fallait pas mettre en présence Paul et André sous peine d'esclandre.

Fort de la familiarité qui le liait au professeur Brousse,

André, sans en souffler mot à Félix, avait pris l'initiative de lui téléphoner afin d'obtenir la faveur d'amener à la réception l'« un de ses amis proches ». Le professeur s'était un peu fait tirer l'oreille pour le principe. Puis, il avait accepté : malgré les rumeurs fâcheuses colportées à son sujet depuis quelque temps, André demeurait encore une caution.

Voilà pourquoi Félix Mariani s'était apprêté, ce soir-là, avec un soin tout particulier. Rien ne manquait à sa panoplie, ni la grosse gourmette en or au poignet droit, ni la chevalière frappée d'un brillant étincelant, ni l'épaisse épingle de cravate, ni, enfin, le chronomètre Bréguet acheté sur les conseils avisés de M. Auguste Rivière, lequel lui avait fait une « bonne manière » en consentant un rabais exceptionnel sur la pièce, par « amitié ».

André Fournier froissa la page du *Provençal*, où il venait de découper l'article relatant l'exécution de Pierrot Sabrini, et la jeta dans la corbeille à papier. Il rangea l'article dans une chemise qu'il glissa à l'intérieur d'un classeur contenant déjà une importante liasse de documents. Depuis plusieurs années maintenant, il constituait des dossiers en découpant, dans la chronique des faits divers, tout ce qui relevait, de près ou de loin, des activités du clan Mariani et des individus qui s'y trouvaient impliqués. Il faisait de même pour la plupart des noms qui illustraient les carnets de Battisti : on y voyait la fortune sourire, la ruine se préparer, la déchéance éclater. Le monde tourne. Les nouvelles passent. Les événements nouveaux se superposent aux anciens et les effacent. Les gens oublient, obnubilés par l'attrait de l'actualité. Lui se constituait un précieux aide-mémoire. A toutes fins utiles. Car il ne possédait pas seulement des articles de journaux. Avec une prudence de fin limier, héritée de sa formation et de son expérience d'inspecteur et de commissaire à la DST, il collectait tout ce qui pouvait présenter quelque intérêt ou valeur.

Jusqu'à présent, Mariani se montrait régulier et le traitait avec égards. Fournier lui devait tout. Dans son comportement, rien n'était de nature à éveiller le moindre soupçon. Il ne trahirait pas leur amitié et aucun différend important ne les avait encore opposés. Ils partageaient les mêmes intérêts, quoique la part de Félix fût considérablement plus grosse que celle d'André, ce qui restait dans l'ordre des choses. Le patron, c'était lui.

Bien qu'il ne caressât pas encore vraiment le projet de s'affranchir de sa tutelle, André Fournier se méfiait, n'accordant sa confiance qu'à demi. Il savait que, à l'exception de quelques-uns, dont Pascal, l'entourage de Mariani ne l'encaisserait jamais et jouerait de son influence pour l'évincer. Un revirement était toujours possible, contre lequel il devait se prémunir. Mariani lui-même n'hésiterait pas à l'éliminer si ses propres intérêts se trouvaient menacés par sa présence. Il ne se laisserait pas attendrir.

Mariani était tout, sauf une âme sensible. S'il avait réussi à se hisser là où il était, il le devait à son absence totale de faiblesse. La façon dont ses tueurs venaient d'éliminer Pierrot Sabrini, et tous les précédents connus, témoignaient de ce caractère implacable. Le cas échéant, si André ne disposait pas de solides atouts dans son jeu, il ne pourrait y échapper. Du jour où il avait accepté de travailler pour Mariani, il s'était engagé dans une partie de poker mortelle. Une partie très serrée où toutes les combinaisons, tous les coups étaient permis.

Il y avait plus. Au fur et à mesure qu'André Fournier travaillait pour Mariani, qu'il pénétrait les arcanes de ses affaires, il comprenait selon quels rouages fonctionnait son empire et d'où il tirait sa cohérence et sa solidité. Une certaine fragilité lui apparaissait cependant, et il pensait maintenant pouvoir faire mieux et traiter sur une plus grande échelle. Comme l'appétit vient en mangeant, l'ambition lui venait à proportion de ce qu'il réalisait.

Sans doute la personnalité de Mariani et la sienne étaient-elles complémentaires, chacun apportant ses qualités propres dans l'association. C'était vrai au début. Ça ne l'était plus autant. Il n'échappait pas à André que, s'il pouvait emprunter à Félix les traits qui assuraient son pouvoir – la violence, l'absence de scrupules, le courage, le mépris des lois –, Félix, en revanche, ne pouvait absolument pas s'approprier les siens. On n'achetait pas l'éducation avec un chèque. On n'obtenait pas le savoir à coups de calibre. On n'acquérait pas l'expérience par intimidation. Malgré son intelligence intuitive, Félix Mariani était un primaire et il le demeurerait.

A partir de là, et bien qu'il restât fidèle à ses engagements, d'étranges idées commencèrent à germer dans l'esprit de l'ancien commissaire reconverti dans le grand banditisme. Il s'amusait intérieurement de cette surprenante évolution : « La guerre est bien finie. Cependant, je ne cesserai jamais d'être Janus, au double visage. »

Dix jours auparavant, la mécanique s'était mise en place. Déjà les rouages tournaient, silencieusement. André Fournier était allé voir Honoré Gaffigues pour « raisons personnelles ». Le négociant ne se méfiait pas. Il croyait qu'André sollicitait un service et se préparait à le monnayer. Car Gaffigues ne donnait jamais rien pour rien. Il se demandait seulement pourquoi André ne passait pas, comme d'habitude, par Mariani.

Honoré Gaffigues se leva pour accueillir André Fournier et lui serrer la main. Il était seul dans son bureau.

– Alors, cher ami, que me vaut le plaisir de votre visite ? Savez-vous que vous m'intriguez ? Je croyais que vous traitiez toujours au nom de Mariani.

– C'est exact.

– Alors ?

– Il y a des à-côtés.

Un large sourire détendit le visage de Gaffigues. Il flairait l'embrouille, le coup tordu. Il aimait ça. Il ne nageait nulle part mieux qu'en eau trouble.

Il fit un geste en direction de la chaise. Tandis que Fournier s'installait, lui-même s'affala sur son fauteuil, derrière son bureau.

– Monsieur Gaffigues, j'ai besoin d'argent.

Le commerçant se frotta les mains.

– Combien ?

– Beaucoup d'argent.

– Ah !... C'est donc grave ?

– On peut le dire ainsi. Tout dépend de quel côté on se place.

– Bien. Je peux vous en prêter.

– Il ne s'agit pas de ça.

– Là, je ne comprends pas. Qu'est-ce que vous voulez, exactement? Vous tournez autour du pot, Fournier, et mon temps est précieux.

– C'est peut-être que je veux le pot.

Gaffigues écarquilla les yeux. Ses traits se durcirent.

– Expliquez-vous, mon ami.

Fournier le fit mijoter une bonne demi-minute, affectant de s'absorber dans la contemplation de la jolie blonde peinte par Jean-Gabriel Domergue.

– Beau sujet! s'exclama-t-il.

– Justement, là n'est pas le sujet, aboya Gaffigues qui commençait à s'impatienter. Venez-en au fait.

André Fournier riva son regard dans celui du gros homme et laissa tomber ces mots:

– Connaissez-vous le docteur David Abraham?

Gaffigues accusa le coup. Son visage pâlit un fragment de seconde, mais il se ressaisit promptement et feignit l'ignorance.

– Non. Je ne connais pas ce monsieur.

– Alors, Gaffigues, je vais vous rafraîchir la mémoire. Le docteur Abraham était un médecin généraliste renommé. Il exerçait rue Paradis. C'était l'héritier d'une riche famille juive installée à Marseille depuis deux générations.

– Pourquoi me racontez-vous cela?

– J'y viens, Gaffigues. J'y viens. Un peu de patience, que diable! A la longue, tout se sait.

– Je n'ai jamais été très fort pour les énigmes. Ceci n'a aucun sens. J'en ai assez! Fichez-moi la paix, Fournier! Sortez! Je n'ai pas de temps à perdre pour écouter vos sornettes, moi!

– Vous les écouterez pourtant. Vous avez beau faire l'innocent, vous savez parfaitement de quoi il s'agit.

– Je vous affirme que...

– Je poursuis donc. Après que les Allemands eurent franchi la ligne de démarcation, le docteur Abraham a eu de très gros ennuis...

– C'était l'époque. Nous en avons tous eu notre part. Pourquoi remuer ces cendres, à présent?

– Parce que, dessous, il y a encore des braises mal éteintes. Le feu peut brusquement reprendre, allumer un incendie, brûler une réputation.

Les joues de Gaffigues se creusèrent et il pâlit de nouveau. Ses mains tremblaient légèrement, bien qu'elles soient posées à plat sur le bureau.

– Jusqu'en 1943, le docteur Abraham a réussi à échapper aux rafles et aux arrestations, grâce à la complicité d'amis qui le tenaient en haute estime et aux services, moins désintéressés, de personnes qu'il payait, parfois très cher. Il aurait pu tenir ainsi jusqu'à la Libération. D'autres y sont parvenus, qui ne disposaient pas de ses moyens. Mais, voilà, le docteur Abraham était à la fois très riche et très influent dans sa communauté. Il appartenait aussi à la franc-maçonnerie, où il occupait un rang de dignitaire. Cela faisait beaucoup pour un individu recherché par les autorités. Un juif, à cette époque, ça valait moins qu'un chien, n'est-ce pas Gaffigues?

– Vous n'avez pas le droit de...

– Si, j'ai le droit! J'ai le droit parce que je sais.

– Qu'est-ce que vous savez? Il n'y a rien à savoir. Ils sont des milliers à avoir été arrêtés et déportés dans les camps de concentration. Que voulez-vous que j'y fasse?

– Oui, des milliers, des dizaines de milliers sont partis en Allemagne et ne sont pas revenus. Mais tout dépend des circonstances dans lesquelles la Milice a mis la main dessus. Le docteur Abraham était bien caché. Il avait pu faire partir sa famille aux États-Unis avant qu'il ne soit trop tard. Il fallait vraiment être au courant, bien informé, pour dénicher sa planque. Vous l'étiez, Gaffigues. La Gestapo et la Milice sont venues le cueillir à l'aube du 23 novembre 1943. Ils n'ont même pas eu à chercher. Un salaud l'avait dénoncé et livré aux bourreaux. Vous vous souvenez? Ce salaud, c'était vous, Gaffigues! C'était vous!

– Comment pouvez-vous dire une chose pareille? Une telle accusation? C'est énorme! Vous vous rendez compte de ce que vous avancez? Un homme de ma réputation...

– Comme vous dites! Ah! elle est belle, ta réputation, Gaffigues. Mais, moi, je peux la faire encore plus belle.

Le transitaire bondit de son fauteuil.

– D'abord, vous n'avez aucune preuve.

– Mais si, j'ai des preuves. J'ai même *toutes* les preuves, articula Fournier avec une lenteur calculée pour que chaque mot s'imprime fortement dans le cerveau de son interlocuteur.

Celui-ci devint livide. Un irrépressible tremblement l'agita. Comme pour s'accrocher à un dernier et illusoire espoir, il bredouilla :

– Vous bluffez.

Alors, Fournier asséna le coup de grâce.

– J'ai en ma possession le dossier de Battisti te concernant. Il me l'a remis avant de partir pour l'Argentine. Tout y est noté.

– Vous allez remettre ça à la police ?

– Rassure-toi, pas si nous nous entendons.

L'autre, saisissant cette planche de salut, lâcha précipitamment :

– Nous nous entendrons, monsieur Fournier. J'en suis sûr.

Il avait perdu toute son arrogance. La frousse le liquéfiait sur place. Il abandonnerait tout pour sauver sa triste peau. Il avait jusqu'à présent réussi à échapper à l'épuration, à passer entre les mailles du filet. Personne ne le soupçonnait d'avoir trahi, d'avoir livré des juifs et des résistants aux autorités allemandes en échange de privilèges conséquents et pour s'accaparer une partie de leur fortune. Les morts ne parlaient pas. Et tous ces biens abandonnés derrière eux par la force des choses, c'était bien tentant pour un requin avide et sans scrupules de l'acabit d'Honoré Gaffigues. L'affaire du docteur Abraham lui avait rapporté gros : des meubles, des bijoux, des tableaux, revendus ensuite au prix fort, lorsque le marché avait recommencé à flamber. Le docteur David Abraham était mort dans l'enfer de Dachau. Seuls les hurlements des chiens, des kapos et des SS avaient accompagné sa terrible agonie. Mais, à l'époque, Gaffigues s'en moquait : il faisait ses affaires. Tant pis pour ceux qui n'étaient pas nés sous une meilleure étoile que l'étoile jaune, et que la chance désertait par un petit matin frisquet de novembre.

A présent, l'ombre des chiens policiers, tenus en laisse par le destin, emplissait son bureau. Ils ressemblaient tous à André Fournier. Leurs crocs luisaient sous les babines retroussées. Ils guettaient. Au moindre faux pas, ils le mettraient en pièces.

# 12

La villa *Les Néréides* se détachait sur un promontoire rocheux dominant la côte orientale de Cassis, face au mur ocre du cap Canaille, dont l'arête verticale tranchait le pâle azur du ciel et le bleu soutenu de la mer. De longs cyprès hiératiques ponctuaient les terrasses en espaliers, ornées de balustres chaulés. Des festons de roses égayaient les arbres du jardin, auquel le maître de maison, féru de botanique, accordait un soin tout particulier, avec l'aide d'un jardinier, employé chez un pépiniériste de Mazargues, qui venait deux fois par semaine.

Le soir, lorsque la brise montait du large, le murmure des feuillages se confondait à celui de la houle. Et, justement, le crépuscule commençait à rosir l'horizon. Les volumes s'assombrissaient, devenaient compacts. La dentelure du château s'estompait dans une brume diffuse qui n'était que l'altération de l'atmosphère privée de lumière. Dans l'épaisseur du gris, uniformisant les reliefs, quelques lueurs palpitaient déjà.

Le professeur Jacques Brousse avait acquis cette vaste propriété avant la guerre, en 1938. Il la tenait de Sir John Bury, un mécène anglais, grand admirateur de l'Italie. Le corps du logis lui devait son architecture inspirée de l'art toscan, adapté avec un goût très sûr au paysage provençal. Sir John Bury avait veillé personnellement à l'agencement extérieur, au jardin distribué en terrasses épousant le relief, où croissaient toutes sortes d'espèces végétales acclimatées avec soin, dans une apparente liberté.

Malgré son souci de conserver le domaine intact, le professeur Jacques Brousse avait dû se résoudre à apporter des modifications sensibles. Les plants les plus rares avaient disparu. Il ne possédait ni la compétence, ni l'argent, ni le temps pour veiller à leur conservation. Il souhaitait simplement jouir d'une demeure confortable, et non vivre dans le coûteux caprice hérité d'un lord anglais un peu maniaque.

Le portail de fer forgé ouvert à deux battants laissait entrer les voitures dans la cour, dont le centre était occupé par une vasque ornée de dauphins. Un domestique organisait le stationnement en désignant les places de parking aux nouveaux arrivants. Cependant, comme l'espace était limité, et que le professeur avait convié de nombreuses personnalités, on atteignait la saturation. Les retardataires seraient contraints de garer leur véhicule à l'extérieur, en bordure de la route.

Depuis la cour, on suivait une allée pavée sur une centaine de mètres, avant de gravir l'escalier central conduisant aux salles de réception somptueusement illuminées, où les invités se pressaient déjà dans un élégant brouhaha.

Le professeur Jacques Brousse – costume bleu marine et nœud papillon – accueillait ses hôtes. Sa femme, Marie-Christine, se tenait à ses côtés. Un amour tempéré par le temps, relevé d'une sensualité convenable, et cimenté d'une estime réciproque, unissait le couple. Quoi qu'elle approchât de la cinquantaine, Marie-Christine conservait toute sa séduction qui avait tant joué sur le jeune André Fournier. Grande, mince, blonde, avec des yeux couleur glacier, elle tirait de sa froide beauté nordique une sorte de distinction naturelle. Elle avait abandonné de prometteuses études de droit pour épouser Jacques et le seconder dans sa carrière. Ce dont elle s'acquittait avec succès. On disait d'elle, avec quelque ironie, ou pour cacher des frustrations : « C'est une femme intelligente. » Elle commettait d'ailleurs, sous le pseudonyme de Lucie de Saint-Maur, quelques billets d'humeur dans la presse féminine.

Marie-Christine portait un tailleur pied-de-coq griffé Chanel. Selon son habitude, elle n'arborait qu'un collier de perles fines, souvenir de sa mère, et la montre en platine sertie de diamants qui ne la quittait jamais. Jacques la lui avait offerte à la naissance de leur premier enfant.

André Fournier lui baisa la main et la complimenta. Transporté dans cette société brillante, il retrouvait spontanément ses habitudes d'homme du monde. Par-dessus l'épaule de Jacques Brousse, il reconnut quelques invités : maître Victor Langelet et le président de la chambre de Commerce, Louis de Lavalette, la longiligne Joséphine Blidard et son mari, un avorton qu'elle traînait partout dans son sillage comme si une invisible cordelette les unissait à la manière d'un bilboquet avec sa boule.

Près de la fenêtre ouverte sur la terrasse, le bâtonnier Vidal discutait en gesticulant avec deux inconnus. Un redoutable bretteur, qui n'avait pas gagné ses galons au prétoire par ses seuls effets de manche. André irait le voir tout à l'heure. Le bâtonnier avait toujours à raconter sur les pauvres justiciables un stock d'histoires où défilait toute la comédie humaine.

Le professeur Brousse prit amicalement André par l'épaule et l'entraîna vers le buffet.

– Ton ami n'est pas avec toi ? demanda-t-il.

– Il ne va pas tarder.

– Tu connais tout le monde. Tu feras les présentations. Tu es un peu le fils de la maison.

Les Brousse avaient deux fils qui travaillaient à l'étranger, l'un aux États-Unis, l'autre en Allemagne, et une fille qui habitait Paris.

– Je suis très heureux d'être là. Très heureux que ces palmes me permettent de te dire mon affection.

– On te voit si peu.

André Fournier esquissa un geste d'impuissance.

– C'est l'époque qui veut ça. Nous travaillons tous beaucoup.

– Que fais-tu exactement, depuis que tu as quitté la police ?

– Rien de bien original : des affaires.

– Ah ! Tu aurais tout de même pu tenter la médecine.

– Oui. Mais elle ne me tentait pas.

– C'est sans doute mieux ainsi. A chacun de trouver sa voie et de la tracer comme il l'entend. L'essentiel, c'est de réussir sa vie.

Le praticien s'arrêta pour saluer une grosse femme, boudinée dans du satin noir, à l'allure de douairière.

– Et ton ami... reprit-il. Comment s'appelle-t-il déjà ?

– Mariani.

– Que fait-il ? Est-il aussi dans les affaires ?

– En quelque sorte.

– Je vois.

Jacques Brousse ménagea un silence.

– J'ai été étonné de ton insistance, André. Mais tu semblais tenir beaucoup à ce qu'il vienne. Tu connais ce monsieur depuis longtemps ?... On m'a parlé de lui dans des termes que... que je qualifierais de...

– Nous étions ensemble dans la Résistance.

– Bien sûr, ça change tout.

Le professeur retourna à l'entrée accueillir de nouveaux venus. Il avait invité une soixantaine de personnes.

Lorsque Félix Mariani parut en haut des marches, André Fournier se précipita vers lui.

– Tu es beau comme un prince, Félix.

Le Corse grimaça de contentement. Il promenait autour de lui un regard circulaire et se rengorgeait de plus en plus. Il éprouvait le sentiment de franchir un seuil. Pas seulement celui de la demeure du professeur Brousse.

– Je suis un peu en retard.

– Tous les invités ne sont pas encore là.

– Comment ça va se passer ?

– Le plus simplement du monde. Le doyen se fendra encore d'un discours et Brousse lui répondra.

– On a beau dire, les palmes académiques, c'est très important, dit Félix, sans se rendre bien compte de ce que cela représentait.

André le ramena sur terre.

– Il vaut mieux avoir des machines à sous. Les palmes, ça rapporte des clopinettes.

La plupart des gens qui les entouraient appartenaient à de grandes familles marseillaises, avaient fait de longues études, ou n'en avaient pas eu besoin tout simplement, c'étaient des notables. Fournier présentait des hommes et des femmes, lâchait des noms. Mariani écoutait, échangeait quelques banalités polies. Il en connaissait certains, du moins de réputation. S'ils étaient étonnés de le trouver parmi eux, ils n'en laissaient rien paraître et leur conversation conservait un ton d'amicale mondanité.

Félix ne se sentait pourtant pas dans son élément. Les valeurs qui structuraient sa vie depuis toujours n'avaient pas cours ici. Tout en sauvant la face, il éprouvait un désagréable sentiment de rejet. Rien dans les attitudes ne provoquait sa susceptibilité et cependant d'infimes pointes, d'insaisissables nuances le repoussaient à la marge. Les choses auxquelles il s'intéressait, comme les jeux, les courses de chevaux, la contrebande, la boxe, n'eussent rencontré qu'indifférence. Même au sujet des femmes, sur quoi les hommes pouvaient tout de même s'accorder, les mots, les manières, les plaisanteries, les anecdotes étaient différents. Les rares reparties qu'il avait lâchées étaient tombées à plat, accueillies par un silence poli, voire gêné. Jusqu'à ce que quelqu'un relance la conversation en abordant un autre sujet.

Un seul domaine restait ouvert au truand : celui des bonnes tables. Sans être un véritable gourmet, Félix Mariani aimait les restaurants cotés. Il payait très cher pour manger des plats raffinés qui ne faisaient pourtant pas oublier à ses papilles le morceau de figatelli grillé au feu de bois, avec sa graisse odorante qu'on recueille, au fur et à mesure de la cuisson, sur une tranche de pain frais, ou le ragoût de cabri aux pâtes fraîches, parfumé aux herbes du maquis. Mais il fréquentait les toques célèbres de la région et pouvait en parler d'expérience.

– Nous étions à la création d'*Œdipe* à l'Opéra de Paris, en 1936, pérorait une élégante vieillissante, dont la chevelure argentée était ramenée sur la nuque en un volumineux chignon noué d'un ruban de velours noir. C'est certainement ce que ce pauvre Enesco a écrit de mieux.

– Il n'y a pas eu d'opéra de cette force, de cette clarté, au XX$^{e}$ siècle ! s'exclama un petit monsieur chauve dont le revers s'ornait de la Légion d'honneur.

– Il n'y a qu'à Paris qu'on peut avoir cette chance.

– Les mélomanes marseillais sont contraints de courir le monde pour voir des spectacles de qualité.

– L'été dernier, nous étions à Salzbourg, pour le *Don*

*Giovani.* Elisabeth Schwarzkopf est allée jusqu'au bout d'elle-même. Une Elvire calcinée, corps et âme...

– Wagner estimait que c'était « l'opéra des opéras ».

– Mon cher, c'est que nul n'échappe au mythe de Don Juan.

– Pour être plus exact, dites plutôt que *nulle* n'y échappe.

Félix Mariani écoutait ces répliques qui le plongeaient dans une grande perplexité.Quel que soit le sujet abordé autour de lui, les mots employés par ses voisins, au lieu de lui permettre de participer à la conversation, l'en éloignaient : tout était fait pour qu'il ne s'y retrouve pas. La musique, ainsi, n'était plus de la musique, mais une suite d'adjectifs superlatifs et d'exclamations dont le rapport avec ce qu'il entendait dans ses propres boîtes de nuit ou à la TSF ne lui sautait pas aux yeux.

Tout cela ne l'intéressait pas et il commençait à s'ennuyer au milieu de ce qu'il considérait comme des futilités ou des mystères. Ces gens étaient des poseurs qui perdaient leur temps. Il n'aimait pas leurs gestes maniérés, leur accent trop pointu. Il avait envie de leur rentrer dedans. Mais il rencontrait le regard d'André qui lui souriait. Alors, il allait vers le garçon et prenait un verre.

Le professeur Jacques Brousse et Marie-Christine possédaient une importante collection de tableaux. Une petite partie, qui avait constitué le point de départ de la passion du couple, venait de la famille. Le plus grand nombre, des œuvres contemporaines, avait été acheté dans des galeries d'art ou directement aux artistes. Les Brousse aimaient à les fréquenter. Ils en recevaient quelquefois chez eux, à Marseille, dans leur appartement du Prado, ou, durant les mois d'été, aux *Néréides.* Marie-Christine, disposant de plus de loisirs et allant souvent à Paris pour ses articles, était chargée de la prospection.

Une vaste composition aux couleurs fulgurantes, la matière truellée en épaisses couches superposées, occupait un pan de mur, dans le corridor desservant le vestiaire. Félix Mariani l'examina. Cette toile, avec ses bleus intenses, ses jaunes incandescents, ses rouges plus éclatants les uns que les autres, parlait à sa sensibilité. Les masses s'organisaient à la manière des collines de son pays, parmi des taches marquant l'emplacement des roches, de la végétation. Des hommes, grossièrement silhouettés, tremblaient dans une lumière qui n'appartenait pas à ce monde. Le tableau ressemblait à ceux qu'il avait chez lui. Il déchiffra la signature : Ambrogiani. Cela le satisfit. Il ne s'était pas trompé.

– Belle pièce, n'est-ce pas ? commenta une voix derrière lui. C'est une procession de Pierre Ambrogiani. Vous aimez ?

– Oui, beaucoup.

Jacques Brousse hocha la tête avec satisfaction.

– Une valeur qui monte.

– Félix en possède quelques-uns de bonne facture, intervint Fournier.

Le professeur se retourna vers Mariani.

– Vous êtes amateur de peinture ?

Le Corse hésita.

– Je n'y connais pas grand-chose, avoua-t-il avec réticence.

– Si vous appréciez Ambrogiani, vous êtes sur la bonne voie, l'encouragea le maître de maison. Suivez-moi. Je vais vous montrer des toiles auxquelles je suis particulièrement attaché. Je les garde dans mon bureau. Égoïstement. Pour être le seul à les avoir sous les yeux.

– Tu as toujours été un esthète, dit Fournier en lui emboîtant le pas.

Ils fendirent la foule des invités, empruntèrent l'escalier intérieur qui menait à l'étage où se trouvait le bureau, une pièce rectangulaire qui ouvrait sur une grande terrasse par une porte-fenêtre à deux battants. Jacques Brousse l'avait fait aménager pour sa commodité et la vue magnifique qu'elle offrait sur la baie de Cassis.

Mariani se demandait ce que Fournier avait voulu dire en traitant le professeur d'*esthète*. Ce devait être un compliment puisque celui-ci avait paru flatté.

Le professeur Brousse s'arrêta devant une toile de dimensions modestes qu'éclairait une lampe transversale. Mariani essaya en vain d'identifier le motif. Quatre taches vaguement rectangulaires posaient à la frontière de deux bandes de bleus, également soutenus, des jalons de couleurs blanchâtres, traversés de reflets. Ces coups de pinceau maladroits ne représentaient rien aux yeux du caïd, et il se demandait pourquoi diable le professeur accordait tant de prix à ce machin.

André approcha le visage, se recula.

– Un Nicolas de Staël! s'exclama-t-il. Superbe! Où l'as-tu déniché?

– Il y a deux ans, chez Giovani Muraccionni, à Cannes... Et, là, ma petite folie : Picasso. Je l'avais rencontré à Mougins, chez des amis communs, passionnés de peinture... Les Maussane, tu connais?...

Fournier prit un air dubitatif.

– Mais oui, tu as certainement dû les voir ici, ou chez les... Bref, j'ai réussi à acquérir ce bijou pour une petite fortune. Mais ces choses-là n'ont pas de prix.

Mariani considérait avec la plus grande perplexité cet extravagant gribouillis où les traits partaient dans tous les sens et où les couleurs étaient maladroitement posées. Il avait l'impression d'avoir sous les yeux un dessin d'enfant et il se dit qu'il pourrait facilement en faire autant.

Cependant, le professeur Jacques Brousse poursuivait avec Fournier une conversation animée. L'ancien commissaire proférait des opinions étranges sur la peinture et sur ce Picasso qu'il semblait tenir en haute estime. Il était question de mystérieuses époques, bleue ou rose, du talent visionnaire qui révolutionnait l'art plastique, d'un certain minotaure.

– C'est un exorciste, disait Fournier. La promesse de chaque seconde, son geste la fige. Il libère l'imaginaire de son encre. C'est pour cela qu'il exacerbe notre sensibilité. On n'entre pas dans l'œuvre de Picasso, c'est elle qui entre en nous.

– Ou si on y entre, ajoutait le professeur, visiblement heureux de cet échange, ça ne peut être que par effraction.

Mariani se taisait. Lugubre. Que signifiait ce charabia? André était-il sincère ou jouait-il le jeu pour complaire à son hôte? Il se promit de le lui demander.

Il avait connu Fournier résistant, sous les traits ambigus de Janus. Il l'avait connu dans la peau d'un flic courageux, aimant le risque. Il l'avait connu comme conseiller avisé. Il semblait s'être bien adapté et sa présence parmi les gens du clan ne soulevait pas de problème. Ou pas trop. Mais jamais, jusqu'à ce soir, il n'avait encore vu Fournier évoluer dans l'univers qui avait été le sien depuis sa naissance. Il le découvrait soudain sous un autre jour, à des années-lumière de leur amitié. C'était comme s'il avait accordé celle-ci à une ombre. Il se sentait vaguement déçu, humilié.

Pourtant, aucun reproche ne lui venait à l'esprit. Au contraire, il devait à Fournier cette invitation et, tout au long de la réception, celui-ci s'était occupé de lui avec attention. Il l'avait présenté à toutes les personnalités présentes, l'informant discrètement de ce qu'elles représentaient et de ce qu'on pouvait raisonnablement en attendre pour les « affaires ». A aucun moment, Fournier ne s'était rendu coupable de quoi que ce soit à son encontre.

C'était pire. Il était lui-même, simplement. A sa place au milieu des siens. *Les Néréides* réservaient à Félix Mariani cette amère découverte. Trop de choses le séparaient d'André Fournier pour qu'il pût exister entre eux une amitié de pur alliage.

# 13

Honoré Gaffigues ruminait sa déconvenue. André Fournier le tenait. Il ne le lâcherait plus. Il possédait dans sa manche des atouts maîtres qu'il n'hésiterait pas à utiliser s'il ne se pliait pas à ses volontés. Gaffigues savait jauger les hommes. Celui-là irait jusqu'au bout. Doté d'une redoutable intelligence, d'un sens aigu de la manœuvre, d'une volonté et d'un courage à toute épreuve : « Il ira jusqu'au bout », se répéta-t-il. Il jouait sa partie sans léser les intérêts de son ami Mariani. Il ne le doublait pas. Il faisait simplement ses propres affaires parallèlement à celles qu'il traitait pour Félix. Les unes n'empiétaient pas sur les autres. Il eût été impossible de le prendre en défaut tant il veillait à se montrer régulier.

Gaffigues comprenait cela et, du même coup, qu'il n'avait aucun moyen de faire pression sur Mariani pour atteindre son homme de confiance. De plus, la surprise de voir resurgir à l'improviste les traces indubitables de sa peu glorieuse mais lucrative conduite pendant la guerre, entamait ses capacités de défense. A la Libération, personne ne l'avait inquiété. Il avait financé largement des mouvements nés de la Résistance. Il avait échappé aux vagues d'épuration. Et, au lieu de croupir dans un cachot, au ban de la société, ou de finir sous la salve d'un peloton d'exécution, il avait pignon sur rue et jouissait de l'estime de ses compatriotes. Il avait donc cru ces histoires définitivement reléguées aux oubliettes. Et voilà que Fournier, comme un diable, les faisait réapparaître. Désormais, il vivrait dans les transes de se voir découvert et de tout perdre.

– Que voulez-vous en échange de ces documents? avait demandé Gaffigues d'une voix blanche.

– « Combien » me paraît plus indiqué en la circonstance.

Et Fournier avait annoncé un chiffre considérable en précisant :

– En liquide. Je ne veux pas de traces.

– Je n'ai pas cette somme en liquide!

– Vous saurez vous la procurer. Vous me la verserez, mettons vendredi prochain. Ça vous laisse largement le temps de vous retourner.

– Vous détruirez les documents?

– Certainement pas.

Gaffigues avait blêmi.

– Mais, alors...

– Ne craignez rien. Vous avez ma parole que je ne m'en servirai pas après avoir reçu l'argent. Je suis seulement un homme de précaution. Ces choses-là peuvent toujours être utiles.

– Vous allez me presser comme un citron.

– Mais non. Juste une petite ponction. Presque rien, une peccadille par rapport à ce que vous avez fait. J'ai parlé du pauvre docteur Abraham, mais je n'ai rien dit de Pierre Cohen, de Myriam Zarade, de Charles Lévy... Considérez donc ce que je vous demande comme dommages de guerre et nous serons quittes.

– Vous me tenez, avait constaté Honoré Gaffigues d'un ton lugubre et résigné. Avec vous, je ne serai jamais quitte.

– Mais si, voyons. Il ne faut pas être pessimiste.

– Comment vous croire?

– En me faisant confiance. Comme le docteur Abraham t'a fait confiance.

Lorsque Gaffigues éprouvait des difficultés ou lorsqu'il était de mauvaise humeur, il recourait toujours au même remède : les femmes. De préférence des prostituées, que Mariani lui procurait. Le caïd possédait le meilleur cheptel de la cité phocéenne et le négociant n'avait que l'embarras du choix. Étreindre une femelle docile, la plier à ses fantaisies, l'humilier, la meurtrir, le rassurait sur lui-même, le rehaussait à ses propres yeux. Du moins, l'espace d'un instant. Car, aux joutes de l'amour, il ne brillait pas par ses prouesses. Il se savait laid, repoussant. Mais il était puissant. Il pouvait payer. Payer pour qu'on fasse semblant de l'aimer, de se pâmer dans ses bras, de jouir. Payer pour qu'on se taise.

Après le départ de Fournier, ce furieux besoin de femme s'était emparé de lui. Il avait composé le numéro de Mariani pour lui demander de lui dépêcher une professionnelle. C'est alors qu'un éclair avait traversé son esprit et qu'une piètre revanche sur son maître chanteur s'était profilée. Il avait vu plusieurs fois André Fournier en compagnie d'une entraîneuse de *La Salamandre*, Raymonde, une jolie brune avec laquelle il semblait entretenir les meilleures relations. Peut-être même éprouvait-il pour elle un réel penchant.

Gaffigues souhaitait ardemment qu'il en fût ainsi. Car, ce soir, c'était celle-là qu'il voulait et aucune autre pour étancher toute la colère et la rancœur qui lui serraient la gorge et l'empêchaient de respirer...

Piero Luzzi attaqua avec appétit sa pizza à la napolitaine. *Antoine*, rue du Musée, faisait la meilleure de la ville : pâte fine, anchois, purée de tomate onctueuse, cuite au feu de bois. Le patron avait débuté modestement dans une sorte de couloir enfumé. Puis, sa réputation se faisant de bouche à oreille, les clients s'étaient multipliés, d'abord les amateurs, puis les curieux, enfin les snobs. Il avait dû agrandir son restaurant, pousser les murs, engager du personnel. Les clients attendaient debout que se libère une table pour pouvoir déguster ses pizzas, ses bocconcini, ses lasagnes, toutes spécialités dont il tirait sa renommée.

– Tu fais plaisir à voir, dit Fournier, qui avait choisi une salade de fruits de mer en hors-d'œuvre.

Derrière eux, une bande de jeunes gens, sans doute des étudiants, racontaient des blagues salaces. Plus loin, deux amoureux, insensibles au brouhaha, se tenaient la main et se regardaient dans les yeux, en laissant refroidir leur plat de spaghetti. Les serveuses se croisaient, zigzaguant entre les tables, opérant des prodiges d'équilibre.

André Fournier versa du chianti dans les verres tandis

que Piero ajoutait sur sa pizza quelques gouttes d'huile pimentée.

– Les amis dont tu m'as parlé sont-ils des hommes sûrs ? demanda-t-il.

– Des baroudeurs, comme moi. Antoine Gazelli revient de Corée. Le bataillon Montclar. David Bornstein était dans les paras. Ce sont des types formidables. Des spécialistes : armes et explosifs. Rompus à toutes les techniques de combat. De vrais pros.

– C'est exactement ce qu'il me faut.

– Tu ne pourras pas trouver mieux.

– Quand seront-ils disponibles ?

– Pour Gazelli, tout de suite. Bornstein a encore quelques mois à tirer. En ce moment, il est à la base de Pau. Il s'emmerde à faire l'instruction des bleus.

– Tu penses vraiment que ma proposition est susceptible de les intéresser ?

– Autant qu'elle m'a intéressé. Pour les mêmes raisons.

– Tu peux t'en charger ?

– Oui.

– Alors, fais pour le mieux. Tu as le feu vert.

Depuis quelque temps, l'ex-commissaire André Fournier échafaudait des plans ambitieux. Il s'employait à recruter sa propre équipe d'hommes dévoués, experts et aguerris. Il ne la voulait cependant pas sur le modèle des autres équipes de truands, par exemple, semblable à celle que dirigeait Mariani et qui se composait presque exclusivement de truands issus des quartiers populaires, habitués à la marginalité depuis l'enfance. Des types qui avaient débuté dans la rue, par des bagarres de voyous, de petits larcins, des combines louches, et qui, peu à peu, avaient gravi les échelons de la pègre jusqu'à cette aristocratie noire que constituaient les hommes de Mariani. La garde prétorienne du vice et du crime.

Soucieux de se démarquer, et de diriger un groupe plus conforme à ce qu'il était lui-même, André Fournier recherchait des hommes sans casier judiciaire, des professionnels au-dessus de tout soupçon. Depuis trois ans que Piero Luzzi travaillait pour lui, il n'avait qu'à s'en féliciter. Son dévouement, son intelligence, son efficacité étaient remarquables. L'ancien légionnaire ne faisait pas qu'obéir. Il lui arrivait de proposer. Tout ce qu'on lui confiait était organisé de main de maître.

Maintenant qu'André avait commencé à se servir des carnets de Battisti, il lui fallait cette équipe. Luzzi en serait responsable pour le recrutement et l'organisation. Il avait assez roulé sa bosse pour dénicher quelques oiseaux rares parmi les soldats en rupture de ban. Avec des hommes de cette trempe sous ses ordres, tout serait possible. Il fallait penser, préparer, organiser et réaliser les coups comme de véritables opérations militaires. Des actions de commando. Sans hasard ni bavures.

– S'il faut arroser tes copains, ajouta Fournier, n'hésite pas. Je veux les meilleurs. Je suis prêt à payer le prix. Mais, avant de m'engager, je veux que tu me fournisses tous les renseignements. Les origines, la formation, la carrière, les moyens de chacun, tout. Je veux aussi ton opinion. Clairement. Je ne me déciderai pas à la légère. Il faut pouvoir tabler sur un groupe homogène et cohérent. Quand tu auras besoin d'argent, préviens-moi. A l'adresse habituelle.

– Je ferai de mon mieux.

– Gazelli et Bornstein se connaissent-ils?

– Pas vraiment. Peut-être les ai-je vus ensemble en deux ou trois occasions. Mais, chaque fois, il y avait beaucoup de monde. Alors, je ne peux pas dire. Pourtant, moi, je les connais bien. C'est le principal, non?

– Ils peuvent s'entendre?

– Je pense. Ils sortent du même moule.

– Oui, plaisanta Fournier, l'armée, l'école des chefs...

Piero Luzzi interpréta cela comme une allusion ironique à sa condition et à celle de ses camarades. Il se rembrunit mais se garda cependant de toute repartie. Il avala sa dernière bouchée de pizza sans rien dire et l'arrosa d'une rasade de vin.

Ce n'était pas la peine d'insister : il savait qui était le patron.

Et puis l'essentiel, c'était qu'on allait vraiment commencer à s'amuser. Enfin de l'action.

Il était vingt heures lorsque Raymonde sonna à l'entrée de l'immeuble de la Joliette, où l'attendait avec impatience Honoré Gaffigues. Elle gravit l'escalier jusqu'à l'étage où se trouvait le bureau du riche négociant et se trouva face à un énorme batracien qui lui tendait une main mollasse en dardant sur elle un regard brûlant d'une flamme lubrique.

– Honoré Gaffigues. Entrez.

– Nous nous connaissons déjà, dit-elle. Je vous ai vu à *La Salamandre.*

Évidemment, Gaffigues était le genre de type qu'on remarquait et qu'on n'oubliait pas. Ça faisait tache dans la mémoire.

Il s'efforça d'être galant.

– Moi, je vous y ai remarquée, grimaça-t-il avec ce qui pouvait passer pour un sourire.

« Il n'est pas si désagréable. Il fait des efforts », pensa Raymonde, qui était arrivée à ce rendez-vous pleine d'idées préconçues. « Pour un peu, il se mettrait en frais. »

Gaffigues l'examinait, la déshabillait plutôt, de ses petits yeux globuleux qui vous mettaient mal à l'aise sitôt qu'ils se posaient sur vous. Sous le menton, le goitre gélatineux palpitait. Ses joues s'empourpraient. De fines gouttelettes se formaient sur son front. Il tira sur sa cravate et dénoua le col de sa chemise.

– Voulez-vous boire quelque chose ?

– Un scotch.

Il lui fallait bien un tel remontant pour surmonter son écœurement et affronter la bête.

Il la servit et se versa également un grand verre d'alcool qu'il avala d'un trait avant d'en verser une deuxième dose. Puis, il passa derrière Raymonde et posa les mains autour de son cou. A ce contact, la jeune femme réprima un mouvement de répulsion. Il y avait encore des aspects du plus vieux métier du monde qu'elle n'acceptait qu'avec difficulté. Des copines, bien plus expérimentées qu'elle, lui avaient d'ailleurs dit qu'on ne se fait pas à certaines choses. Il fallait simplement dissimuler, endurer d'un même front les désirs normaux et les tordus, les clients, tous les clients, beaux ou affreux, jeunes ou vieux. Avec Gaffigues, ce ne serait pas une partie de plaisir. Il fallait s'y attendre. Mais il savait se montrer généreux à l'occasion. Mariani l'avait dit.

La pensée d'André Fournier se présenta fugacement à son esprit. Elle se revit heureuse à ses côtés, chez lui, aux *Flots bleus*... Elle chassa de son esprit les images importunes.

Maintenant Gaffigues la regardait fixement, avec sur le visage un masque de dureté.

– Déshabille-toi, ordonna-t-il. A poil!

La prostituée obtempéra, fit glisser avec une lenteur professionnelle la bretelle de sa robe. « Un mauvais moment à passer. Après tout, j'en ai tout au plus pour une heure à supporter ses vilaines pattes. »

Et les vilaines pattes commencèrent à la palper.

Félix Mariani avait fait stopper la voiture sur l'étroite route conduisant aux Goudes et demandé à son chauffeur, Fernand Luchesi, de la garer sur le bas-côté. Il regardait la mer d'un bleu intense, agitée par une ample houle dont les ondes régulières le fascinaient. Du bas des rochers montait, atténuée, la rumeur rauque du ressac. Le mistral avait soufflé ces trois derniers jours et l'atmosphère épurée raccourcissait les distances. Les îles se profilaient, presque à portée de la main, chaque détail se détachant avec une netteté incroyable sur le ciel bleu cobalt : les aspérités, les fissures, les anfractuosités, les rares touffes de végétaux s'agrippant aux parois calcaires corrodées par le sel dont, par endroits, les plaques blanchâtres brillaient sous le soleil.

De temps en temps, un vol de gabian traçait dans le ciel lisse. Il le suivait des yeux aussi loin qu'il pouvait. Tantôt, l'oiseau disparaissait derrière un rocher après avoir plané, tantôt, il plongeait droit dans les eaux, vers un invisible poisson.

Mariani se comparait volontiers à ce volatile orgueilleux qui guettait du haut du ciel jusqu'au moment propice où il fondait sur sa proie sans lui laisser aucune chance. Il se plaisait à planer au-dessus des autres. Il aimait la sauvagerie de cette côte austère, inhospitalière, toute déchiquetée, qui paraissait située au bout du monde, une sorte de no man's land complètement coupé de la grande métropole pourtant voisine. C'est à ces paysages-là qu'il appartenait.

Pourtant, quoiqu'il aimât la solitude et l'altitude, le gabian ne restait jamais seul très longtemps. Il avait beau s'élever, d'autres gabians rivaux se présentaient, contre lesquels il devait défendre son territoire de chasse pour survivre. Quelquefois, tous se rassemblaient en criant leurs plaintes mélancoliques au-dessus d'un tas de détritus qu'ils dévoraient à coups de bec voraces. Il avait vu ce spectacle, atroce et sublime, à proximité de la gare du Prado, où s'entassaient les ordures ménagères que des convois de chemin de fer transportaient vers les zones de compostage. Le contraste était frappant entre la beauté racée de ces grands oiseaux blancs et la pourriture sur laquelle ils s'agglutinaient pour se repaître.

Mariani ne disait rien. Muré dans ses pensées, il ne voyait même plus le panorama.

Fernand Luchesi respectait son silence. Il avait allumé une cigarette et tirait lentement dessus, en rêvassant à une jeune commise des *Dames de France* qu'il avait remarquée au rayon parfumerie. A quarante ans passés, Luchesi restait célibataire. Sa grande hantise était de finir vieux garçon. Mais il se méfiait des femmes. Il en avait tant vu qu'il était devenu incapable d'accorder sa confiance. Ses histoires d'amour, commencées dans l'euphorie, se brisaient comme les songes au matin, crevaient comme des bulles de savon, que la lumière magnifie un instant au point qu'on en oublie leur fragilité.

Mariani ouvrit brusquement la portière.

– Reste là. J'ai besoin de marcher.

Les mains dans les poches, le truand se promena à pas lents le long de la route. De temps en temps, il donnait un coup de pied dans un caillou qu'il envoyait rouler à la mer.

Il était de mauvaise humeur, mais sans vraiment démêler ce qui n'allait pas. Il sentait confusément que cela pouvait avoir un rapport avec la soirée passée chez le professeur Brousse où Fournier l'avait entraîné. Pourtant il refusait de l'admettre. Car Fournier ne l'avait nullement emmené là contre son gré. Au contraire, il l'avait fait pour lui être agréable. Cependant, les choses s'étaient déroulées de telle sorte qu'il en gardait un sentiment de malaise. Il avait besoin de réfléchir, d'y voir clair, de comprendre. Voilà pourquoi il avait demandé à Luchesi de le conduire aux Goudes. Un endroit où il venait seul, pour se recueillir, faire le point, dès qu'il avait un problème grave à régler avec lui-même.

Dans la voiture, Fernand avait déplié *Le Provençal*. Il lisait consciencieusement un article en bas de page. Le titre indiquait en capitales grasses : « Marius Fressatti est mort. » Une photo le montrait devant une tribune surmontée d'une banderole. Le journaliste s'interrogeait sur l'« engrenage de la violence » et concluait sur les « responsabilités partagées par les boute-feu du syndicat moscoutaire »...

Raymonde espérait tenir le coup une heure chez Honoré Gaffigues, après quoi elle irait respirer sur le port une bouffée d'air pur. Or, plus du double s'était écoulé sans qu'il consente encore à la libérer. Elle était brisée, au bord de la nausée. Pour en dissiper les effets, elle réclamait de l'alcool. Mais, au fur et à mesure qu'elle buvait, son malaise empirait. Gaffigues était ignoble et y prenait un plaisir sadique. S'il flairait qu'une chose lui déplaisait, il l'exigeait. Il ne bénéficiait pas d'une virilité puissante mais compensait ses défaillances en prolongeant des jeux cruels qui lui procuraient autant de satisfaction : il éjaculait dans sa tête.

Nu, il ressemblait plus encore à un crapaud. Mais les pustules les plus repoussantes, il ne les portait pas sur l'épiderme : c'était son âme qu'elles souillaient. Il se tenait debout devant elle sur ses courtes jambes légèrement arquées, les bourrelets de son ventre croulant sur son sexe ratatiné d'où s'épanchait encore un peu de sperme. Son nombril distendu par l'obésité ressemblait à un gros œil de cyclope obstrué d'une taie. Raymonde observa un détail bizarre : il n'avait presque pas de poils sur le corps.

Honoré Gaffigues, toujours nu, se cala confortablement dans un fauteuil, écarta les cuisses, frotta méticuleusement ses genoux ronds, brillants comme des boules de billard. Puis, rivant ses yeux dans ceux de la jeune femme, il demanda :

– Vous connaissez bien André Fournier ?
– Il vient souvent à *La Salamandre*. C'est un ami de Mariani.
– Je me suis laissé dire que vous l'aimiez bien. Vous avez du goût. Il est beau garçon.
– Je le vois quelquefois.
– Parlez-moi donc de lui.
– Pourquoi je ferais ça, monsieur Gaffigues ? Je n'ai rien à dire sur ce monsieur, moi.
– Je suis sûr du contraire.
Raymonde se piqua.
– D'abord, qu'est-ce que vous lui voulez, à André ?
Il eut un large sourire. Elle venait de se couper. Il profita de l'avantage.
– Vous voyez que vous le connaissez très bien. Vous l'appelez par son prénom.
– Possible. Mais ça ne signifie rien.
– Parlez-m'en tout de même. Je porte à ce garçon un intérêt tout particulier.
Le visage restait souriant. Mais une lueur meurtrière fulgura dans les prunelles.

# 14

Maître Eugène Gaboriot affichait une soixantaine fringante. C'était un homme grand, mince, de belle prestance. Une crinière de cheveux blancs, dont les vagues descendaient bas sur la nuque, casquait son fin visage de vieux forban du barreau, rompu à toutes les ficelles. Il avait des mains magnifiques, longues et nerveuses, des mains de mime, qui conféraient à ses plaidoiries une expressivité à laquelle peu de jurés restaient insensibles. Il jouait en outre à merveille de toutes les inflexions d'une voix grave et chaude, bien timbrée, une voix de basse chantante, qui lui eût certainement valu la gloire sur la scène des grands opéras, eût-il opté pour la carrière de chanteur.

Mais, depuis son jeune âge, Eugène Gaboriot aimait la chicane. Les effets de manche des ténors du barreau lui semblaient au-dessus du cabotinage des comédiens. Le prétoire ressemblait au théâtre, certes. On y jouait les drames de la vie. L'envie, la jalousie, la vengeance, la folie, toutes les passions humaines défilaient. Mais, ici, du moins, la pièce était vraie. Le talent ne déclenchait pas les applaudissements pour le seul plaisir du spectateur. Il pouvait sauver un homme ou lui coûter sa tête.

Maître Eugène Gaboriot cultivait trois vices avec des soins d'esthète : les femmes, les chevaux, l'alcool. Il s'en dédouanait aux yeux des puritains – engeance qu'il exécrait – au moyen d'une formule qui faisait florès parmi ses confrères : « Ces vices sont mon escorte intérieure. » Pour être un bon défenseur de la loi, un serviteur de la justice, il fallait d'abord connaître les hommes, et donc partager leurs faiblesses, plonger les bras dans la fange dont ils étaient pétris, respirer sans faillir les pestilences émanant du chaudron du diable où l'humanité mijotait depuis les origines.

Sur l'hippodrome de Borély, au pesage de Cagnes-sur-Mer, on croisait donc souvent maître Eugène Gaboriot, au bras duquel se pavanait en général une fière amazone, dont il ne se distrayait que pour river ses jumelles à ses yeux et suivre le handicap. Il avait été marié à une inoffensive demoiselle mais l'avait oubliée, par négligence. Il préférait les aventures sans lendemain, les passions soudaines, qui flambent haut et s'éteignent vite, comme les feux de la Saint-Jean. Il en avait vécu de nombreuses dont le souvenir s'inscrivait sur son visage en un réseau de fines rides auxquelles le caractère mobile de ses traits insufflait une vie permanente.

L'avocat perdait souvent aux courses des sommes assez conséquentes. Avec l'âge, les femmes coûtaient de plus en plus cher. Les bons vins et les vieux alcools étaient hors de prix. Aussi, quoiqu'il eût à défendre plus de causes que son emploi du temps le lui permettait, il acceptait d'entrer dans de louches combines à condition qu'elles fussent d'excellent rapport. L'épicurien mâtiné de sceptique qu'il avait conscience d'être savait de quel flou s'enveloppe la frontière entre le bien et le mal : une fois passé un certain seuil, la satisfaction d'un plaisir rend légitime une dérogation.

Maître Gaboriot était ainsi devenu, au fil du temps, l'avocat le plus apprécié du Milieu, n'ayant pas son pareil pour défendre les intérêts des truands. Il connaissait tout, dans les moindres détails, sur l'aristocratie de la pègre, et observait son évolution d'un œil de sociologue blasé. Il pouvait même prévoir les coups et s'étonnait de constater que, en la matière, ses pronostics se vérifiaient plus souvent que sur les champs de courses.

Félix Mariani l'appréciait beaucoup et lui accordait sa confiance. Il lui savait gré de son absence de prétention, de son contact facile, de sa tolérance. Quelques années auparavant, l'avocat avait tiré son frère Dominique d'un mauvais pas, dans une affaire de racket qui avait mal tourné. Dominique avait eu la main lourde. Deux types étaient restés sur le carreau, dans une boîte de nuit de La Ciotat. Malgré plusieurs mesures d'intimidation, ils refusaient de cracher au bassinet. Dans ces cas-là, Dominique voyait rouge. Il argumentait avec du plomb.

Aujourd'hui, Mariani avait rencontré l'avocat dans un bar du quartier de l'Opéra. Maître Gaboriot avait dégoté une petite danseuse d'origine roumaine qui lui arrivait à l'épaule. Une authentique poupée au teint de porcelaine.

– Elvire. Elle danse *Giselle*, dans le corps de ballet.

Mariani n'était pas féru de chorégraphie sauf lorsqu'il s'agissait de faire danser un tocard et qu'il réglait les figures à coups de poing ou de calibre. Dans le cas contraire, les entrechats à six battements et les jetés, simples ou battus, le laissaient de marbre.

– Vous prenez un verre avec nous, Mariani?

– Volontiers, maître.

Félix commanda un pastis. Sans doute en l'honneur de la Roumanie, le ténor du barreau carburait déjà à la vodka. Une bouteille de Krepskaïa à demi entamée trônait sur la table. La ballerine se contentait d'un citron pressé.

– Vous savez, Mariani, l'assassinat de Sabrini a fait beaucoup de bruit. Jusqu'à Paris.

– J'ai lu les journaux.

– Ils ne disent pas tout.

– Il y a toujours de l'ombre dans les faits divers.

– Dans cette affaire, l'ombre est dorée. Il paraît même qu'elle pèse assez lourd.

L'avocat ménagea une pause. Soupira.

– Je me suis laissé dire qu'il y avait pas mal d'argent derrière. Des titres, des billets à ordre... Vous savez quelque chose, Mariani?

– Non. La rumeur, maître. Comme vous.

– Les enquêteurs seraient sur une piste.

– Bah! Au cours des derniers mois, il y a eu quatre règlements de comptes.

– Un sacré coup de balai!

– Dans ces cas-là, vous le savez, maître, on ne retrouve jamais les coupables.

– Ni les commanditaires.

La danseuse se trémoussait sur son tabouret. Mariani remarqua le tour de taille, le galbe de la jambe, la petitesse des seins.

– Vous savez choisir vos amies, maître. Elle est ravissante.

Maître Eugène Gaboriot soupira de satisfaction.

– A chacun ses faiblesses.

Félix Mariani serra la main de l'avocat et sortit.

La conversation de maître Gaboriot n'était pas innocente. Il n'avait pas abordé au hasard le sujet de l'exécution de Sabrini. Ce n'était pas de simples propos de bistrot. Il l'avait averti discrètement d'un éventuel danger. Un détail de l'opération avait dû foirer. Il fallait rapidement en réexaminer tout le déroulement.

– Quand un fruit est pourri dans le panier, il faut le jeter, et tous ceux qui ont été en contact avec lui.

André Fournier hocha la tête d'un air affligé.

– Tu choisis toujours les mesures les plus expéditives, Dominique. Un jour, ça se retournera contre toi.

– Je voudrais bien voir ça!

– Ne vous disputez pas, intervint avec humeur Mariani.

Il tolérait de moins en moins l'opposition larvée qui sévissait entre son frère et son ami. Elle s'envenimait avec le temps au lieu de s'apaiser. Surtout en période de difficultés. Il voyait à regret qu'existait entre les deux hommes un profond fossé et se rendait compte qu'aucune passerelle ne pourrait le franchir. Fournier, plus subtil, plus intelligent, tenait compte des liens familiaux et évitait le plus possible de mettre Mariani dans une position délicate en l'obligeant à trancher entre son frère et lui. Mais la brutalité excessive de Dominique, sa bêtise, sa grossièreté l'indisposaient en permanence. Sitôt qu'il se trouvait en présence de Dominique, l'atmosphère devenait électrique.

Félix n'était pas aveugle. Il voyait bien que les torts étaient presque toujours du côté de son frère. Mais il lui était difficile d'en convenir publiquement et de mortifier ainsi son propre frère, au risque de transformer leur affection en haine, leur complicité en jalousie, et de le compter au nombre de ses ennemis.

– Les hommes que tu as chargés d'éliminer Sabrini, c'étaient des hommes sûrs?
– Tout ce qu'il y a de plus sûrs: des compatriotes.
– Leurs noms?
– Ange Mattéi et Jacques Rossi ont fait le travail. Ce sont deux bons tireurs. Renzu Panavaggio les attendait dans la voiture. Ils ont fait leur rapport. Tout s'est bien passé.
– Il faut croire que non.
– A part les allusions de Gaboriot, tu n'as aucune preuve.
– C'est vrai. Mais on n'est jamais assez prudent.
– Je suis de cet avis, intervint Fournier.
– Tu vois les choses comment, toi? demanda Mariani.
– Pas la peine de poursuivre l'hécatombe. Nous entrerions dans un engrenage dangereux. Le mieux, c'est encore que Mattéi, Rossi et Panavaggio aillent se mettre au vert quelque temps en Corse. Ils reviendront quand les vagues occasionnées par cette affaire se seront apaisées.
– André a raison, trancha Félix Mariani. Pascal, tu t'occupes de leur départ et tu leur trouves une planque. Ce sont trois bons éléments.
– Mieux vaut les garder au vivier plutôt que de les perdre en gâchant des munitions, conclut Fournier.
A ces mots, Dominique lui décocha un regard noir qui, s'il eut été chargé de plomb, l'eût instantanément étendu raide sur le parquet.
La réunion étant terminée, Félix Mariani retint André Fournier.
– Tu passes à *La Salamandre*, ce soir? Il y a plusieurs jours qu'on ne t'a pas vu.
Le truand avait décidé de forcer les choses avec Fournier. Il fallait le faire baigner le plus possible dans le Milieu.
– J'étais occupé.
– J'ai une nouvelle attraction. Une contorsionniste extraordinaire. Elle a débuté hier.
– Tu l'as essayée?
– Oh, pauvre! elle me glisserait entre les doigts comme une anguille!
– Faire l'amour avec une contorsionniste qui se désar-

ticule dans tous les sens, ce doit être une expérience pas banale.

– Je vais la proposer à Gaffigues.

– Pourquoi ? Il aime le cirque, Gaffigues ?

– Non. Il collectionne les gonzesses.

André Fournier eut une moue de dégoût.

– J'imagine le spectacle !

– Figure-toi que, pas plus tard qu'hier, il a jeté son dévolu sur Raymonde. L'entraîneuse dont tu avais le béguin. Il lui fallait une pute, tout de suite. Mais pas n'importe laquelle. Monsieur a voulu choisir. Il est tombé sur le bon numéro. Raymonde, tu piges...

Fournier serra les poings de rage. Le groin de ce porc fourrageant ce corps qu'il avait lui-même caressé, pouah ! Raymonde n'était qu'une prostituée, sans doute. Elle couchait avec les clients qu'on lui désignait et il ne fallait pas en faire toute une histoire. Gaffigues ou un autre, c'était du pareil au même. Néanmoins, l'idée que ce délateur adipeux venait de copuler avec Raymonde lui était insupportable. Il ressentait cela comme un affront personnel.

– Raymonde, tu accepterais de me la vendre ? s'entendit-il dire.

Félix lui tapa sur l'épaule en rigolant.

– Sois sérieux. Tu n'as pas l'étoffe d'un proxénète.

– Je suis sérieux. Tu en veux combien ?

Félix Mariani fit mine de plaisanter.

– Si tu me prends mes meilleurs éléments, tu m'accules à la faillite.

– Combien ?

Mariani énonça un chiffre élevé.

– D'accord.

Sous le regard éberlué de Félix Mariani, l'ex-commissaire Fournier sortit son carnet de chèques pour régler la transaction. Mariani prit le chèque qu'il lui tendait, en contrôla le montant.

– C'est bon. Elle est à toi.

Il n'ajouta aucun commentaire.

– J'aimerais qu'elle continue de travailler à *La Salamandre*. Tu y vois un inconvénient ?

– Au contraire, je te l'ai dit, c'est un bon élément, apprécié de la clientèle.

– Alors, c'est parfait. A ce soir.

La situation devenait plaisante. Fournier, pour éviter que Raymonde ne retombe entre les pattes de Gaffigues, la rachetait à Félix, avec l'argent qu'il soutirait au même Gaffigues. Que ce dernier ne le sût pas, du moins pas encore, entamait seulement son plaisir.

Au demeurant, il ne venait pas de faire une mauvaise affaire et cela entrait dans sa stratégie. Une pièce du puzzle qu'il inventait au fur et à mesure. Quand elles seraient toutes ajustées, le motif apparaîtrait aux yeux de tous. Ce jour-là, André Fournier serait un homme puissant. Non pas un caïd local, chapeautant de médiocres intérêts régionaux, mais un boss de classe internationale, traitant d'égal à égal avec les plus grands. Ceux qui sont montés si haut que rien ne peut plus les atteindre, qu'ils sont quasiment au-dessus des lois, ceux à qui leur puissance a conféré une sorte d'honorabilité.

Pendant ce temps, Félix repensait à la transaction. A bien y réfléchir, un homme, avec une pute, ne peut plus revenir en arrière. Tant qu'il ne s'agit que d'« affaires », on peut toujours en parler sur un ton pédant avec le professeur Brousse. Mais, allez donc lui dire froidement au détour d'une conversation : « Oui, bien sûr, cher ami, la petite Raymonde tapine pour mon compte. »

# 15

Deux employés de la voirie balayaient les trottoirs du cours Saint-Louis avec de longs balais de genêt. Un fontainier ouvrit les vannes. De violents jets d'eau giclèrent sur la chaussée. Les kiosques des fleuristes étaient déjà ouverts. Quelques clients buvaient un café à la terrasse des bistrots. Les commises du marchand de tissus, à l'angle de la Canebière, sortaient les coupons et les disposaient sur des tréteaux. Il n'était pas encore neuf heures. Le ciel était clair, uniformément tendu de bleu. Le flux des voitures s'épanchait, orchestré par un agent en tenue d'été, muni d'un bâton blanc.

Victor Garamond marchait à grands pas. Un petit vendeur de journaux venait à sa rencontre, hurlant le gros titre du *Provençal* qui barrait toute la une de ses lettres grasses : « Diên-Biên-Phu est tombé. »

Mais Garamond avait d'autres préoccupations. Il s'écarta de la route du garnement qui s'était planté devant lui et brandissait son journal. Il se dirigea vers l'étal de la Quique.

Sur le pourtour du kiosque, peint en vert bouteille, dont les auvents de lattes se trouvaient redressés et maintenus par des tiges de métal, le long d'espaliers de bois, une profusion de fleurs se présentaient, rangées en ordre de bataille. Les unes étaient disposées en bouquets dans des vases de grès ou de verre, œillets, gerberas, glaïeuls, roses, les autres, couchées en gerbes sur la banque, avec des fougères, de l'asparagus, de la paille tressée pour confectionner des armatures ou des couronnes, d'autres encore dardaient leurs pousses vertes dans des pots de terre cuite.

La Quique devait sa réputation à sa compétence professionnelle mais aussi, pour une large part, au fait qu'elle avait été, dans sa jeunesse, une reine de beauté. A Marseille, on aime les jolies femmes. Même dans les quartiers populaires, elles soignaient leur toilette, surtout les chaussures à hauts talons qui mettaient en valeur le galbe du mollet. La plébéienne comme la bourgeoise prétendaient à une certaine élégance. Cela ne ressemblait sans doute pas au chic parisien mais, au regard expert de Victor Garamond, ça le valait. En tout cas, le goût de la Phocéenne pour le vêtement la plaçait très au-dessus des femmes de beaucoup de villes où il était allé, qui s'accoutraient d'habits confortables, mais sans grâce, aux teintes ternes qui gâchaient la fraîcheur des plus belles.

– Qu'est-ce que tu veux, aujourd'hui? demanda la Quique, qui venait de reconnaître Victor. J'ai des roses splendides. Elles sont encore en bouton. Mais, d'ici demain, elles éclatent.

– Mets-en douze.

– Quelle couleur?

– Des rouges.

La fleuriste eut un clin d'œil complice.

– C'est pour offrir?

– Oui. C'est pour offrir.

– Alors, je te gâte. Je te fais un bouquet que tu m'en diras des nouvelles...

Elle choisit les roses, les nettoya des feuilles et des épines superflues.

– ... Dis, elle est jolie, au moins?

– Qui ça?

– La dame du bouquet.

– Très jolie.

– Tiens, alors, je t'en mets une de plus, que ça te porte bonheur.

Quand elle eut fini, Victor Garamond régla, prit le bouquet, et s'en alla. Il se trouvait toujours un peu godiche lorsqu'il portait des fleurs dans la rue. Mais Laurence les aimait tellement!

Il redescendit la Canebière jusqu'au quai des Belges, tourna à gauche, salua deux ou trois relations attablées au *Bar du soleil.*

Il allait d'un pas de promenade vers la rue Sainte, où habitait Laurence. Il se sentait heureux. Les gens avaient l'air aimable. Le soleil dorait les façades. Dans quelques instants, il serrerait la jeune femme dans ses bras. La ville se mettait au diapason. Elle lui souriait.

André Fournier descendit en gare de Valence. Quelques familles d'estivants, flanquées de marmailles impossibles, se répandaient sur les quais, au milieu de bagages hétéroclites. Un curé accueillait trois religieuses à cornette qui pépiaient comme des pies. Un lampiste, en tricot de corps, son informe casquette noire de suie enfoncée sur le crâne, poussait un diable chargé de sacs, en écartant les voyageurs.

– Siou plaît, m'sieurs dames! Siou plaît!

Un homme vêtu d'un costume de gabardine mastic se tenait immobile derrière la sortie où un guichetier contrôlait les billets.

André Fournier se dirigea vers lui.

– Êtes-vous monsieur Bernard?

L'homme sourit en tendant la main.

– Je suis monsieur Bernard. Je vous attendais.

Il s'enquit poliment du trajet. Fournier avait voyagé dans un compartiment de première classe presque vide. Il avait passé son temps à lire des magazines et à rêver à sa jeunesse en regardant défiler le paysage. En ce temps-là, il passait souvent ses vacances dans les Alpes, dont les contreforts se profilaient à l'horizon.

– J'ai ma voiture, dit monsieur Bernard. Je vous ai retenu une chambre à l'hôtel *Châteauvert.* Vous y serez tranquille.

Monsieur Bernard – de son vrai nom Bernard Rosan – était un homme d'une cinquantaine d'années, de taille moyenne, encore mince, avec des cheveux noirs frisés au sommet d'un visage longiligne. Il était affecté de deux tics nerveux : il clignait souvent des yeux et pinçait les lèvres. Ancien croupier sur la Côte, il s'était trouvé mêlé à pas mal d'embrouilles. Mais il avait su sauver sa mise et, un peu pour se mettre au vert, un peu parce que l'existence qu'il menait commençait à le lasser, il avait acheté à Valence un établissement de plaisir qu'il dirigeait avec l'aide de sa compagne, une prostituée qui avait fait sa carrière avant Marthe Richard, dans des claques haut de gamme, entre Cannes et Monaco.

André Fournier ne venait pas rendre à monsieur Bernard une visite de courtoisie. Il savait que celui-ci envisageait de céder son affaire. Il voulait en saisir l'opportunité.

Pourquoi Valence ? L'idée pouvait sembler saugrenue. Cette ville manquait de caractère et se distinguait par une versatilité due à sa situation géographique. Selon le sens du vent, elle se rapprochait de Lyon, vantait son attachement à l'aire grenobloise, ou se posait en porte du Midi, revendiquant sa méridionalité à proportion de ses intérêts. D'une certaine façon, il y avait du Janus dans cette ville qui regardait de plusieurs côtés à la fois.

En fait, ce choix correspondait au plan que, depuis quelque temps, Fournier échafaudait. Pour le réaliser, il devait commencer par poser ses pions loin de Marseille afin de ménager la susceptibilité de Mariani. Si celui-ci apprenait trop tôt ce qu'il mettait en place, il risquait d'intervenir brutalement et de détruire l'édifice dès les premières fondations. Un homme moins sûr de lui que Fournier, plus sensible à la réussite visible, soucieux de paraître, eût sacrifié à ces faiblesses et décidé de creuser son trou à Marseille, sur le propre terrain de Mariani. Histoire de se poser. Les plaisirs de vanité ne touchaient pas l'ancien commissaire. Il entendait tresser un réseau invisible, sans alerter quiconque, de façon à asseoir tranquillement sa puissance. Puis, lorsqu'il estimerait celle-ci suffisante, qu'il serait devenu à son tour un très gros gibier, il la révélerait au grand jour.

Son idée était d'installer des bordels le long de la vallée du Rhône, puis de Lyon à Paris, avec des brigades tournantes. Les filles ne resteraient jamais longtemps à la même place. Elles passeraient d'étape en étape, suivant une distribution rigoureuse. Le dispositif présentait plusieurs avantages. Il brouillait les pistes. Les hôtels, ne connaissant pas de permanentes, échappaient plus facilement aux contrôles. Par ailleurs, le cheptel se renouvelant souvent au gré des déplacements de ces dames, la clientèle, friande de nouveautés, y trouvait son compte.

L'achat de Raymonde avait constitué le premier maillon de cette chaîne de distribution des amours tarifées. Elle l'aimait. Elle lui manifestait de la gratitude. Il lui reconnaissait de la finesse, de l'intelligence. En veillant à sa formation, elle s'améliorerait encore. Il pourrait s'appuyer sur elle pour une partie du travail.

Monsieur Bernard habitait une grande maison sans style, en rase campagne. Un gros parallélépipède couvert de tuiles plates, avec, sur le devant, la saillie d'un balcon à l'espagnole qui surplombait le garage et les communs. Le tout badigeonné de chaux. Une cigale en céramique, collée au-dessus de la porte d'entrée, affichait l'origine des propriétaires. On eût dit la maison d'un garagiste. L'ameublement intérieur ne rachetait pas la première impression. Monsieur Bernard était un petit bourgeois de la prostitution, un modeste artisan de la galanterie provinciale. Quant à Mado, sa compagne, plus âgée que lui, elle abandonnait au rayon des souvenirs les nuits fastes où, dans des lupanars de luxe, des michetons pleins aux as achetaient ses étreintes à prix d'or.

Il faudrait changer tout ça.

Du coup, Fournier comprenait mieux pourquoi le couple voulait liquider ses affaires. Bernard Rosan et Mado se ménageaient un repli définitif, quelque part dans la France profonde, sur le plateau du Vercors, si vert et si farouche, dans un village à demi déserté de la Drôme, où ils tireraient une morne et paisible existence en cultivant leur jardin. Ils franchissaient la frontière qui séparait les vénéneuses fleurs du vice des tubercules du potager.

Au regard de ces considérations, Fournier enterra son projet d'association avec monsieur Bernard.

– Pour le prix, c'est d'accord. Je réglerai selon vos indications. Il y a le fonds déclaré et le reste. En ce qui concerne le premier, je tiens à respecter les règles pour éviter les ennuis.

– Nous calculerons au plus juste pour échapper à la plus-value. Mon notaire, maître...

– Mon ami Victor Garamond prendra contact avec vous et s'occupera de tous ces détails.

Il négociait petitement et jugeait cette transaction indigne de lui. Ah! si Mariani le voyait en train de faire le marchand de tapis avec ce barbeau, il se tiendrait les côtes! Pourtant, il n'en doutait pas, il plaçait bien son argent. Il avait inspecté les lieux, vu les pensionnaires, analysé la marche de l'entreprise, supputé ses chances de prospérer, calculé les modifications à apporter.

Quand il aurait pris l'affaire en main, il lui donnerait une autre allure. Elle rapporterait et elle se trouverait à un emplacement stratégique. Du moins, dans la première phase de son plan. Valence semblait une ville assoupie, sans vitalité ni avenir. Pourtant, la région touchait à deux aires en pleine expansion économique : le Rhône et l'Isère. Tout dépendait de ce qu'il offrirait. Il y avait ici des notables, des artisans, des fermiers. Les distractions de qualité étaient rares. Il viderait de leur or les bas de laine et les lessiveuses.

Mieux que la Caisse d'épargne ou les emprunts d'État.

Les roses rouges éclataient dans le vase en cristal offert à Laurence au début de leur liaison. Une belle pièce de Baccarat, achetée chez Auguste Rivière qui, parallèlement à la joaillerie, vendait ce genre d'articles. Beaucoup de choses, dans cet appartement, avaient été procurées par ses soins ou grâce à l'argent qu'il donnait à la jeune femme. Victor Garamond ne regrettait rien. La tendresse, l'affection qu'elle lui témoignait – il refusait de parler d'amour pour ne pas tomber dans un piège fatal –, le remboursaient au centuple.

Dans les bras de Laurence, il jouissait d'une exaltation des sens jamais connue auparavant. Sitôt qu'il s'éloignait d'elle, il se mettait à y penser et n'avait de cesse qu'il ne retournât la voir. Il fermait les yeux sur la vision de son corps nu, aux rondeurs émouvantes. Des bouffées de chaleur empourpraient son visage. Cela le prenait n'importe où, à n'importe quel moment, avec un client, dans la rue, chez lui, en présence de sa femme.

Quelquefois, lorsqu'il partait en déplacement, il amenait Laurence avec lui. Pour plus de commodités, elle ne travaillait plus. Il réglait toutes les factures. La nécessité dans laquelle il s'était mis de faire face aux dépenses de deux ménages l'exposait à des exercices de haute voltige, de plus en plus périlleux. Mais il se savait incapable de rompre avec Laurence comme il se savait incapable d'intenter une action en divorce.

Laurence s'étira, puis, rabattant le drap, elle se leva d'un mouvement nerveux.

– Je vais préparer du café. Tu en veux?

– Volontiers. Avec un morceau de chocolat.

Il la regarda s'affairer en tenue d'Ève. Elle avait des épaules assez larges, des seins lourds mais fermes, un ventre plat, musclé, terminé par une luxuriante toison de brune, de longues jambes nerveuses, aux fines chevilles qu'il aimait à enserrer de ses doigts.

La petite flamme du désir lécha de nouveau les reins de Victor Garamond. S'il continuait à observer Laurence, il passerait l'après-midi ici. La voix de la sagesse lui recommandait de penser à autre chose : il avait un rendez-vous, au bureau, dans moins d'une heure.

Il se leva à son tour, se rhabilla. Ses yeux battus ne plaidaient pas pour les vertus bienfaisantes de la sieste.

André lui donnerait vraisemblablement tous les détails de l'affaire. Il savait que, quoiqu'il s'en défendît, il agissait dans le dos de Mariani. Il pouvait se révéler dangereux de prendre ouvertement son parti. Il devait cependant trop de choses à Fournier pour refuser. Il interviendrait seulement avec circonspection. Depuis quelque temps, tout ce que sa main touchait était incandescent.

– Le café est prêt.

Il avala une gorgée de liquide brûlant qu'il prenait sans sucre. Laurence, toujours nue, le considérait avec une lueur amusée dans les pupilles.

– Il faut que je sois à Valence vendredi matin, dit-il. J'aimerais que tu viennes avec moi.

– A Valence!

Elle poussa cette exclamation comme s'il lui proposait de l'accompagner au fin fond de la Patagonie.

Un air penaud se peignit sur le visage de Victor Garamond.

– Laurence, implora-t-il, ça me ferait très plaisir.

# 16

A son retour de Valence, André Fournier trouva un mot du professeur Brousse le conviant à dîner le vendredi suivant. Cette fois, impossible de décliner l'offre. Depuis la réception aux *Néréides*, André avait déjà dû refuser deux invitations. Le professeur s'étant montré particulièrement conciliant en invitant Mariani, quelques mois auparavant, un troisième refus apparaîtrait comme un affront, même si Jacques Brousse se comportait toujours en hôte délicat. Quant à Marie-Christine, sa femme, elle recevait le mieux du monde, avec cette politesse attentive qui mettait les gens à l'aise sans autoriser la familiarité.

Il se dit que cette soirée le laverait du commerce peu ragoûtant de monsieur Bernard. Depuis qu'il naviguait en eau trouble, dans le sillage de Félix, André fréquentait moins les gens de son milieu. Il redoutait de s'ennuyer ou de laisser transparaître la nature de ses nouvelles occupations. Il était devenu un « dévoyé », une sorte de défroqué de la bourgeoisie. Son ancienne réputation le protégeait néanmoins des curiosités embarrassantes et il pouvait encore se rendre sans dommages où bon lui semblait. Seuls les gens avertis, ceux qui se trouvaient directement mêlés à ses activités illégales, comme Victor Garamond, savaient à quoi s'en tenir. Les autres, même s'ils se posaient certaines questions relatives à son train de vie et à ses moyens d'existence, ne soupçonnaient rien.

André, qui avait su agir jusqu'à présent avec beaucoup de prudence et de discernement, veillait à conserver aux yeux du monde une couverture irréprochable. Plus il y parvenait, plus il maintenait sa différence avec Félix et ses semblables. Il la cultivait par goût de se singulariser. Il savait qu'en échappant aux catégories il désorientait ses concurrents et ses rivaux. Il s'encanaillait sans renier son passé. Il était cela aujourd'hui, demain, il serait autre chose. Le truand, fortune faite, donnerait naissance à un notable. Peut-être se contenterait-il de profiter de son bien dans une somptueuse propriété, sur la côte californienne, parmi les milliardaires blasés. Il regarderait rouler la barre de l'océan Pacifique pendant des heures en écoutant glisser le temps, sans aspirer à autre chose qu'à la minute présente, et il serait heureux.

André Fournier nota l'invitation chez les Brousse dans son agenda. Puis il téléphona à *La Salamandre*. Ni Félix ni Raymonde ne s'y trouvaient. Depuis qu'elle dépendait directement de lui, la jeune femme se montait la tête. Elle s'imaginait au-dessus des autres entraîneuses, dans la peau de la favorite, peut-être même de la légitime. Allez savoir ce qui germe dans le crâne d'une pauvre fille paumée! Raymonde se comportait avec la fierté agressive d'une midinette parvenue. Sans doute se faisait-elle des idées, supposant qu'en entrant dans le lit de Fournier, elle était entrée du même coup dans sa vie, et que cela lui donnait des droits.

A la première occasion, il la détromperait avec la dureté nécessaire, à grand renfort de taloches, s'il le fallait. Les femmes tendaient toujours à prendre plus que ce qu'on leur offrait. Raymonde n'échappait pas à la règle. Mais, pute elle était, pute elle resterait. Il avait besoin d'elle et entendait lui confier des responsabilités à l'intérieur de son organisation, sans l'affranchir pour autant de sa condition. Il suivrait l'exemple de Félix, qui savait se conduire avec les femmes. La manière forte éliminait tous les problèmes. Avec lui, elles filaient doux. Il n'était pas homme à gâcher la marchandise avec du sentiment.

« J'ai encore pas mal à apprendre de Félix », se dit-il.

Il essaya à nouveau de téléphoner. Sans résultat.

Il prit une douche, s'habilla et décida d'aller tranquillement à pied à *La Salamandre* pour y attendre son ami.

Le vendredi suivant, André Fournier sonna à la porte des Brousse à vingt heures trente. Jacques Brousse avait parlé d'un repas très simple, entre amis. Mais André se méfiait de ce qui se cachait derrière cette prétendue simplicité. Aussi avait-il fait envoyer des fleurs dans l'après-midi.

La bonne le fit entrer. Marie-Christine Brousse l'accueillit. Radieuse. Il s'inclina, baisa sa main tendue. Elle arborait une robe noire cintrée à la taille dont le décolleté soulignait, avec une certaine hardiesse, le galbe de la poitrine, la rondeur des épaules, la finesse racée du cou. Une rivière de diamants étincelait sur sa peau de blonde bronzée sans excès, mettant en valeur le port de tête magnifique. Les cheveux tirés sur la nuque dégageaient le parfait ovale du visage qu'éclairait l'azur du regard.

Marie-Christine avait une quinzaine d'années de moins que son mari. André se souvenait. Lorsqu'il était adolescent, elle éclatait de jeunesse et de santé. Sa distinction naturelle contenait sans la réduire la puissante sensualité émanant de son être. Il avait brûlé pour elle sans oser rien tenter pour la séduire. Elle paraissait si lointaine, inaccessible. Sa vue le pétrifiait de timidité. Il l'imaginait se pâmant dans ses bras, fantasmait sur la fermeté de ses seins, ses longues cuisses fuselées, son ventre légèrement bombé qui le troublait lorsqu'elle se promenait en maillot de bain au bord de la piscine.

Il s'était sans doute trahi sans le vouloir, car il arrivait qu'elle posât sur lui un regard amusé ou pensif qu'une flamme étrange illuminait brusquement. Comment n'eût-elle pas été secrètement flattée de l'hommage muet rendu par ce jeune garçon trop gauche que le désir nouait ? Les femmes sentaient ces choses-là avec un instinct infaillible.

Souvent, André s'était demandé si Marie-Christine trompait Jacques et si, à supposer qu'il fût parvenu à surmonter sa timidité, elle eût répondu à ses avances. Il traversait alors une phase romantique. Il se berçait de poèmes d'amour, de chansons suaves, et d'autres stupidités dont il rougissait à présent. Où était-il passé, cet étudiant godiche et mal dans sa peau qui tremblait sous le regard d'une femme ? Ce temps était bien révolu. Beaucoup d'eau avait coulé sous les ponts. De l'eau pas toujours très propre.

Il complimenta Marie-Christine sur sa toilette. Elle le remercia d'un sourire.

Deux personnes se trouvaient déjà dans le salon. Un sexagénaire guilleret, qu'il reconnut pour être le docteur Gustave Chevalier, spécialiste des maladies pulmonaires, à qui l'on devait la création du département de pneumologie à l'hôpital de l'Hôtel-Dieu, et une charmante jeune femme brune aux cheveux frisés, mince comme une liane, avec un visage mutin au nez retroussé.

– Je ne te présente pas, dit Marie-Christine Brousse. Tu es en pays de connaissance.

André Fournier salua d'un mot aimable le docteur Chevalier et ne put réprimer un mouvement d'hésitation devant la jeune femme. Son esprit fonctionnait à toute allure pour la situer.

Marie-Christine le remarqua.

– Eh bien, André, tu ne reconnais pas la petite Claudine Chevalier ?

– J'ai donc tellement changé ? minauda l'intéressée en tendant une main fine et nerveuse.

Il aima tout de suite le timbre de sa voix, aux inflexions un peu rauques.

– A la vérité, oui, tu as beaucoup changé, avoua André.

Les Chevalier avaient été des amis de la famille Fournier. A la suite d'un débat médical, dont André ne connaissait et ne voulait connaître ni les tenants ni les aboutissants, les deux médecins s'étaient fâchés. A cette époque bien sûr, ce devait être juste avant la guerre, le jeune homme, qui avait terminé ses études de droit, avait pris fait et cause contre son propre père.

Il revit la fillette qui courait à travers champs et taillis dans la propriété que ses parents possédaient au pied de la Sainte-Victoire, dans la campagne aixoise, au milieu de ces paysages immortalisés par Cézanne. Il s'occupait peu de cette petite sauvageonne qui parfois le tirait par le bras pour aller jouer à cache-cache et qu'il repoussait dédaigneusement, songeant à ses amies du lycée, au premier rendez-vous qu'il avait obtenu d'une grande blonde réputée pour ses ardeurs. Il espérait seulement que le triste dimanche qu'il subissait passe le plus vite possible.

Les dernières images qu'il avait de Claudine devaient dater de 1938 ou 1939, un peu avant la brouille. Il se souvint alors de la jeune fille, montée en graine, avec ses longues jambes toujours écorchées, sa crinière ébouriffée, ses allures de garçon manqué. Elle ne devait même pas avoir une quinzaine d'années. C'était bien cela, ils avaient sept ou huit ans de différence. Le vilain petit canard s'était transformé en un magnifique cygne, comme dans le conte d'Andersen.

Il s'assit près d'elle. Ils évoquèrent les longs dimanches. Elle éclata d'un rire d'une sincérité qu'André n'avait guère l'habitude d'entendre. Puis elle raconta comment, ayant « brillamment passé » le bac, elle était allée s'inscrire à la faculté de médecine de Paris. La qualité de l'enseignement dans la capitale lui fournissait un bon prétexte pour s'éloigner de parents dont elle supportait mal la tutelle. Elle logeait chez une tante, dans le quartier des Invalides, descendant rarement à Marseille.

André l'écoutait, subissant avec ravissement le charme de la jeune femme. Plus il l'observait, plus il la trouvait à son goût.

– L'an dernier, je suis revenue à Marseille. Je ne supportais plus Paris. J'avais envie de ciel bleu, de soleil, de la mer. Tu ne peux pas savoir comme tout ça m'a manqué. Je me suis installée comme généraliste, rue Saint-Ferréol.

– Tu es contente ?

– C'est un peu dur, pour une femme. Les gens ne sont pas encore bien habitués à confier leurs petites misères physiques à une doctoresse. Mais il faudra bien qu'ils s'y fassent.

– Tu n'envisages pas de faire une spécialité, les bronches, comme ton père ?

Elle pouffa.

– Pour les bronches, je manque un peu d'inspiration !

– Elle refuse de préparer l'internat, intervint le docteur Chevalier, avec une nuance de reproche. De toute façon, Claudine n'en fait qu'à sa tête.

– Parfaitement ! J'en ai assez des examens et des concours. Je veux travailler, profiter de la vie...

– Beau programme ! s'exclama André.

Elle sourit, riva ses yeux dans les siens.

– N'est-ce pas?

L'arrivée de nouveaux invités interrompit la conversation. Il ne fut plus question que d'élégantes futilités. On colporta des ragots mondains où il était question de voyages, de liaisons scandaleuses, de tennis, des nouveaux restaurants distingués par le Michelin, du club hippique, de la difficulté de dénicher de bons domestiques pour être servi correctement, de la chronique des fiançailles, mariages, naissances, divorces, décès... Les convives connaissaient tous les gens qui comptaient dans la région et tout ce qui se rapportait à eux. On avait l'impression d'une très grande famille aux ramifications multiples. Il fallait être né dans le sérail pour en percer les mystères.

André Fournier, qui avait pris bien trop de distance, essayait de renouer les fils. Il notait au passage des noms inconnus, des alliances nouvelles, des promotions, des mouvements dans les états-majors des entreprises. L'activité de la grande cité, sa richesse, sa capacité de créer, ses chances d'avenir. Il réapprenait à tramer le tissu social, devinant que, derrière ce bavardage apparemment anodin, se cachaient une foule d'indications précieuses. De temps à autre, un nom sortait tout droit des carnets de Battisti. L'avers et l'envers. André éprouvait un plaisir délicat à posséder cette supériorité terrible que lui donnaient les notes méticuleuses du truand déchu. Cela le démangeait d'interrompre tout à coup un des convives et d'ajouter un détail saignant à la description avantageuse qu'il venait de faire d'un confrère ou d'un associé.

De l'autre côté de la table, Claudine Chevalier s'animait en aparté avec son voisin de gauche, Gilbert Donnatien, des Assurances maritimes Donnatien and Co. Un bellâtre aux cheveux coupés ras comme un légionnaire. André ressentit bizarrement un pincement au cœur.

Il voyait la jeune femme de trois quarts. Elle rejetait parfois la tête en arrière et riait avec une spontanéité confiante. La lumière dorait ses joues. Le lobe de l'oreille apparaissait entre les boucles noires. Il pensa à un délicat coquillage de nacre et réagit aussitôt contre cet accès de fade poésie. Mais il ne pouvait s'empêcher de penser à Claudine.

Il écoutait distraitement sa voisine parler de la délicate

opération de son chien, un caniche auquel elle tenait pardessus tout... tellement il était intelligent... affectueux... il ne lui manquait que la parole... heureusement, le bon docteur Cabassus l'avait sauvé... il aime les animaux, vous savez... ça se voit au premier coup d'œil... jamais je ne le remercierai assez d'avoir guéri mon petit Twist... jamais... vous avez un chien, cher monsieur?... un chat, alors?... Ah!... je croyais... il faut absolument... si Twist a des chiots... je vous promets...

L'esprit ailleurs, André répondait par monosyllabes au radotage de la rombière. Cela suffisait à relancer le moulin à paroles qui tournait, mû par sa propre inertie.

André butait contre cette évidence : Claudine lui plaisait. Il n'avait pas seulement le désir de coucher avec elle, bien qu'elle lui enflammât le sang. Rien de comparable avec l'exigence physique qui le portait d'ordinaire vers les autres femmes, dont son appétit ne se rassasiait pas. Non, c'était autre chose qu'il ne parvenait pas encore à cerner, à définir. Il avait envie de la voir seule, de se balader en sa compagnie, de lui parler, de la serrer dans ses bras. S'il avait cédé à son impulsion, il se serait levé, il lui aurait pris la main devant tout le monde, il l'aurait entraînée ailleurs. Il avait oublié les carnets, les affaires, les boîtes de nuit.

« Demain, je vais la voir à son cabinet. Je l'invite à dîner chez *Michel.* »

Raymonde ruminait sa rancœur. En apprenant qu'André l'avait rachetée à Félix, une immense joie avait déferlé en elle. Elle tenait le bon bout. Désormais, si elle ne commettait pas de gaffes, elle allait s'en sortir. Les attouchements des types qui la traitaient pire qu'une bête, les plaisanteries grossières qu'elle essuyait comme autant de crachats sur sa peau dorée, les passes avec des ivrognes ou des tordus, et tous ces trucs impensables qu'ils exigeaient contre du fric, du sale fric, ce serait bientôt terminé. Ouf! Elle redoutait tellement de finir comme la grosse Margot, dans une maison d'abattage de la rue Thubaneau, fréquentée par les Noirs et les Maghrébins!

Bien sûr, les filles croyaient toujours que leur mac était

mieux que les autres, qu'il avait assez le béguin pour ne pas les solder à l'encan, qu'il leur épargnerait cette terrible déchéance si elles se montraient soumises. Mais les exemples du contraire pullulaient. Il suffisait d'aller flairer les remugles du quartier Belzunce. Les premières marches de la déchéance étaient dorées, les suivantes vermoulues, pourries, gluantes. Jusqu'à ce que, les ayant toutes descendues dans sa chienne de vie, on en crève.

Jusqu'à présent, malgré le rachat d'André, rien n'avait changé dans la vie de Raymonde. Elle travaillait à *La Salamandre* comme auparavant, et rendait, comme auparavant, des comptes à monsieur Félix, qui assumait la surveillance pour son ami Fournier. Cela faisait deux ans et elle n'avait pas à s'en plaindre. Elle voyait souvent André. Elle avait fait des efforts pour lui plaire vraiment. De petites attentions, des cadeaux qu'elle avait choisis parce qu'elle les avait vus sur des hommes du monde. D'ailleurs elle avait bien l'impression que son homme n'y était pas insensible. Mais depuis quelques jours, il n'était pas venu. Elle savait qu'il était en ville. Elle avait attendu en vain qu'il l'appelât. Il n'avait pas téléphoné ni laissé de message. Ils n'avaient pas fait l'amour depuis une éternité. C'était surtout cette pensée qui la travaillait car elle savait André très porté sur le sexe.

A *La Salamandre*, les filles plaisantaient souvent à ce sujet. La plupart l'avaient eu et prétendaient que c'était un « cadeau ». A l'époque, elle n'éprouvait pas de jalousie à les écouter raconter leurs histoires. Elle participait à la conversation, apportait sa touche. Aujourd'hui, ce n'était plus le cas. Elle avait le sentiment qu'on lui prenait quelque chose, qu'on empiétait sur son territoire. Il lui semblait que, malgré tout, elle avait des droits sur lui.

Ce soir, Félix l'avait autorisée à quitter plus tôt *La Salamandre* parce qu'elle était malade et qu'une fille souffrante ne convenait pas à la clientèle d'une boîte de grand standing. Elle tournait dans la petite chambre qu'elle occupait rue Saint-Jean, dans un de ces immeubles neufs érigés sur les décombres des vieux quartiers, détruits en 43 par les Allemands.

Elle n'avait ni faim ni soif. Envie de rien. Elle avait allumé une cigarette, tiré deux ou trois bouffées, et l'avait laissée se consumer dans le cendrier sans la fumer.

Elle réfléchissait. De temps en temps, une douleur fulgurait dans son ventre ou bien un frisson l'agitait. Elle pensait qu'elle devrait prendre une initiative mais ne savait ni laquelle ni comment faire. Elle remuait dans sa tête des idées bêtes. Il faudrait discuter avec André. L'écouterait-il seulement ?

Il était différent de Félix et des autres truands de son équipe. Elle avait vu ça tout de suite. Nul besoin d'avoir l'œil très exercé pour s'en apercevoir. Cependant, il n'était pas homme à s'attendrir ni à se laisser manœuvrer par une gonzesse.

Raymonde alluma le pick-up, mit sur la platine un disque de Tino Rossi. Le timbre du chanteur de charme fit entrer dans la pièce le miel des amours éternelles. Elle adorait sa voix. Il susurrait des paroles très simples sur une mélodie qui lui entrait dans le cœur. C'était, à la fois, très doux, très déchirant, très beau.

*« ... reste encore dans mes bras.*
*« Avec toi je veux jusqu'au jour,*
*« Danser cette rumba d'amour...*
*« ... Blotti contre ton épaule...*

Raymonde tira les rideaux. Elle s'allongea sur le divan. Dans la pénombre, la voix de Tino Rossi se faisait encore plus chaude. Elle la ressentait sur tout son corps comme une caresse cruelle.

*« ... rumba d'amour... tandis que le cœur s'affole... toujours... »*

Elle aurait voulu que ce soit vrai, que tout ça ne finisse jamais.

Des larmes coulèrent silencieusement sur ses joues.

# 17

Gazelli et Bornstein, les amis de Piero Luzzi, avaient accepté d'entrer dans l'équipe d'André Fournier sans soulever trop de difficultés. L'ancien légionnaire se révélait bon négociateur. Il avait d'abord contacté Gazelli et Bornstein séparément. Puis, il les avait réunis. Le souci de voir son ami s'entourer d'hommes sûrs, en qui lui-même pût placer sa confiance, multipliait son talent personnel. Il menait son affaire rondement, avec l'efficacité d'un professionnel, comme il eût entrepris une opération militaire. La manière s'imposait à lui à partir de ses propres expériences, quand il devait choisir autrefois les hommes pour les conduire au combat.

C'était exactement ce que voulait Fournier. Un secret instinct l'avertissait que, s'il rassemblait de véritables truands ayant fait leurs armes dans la rue, le courant ne passerait certainement pas aussi bien. A preuve, tout ce qui l'opposait en permanence à Dominique Mariani, ce lourdaud imbu de sa personne, qui ne connaissait que les coups de gueule et la manière forte. André, lui, n'aurait jamais les manières ni le langage en usage dans le Milieu. Même lorsqu'il cédait à la brutalité, à la grossièreté, il le faisait d'une façon telle qu'elle trahissait sa différence sans qu'il s'en rende compte. Avec d'anciens soldats, formés à la rude discipline de la troupe et à l'esprit de sacrifice, ses ambitions étaient parfaitement jouables. Des hommes sans casier judiciaire, qui avaient fait la preuve de leur courage, de leur esprit d'initiative, de leur dévouement. Ils passeraient longtemps entre les mailles du filet avant que les flics ne les repèrent.

Luzzi lui avait donc amené Gazelli et Bornstein. Deux armoires à glace dotées de visages d'enfant. Le premier avait la peau tannée et le poil noir, le second le teint clair et une blondeur quasi insolite. André avait longuement discuté avec eux, cherchant à savoir ce qu'ils avaient vraiment dans le ventre. Non qu'il craignît de leur part un manque de courage, voire de simple hardiesse – tous deux se prévalaient d'états de service assez éloquents pour le rassurer –, mais ils pouvaient encore être attachés à quelque principe de moralité impossible à concilier avec ses propositions.

Le résultat se révéla concluant. Gazelli et Bornstein voulaient servir à présent leurs propres intérêts. Ils étaient prêts à se mouiller pour ça. Ils se trouvaient dans le même état d'esprit que Luzzi au moment où celui-ci s'était décidé. André leur avait donné un peu de liquide, une sorte de prime à l'engagement, histoire de respecter les traditions. Puis il leur avait confié leur premier boulot : prospecter parmi leurs relations afin de trouver d'autres hommes du même acabit. Il fallait augmenter les effectifs de l'équipe avant de passer aux choses sérieuses.

– Soyez très circonspects. Je ne cherche pas le nombre pour le nombre. Cela ne servirait à rien. Ne misez qu'à coup sûr. Si une brebis galeuse entre dans le groupe, c'est tout le groupe qui en pâtira. Je veux les meilleurs. Des spécialistes. Des pros. Dites-vous que nous continuons la guerre d'une autre façon. Pour gagner, nous devons nous appuyer sur du solide.

– Comptez sur nous.

– N'oubliez pas ce qu'il y a à la clé : du fric, beaucoup de fric. Vous ne risquerez pas de vous faire trouer la peau pour une solde de misère. Nous réussirons ensemble.

Luzzi, Gazelli et Bornstein entendaient ce langage. L'ancien commissaire de la DST mêlait bizarrement les propos d'un officier et ceux d'un chef de gang. Mais le ton leur plaisait.

Après le départ de ses hommes, il avait téléphoné à Victor Garamond. Celui-ci arrivait de Valence, où il était resté quatre jours, week-end compris.

– Comment ça s'est passé avec monsieur Bernard ?
– Sans problème.
– Tout est en règle ?
– Les papiers sont signés. L'argent a été déposé.
– Comment tu l'as trouvé ?
– Qui ?
– Bernard, évidemment !
– Ce n'est pas un foudre de guerre. Je crois que c'est sa bonne femme qui l'a réduit à cet état. Le bonhomme est au bout du rouleau. Il a raison de passer la main. L'air de la campagne lui fera le plus grand bien.
– Tu ne t'es pas trop ennuyé dans ce bled ? Quatre jours, c'est long.
– C'est que... euh... pour tout te dire... Laurence m'accompagnait...
– Je vois.
– Elle est charmante, dit Garamond, comme pour s'excuser.
– Fais attention, Victor. Ne mélange pas le boulot avec les histoires de cul. C'est malsain.

Victor Garamond n'aurait pas dû s'encombrer de cette fille. La longueur abusive de son séjour à Valence s'expliquait donc mais ne se justifiait pas. Monsieur prétendait allier l'utile et l'agréable. Que Laurence fût ou non charmante, qu'elle fît l'amour comme une déesse ou comme une serpillière n'avait pas à entrer en ligne de compte. Elle devait rester en dehors. Sinon, elle ferait courir des risques à l'organisation avant même qu'elle ne soit consolidée.

André Fournier décida de se méfier de Victor Garamond. Il ne doutait ni de sa fidélité ni de sa compétence. Mais la faiblesse qu'il avait pour les femmes entraînerait un jour ou l'autre de fâcheuses conséquences pour le bizness. Il faudrait donc veiller au grain, à l'infime grain de sable qui pouvait gripper tout le mécanisme et anéantir toutes ses ambitions.

Le lendemain, André Fournier prit le train pour Paris. Il arriva gare de Lyon vers treize heures. Il prit un taxi et fila vers l'avenue Marceau, où il avait rendez-vous avec des personnalités importantes. Des dieux de la pègre internationale qui faisaient la pluie et le beau temps. Il mijotait ce coup depuis plusieurs mois. Il savait qu'il ne pouvait pas traiter sur un pied d'égalité avec ces gens et que, s'il se montrait trop gourmand, ou même simplement maladroit, ils n'hésiteraient pas à le briser.

Il n'arrivait cependant pas les poches vides. Des renseignements, des projets, des documents, une implantation déjà solide. Les carnets de Battisti jouaient leur rôle. Ils ouvraient des portes. S'il parvenait à se faire admettre dans ce cercle très fermé, André aurait franchi un grand pas. Les médiocres trafics, les putes, les arnaques à la petite semaine, les casses locaux, il les laissait volontiers à Mariani et à sa bande. Lui valait et voulait davantage. Il se sentait d'une autre envergure et le moment était venu de voler de ses propres ailes. Il ne dévoilait pas encore ses batteries. Mais elles étaient déjà pointées, chargées jusqu'à la gueule, prêtes à tirer.

André Fournier pénétra dans un immeuble bourgeois où un concierge obséquieux – du genre qu'il détestait – le guida. Le cerbère se prenait pour un majordome. Ils traversèrent une cour intérieure ornée de plantes vertes, à l'extrémité de laquelle s'élevait une sorte d'hôtel particulier construit de pierres blanches, avec des boiseries peintes en vert foncé. On l'attendait dans une vaste pièce lambrissée qu'une lourde porte capitonnée, sans doute blindée, protégeait des curiosités, des bruits extérieurs, et des attaques.

Fournier resta plus de deux heures à conférer. Quand enfin il sortit, un sourire de satisfaction éclairait son visage.

La nouvelle l'attendait à Marseille. Son père, le professeur Paul Fournier, venait de mourir. André ne le fréquentait plus depuis dix ans. Même le temps n'avait pu apaiser leurs différends. Chacun campait sur ses positions, fermement décidé à ne pas faire le premier pas. Des parents, des amis, plus rarement sa mère, avec laquelle il n'avait pas rompu toute relation, le tenaient plus ou moins au courant. Il savait que son père était très malade et qu'il séjournait souvent en Suisse pour sa santé. André pensait cependant que cette retraite alpestre soignait davantage ses misères morales que physiques.

Le vieil homme survivait mal au désastre de ses illusions. Il remâchait une amertume qui le rongeait inexorablement.

Il ne manifestait plus de goût à rien. Il dénigrait sans cesse cette « foutue époque » où tout se « déglinguait », allait sens dessus dessous. Par un geste d'ultime bravade, il conservait la photographie dédicacée du Maréchal sur son bureau. Il se désintéressait même de la médecine à laquelle il avait pourtant consacré le meilleur de lui-même. Il n'allait pratiquement plus dans le monde, se claquemurait avec ses souvenirs dans la vaste demeure du cours Mirabeau ou dans sa retraite helvète. André devait à cette démission d'avoir été invité, à Cassis, chez les Brousse et d'avoir ainsi renoué avec des relations trop longtemps négligées.

Paul Fournier avait rendu l'âme pendant son sommeil. Personne ne s'en était aperçu. Avec sa femme, il faisait depuis toujours chambre à part. C'était la domestique qui l'avait trouvé, le matin, en apportant le plateau du petit déjeuner. Les obsèques auraient lieu dans deux jours. Une messe serait célébrée en la cathédrale Saint-Sauveur. Le révérend père de Lurigny, ami de la famille, prononcerait l'oraison funèbre.

« Je n'irai pas », décida André.

Il éprouvait un sentiment étrange en pensant à la mort de son père. Qu'il le voulût ou non, une part de lui-même sombrait dans ce naufrage. Sa mémoire était marquée de traces indélébiles. Ces rides intérieures lui parlaient de ce qu'il ne voulait pas entendre, lui montraient des images qui lui faisaient mal. Il se trouvait, par la force de cette disparition, obligé d'établir un bilan. De peser les profits et la perte. Il revoyait un garçonnet en promenade sur les berges de l'Arc, la main emprisonnée dans celle d'un homme droit, d'aspect sévère, qui racontait des choses qu'il ne comprenait pas.

André Fournier se secoua. Il se dit que, à sa place, pour son propre père, Félix Mariani se fût certainement dérangé. Il eût pris place parmi les siens, partagé leur deuil avec recueillement. Félix pouvait ordonner à ses tueurs de liquider un ennemi, un gêneur, un inconnu, il pouvait même les exécuter de ses propres mains, mais il n'avait pas cessé de croire en Dieu. Grandeur et faiblesse de Mariani : le poids de la famille, l'esprit du clan, le prix du sang. Fournier se moquait de ces principes, de ces illusions. Derrière lui, il y avait du vide, le vide douloureux de l'amour absent, puis la haine. Devant lui, il y avait le vide de l'argent. Simplement,

ce vide-ci était plein de plaisirs et de jouissances. Mais au bout, le néant, tout bête. Le reste n'avait pas vraiment d'importance. La vie continuerait comme avant lorsque la lourde dalle de marbre de l'orgueilleux tombeau des Fournier aurait été scellée sur la dépouille de Paul. Le vent agiterait les feuilles des marronniers. Des oiseaux fuseraient des branches. Le désir lèverait à la croupe des filles.
Il composa le numéro de Claudine Chevalier.

– On n'a pas vu beaucoup ton ami Fournier, ces jours-ci, glissa fielleusement Dominique en guettant sur le visage de son frère l'effet produit par ses paroles.
– Ferme-la, Doumé! grogna Félix, agacé. S'il ne vient pas, c'est qu'il a ses raisons.
– Je voudrais bien savoir lesquelles! On pourrait avoir besoin de lui, non?
– Basta! Je sais où le trouver.
– Ouais. N'empêche, il venait plus souvent, il n'y a pas si longtemps... Moi, ce que j'en dis...
– Je sais, Doumé. C'est par pure amitié.
Il se leva, marcha de long en large, d'un pas nerveux qu'il s'appliquait à contrôler. Les allusions de Dominique le travaillaient plus qu'il ne voulait l'admettre. Il avait lui-même remarqué un imperceptible relâchement de ses relations avec Janus. Rien de précis. Un climat, plutôt. Sa fierté l'empêchait d'en convenir. Mais cela le mettait en rogne. Fournier avait bien laissé quelques messages à son intention à *La Salamandre*. Sur la foi de quoi Félix avait tenté en vain de le joindre à son domicile : il était parti, en voyage, on ne savait où, sans l'en avoir informé.
« Il y a quelques mois, il m'aurait averti. »
En fait, leurs accords étaient toujours restés flous. André occupait depuis l'origine une position singulière dans son équipe. A la fois libre et solidaire. Aucun pacte d'allégeance n'avait été conclu. Jusque-là, ça n'avait pas été nécessaire.

La campagne défilait à vive allure. L'œil interceptait des détails dans le mouvement continu d'un interminable écran dévidant son décor : une bâtisse, des arbres, une clôture, la tour d'un improbable château, l'alignement d'un verger tracé au cordeau, dont les lignes de fuite se joignaient au bout du songe, les contreforts des collines blanches aux crêtes tourmentées.

– Pourquoi cette escapade ? demanda Claudine Chevalier. Nous aurions pu déjeuner à Marseille, sur le port, aux Goudes.

– Pourquoi pas ? La campagne provençale n'est-elle pas merveilleuse ? Tu avais envie de redécouvrir ton pays, alors... Prends du bonheur plein les yeux.

Elle se colla contre lui.

– C'est gentil.

Ils roulèrent un moment en silence, écoutant le ronflement complice du moteur.

Claudine n'avait montré aucune hésitation avant de répondre à l'invitation d'André, malgré le caractère impromptu de celle-ci. On aurait dit qu'elle s'y attendait ou, peut-être, l'espérait. Elle avait même annulé des rendez-vous pour lui être agréable. Il passait déjà avant les patients. C'était de bon augure.

– Où me mènes-tu ?

– Aux Baux.

– Il y a une éternité que je n'y ai pas mis les pieds.

– J'ai retenu une table chez Baumanière.

– Formidable !

– Ce lieu est magique. Pendant la guerre...

Elle se moqua gentiment de lui.

– Ah ! non, tu ne vas pas me faire le coup de l'ancien combattant !

– Il faudra pourtant que je te raconte mes exploits. En ce temps-là, on m'appelait Janus.

– Pourquoi Janus ?

– Parce que je suis un homme simple. Tout d'une pièce.

Aux Baux, André Fournier ne s'était pas contenté de retenir une table. Il avait aussi retenu une chambre. Les choses s'enchaînaient avec une telle logique entre Claudine et lui, qu'il n'avait pas songé une seconde que la jeune femme pût s'en offusquer. Il avait eu raison. Un désir d'une égale violence les poussait l'un vers l'autre. Elle l'avait suivi sans la moindre réticence, avec naturel.

Il la prit dans ses bras. Sa bouche se posa à la naissance de son cou. Puis elle parcourut le visage, effleura les lèvres entrouvertes. Le ventre de Claudine se collait à son sexe dur. Elle soupirait doucement de plaisir, docile sous ses caresses. Mais il devinait qu'elle se retenait d'être plus active, que c'était une sorte de jeu dans lequel elle entrait.

Il voulut défaire son chemisier. Elle le repoussa, une lueur de défi dans les yeux.

– Non. Laisse-moi faire.

Elle commença à se déshabiller. Alors, pour mieux la voir, pour admirer les trésors qu'elle découvrait au fur et à mesure, il alluma une à une toutes les lampes. Il n'y avait plus, au milieu de toute cette clarté, que le corps de cette femme qu'il désirait.

Elle dégrafa son soutien-gorge. Ses seins étaient ronds et fermes, avec une large aréole bistre. La lumière les nimbait de miel. André devenait fou.

Elle balança ses souliers au loin, retira sa jupe. Elle ne portait plus qu'un slip arachnéen. Elle mit les mains derrière la nuque, remonta ses cheveux, le toisa, et lança :

– Je te plais ?

Il la prit à bras-le-corps et la déposa sur le lit. Avec des gestes impatients, il se débarrassa de ses vêtements. Elle ouvrit les bras.

– Viens !

Il la prit avec impétuosité, comme s'ils ne devaient faire l'amour qu'une seule et unique fois. Elle se donnait avec une égale avidité, pressée de jouir. Quand ce fut fini, elle le serra très fort contre sa poitrine.

– Ne pars pas. Je t'aime.

Ils s'aimèrent tout l'après-midi, émerveillés de leur entente. André découvrait avec surprise la sensualité de Claudine. C'était comme un cadeau qu'il n'espérait pas, quelque chose qu'elle offrait en plus. Il ne se rassasiait pas de son corps et il voyait qu'elle ne se lassait pas non plus. Ils étaient semblables à deux lutteurs ivres dont l'ardeur du combat ravivait les forces. Claudine acceptait ses appétits. Aucune fausse pudeur ne les réprimait en elle. Qu'elle fut avec l'homme qu'elle aimait autorisait tout, légitimait tout.

Le soir, ils ne descendirent pas pour dîner.

# 18

La réunion se tenait au-dessus de *La Salamandre*, au deuxième étage. Félix réservait tout un appartement pour son quartier général. Il y recevait les hôtes de marque et y convoquait ses troupes pour des affaires importantes. Des hommes de main montaient la garde, en bas, dans l'escalier, et devant la porte d'entrée. Ils filtraient et fouillaient minutieusement les arrivants, même ceux qu'ils connaissaient pour être des familiers. Seuls échappaient à cette étroite surveillance les frères Mariani et André Fournier, considéré comme leur pair.

Ils auraient cependant dû se montrer plus méfiants envers les frères Mariani, car une implacable jalousie les taraudait. Dominique, Pascal, Carlu, Tomaso, et même la sœur Annonciade, si dévouée, admiraient Félix mais, en même temps, ils lui en voulaient de sa réussite, de sa puissance. Ils se prévalaient partout de son nom pour obtenir des avantages tout en guettant une occasion de lui mettre des bâtons dans les roues.

Sans doute l'eussent-ils déjà fait s'ils n'avaient redouté de se saborder du même coup. Ils devaient se rendre à l'évidence : sans lui, ils n'étaient plus rien. Félix tenait tout à la force du poignet : les gens, les affaires, le compte en banque. Les belles voitures, les jolies filles, la vie facile, les frères se les payaient avec son fric. Que donnaient-ils en échange ? Pas grand-chose. Ils montraient peu d'initiative. Ils aimaient trop la dolce vita pour seconder correctement Félix.

Celui-ci voyait leur ingratitude et leur inefficacité. Mais il fermait les yeux. Il acceptait tout, quitte à pousser un coup de gueule lorsque l'un d'entre eux dépassait les bornes, ce qui arrivait trop souvent à son gré. Cependant, ils étaient la famille, ils étaient de son sang. En eux seuls il pouvait placer sa confiance. Du moins le pensait-il, frappé d'un relatif aveuglement.

C'était pourtant aux carences des frères Mariani qu'André Fournier devait sa carrière. Lui, manifestait toutes les qualités dont ils étaient singulièrement dépourvus. Comme l'affirmait l'adage populaire, on choisissait ses amis, ses parents on les subissait. Il éclatait quelquefois, entre les Mariani, des disputes homériques. Les frères se balançaient à la figure toutes sortes de reproches, de griefs, avec l'âpreté des natifs de leur île. D'ailleurs, ils abandonnaient volontiers l'usage du français, pour s'exprimer en corse. Comme ça, les *pinzutti* ne comprenaient rien à leurs altercations. Le linge sale se lave en famille. Les choses rentraient dans l'ordre lorsque Félix, excédé, frappait du poing sur la table en hurlant *Basta!*

André n'ignorait rien des oppositions empoisonnant la vie du clan. Il plaignait sincèrement son ami de devoir supporter ses frères sans même pouvoir s'appuyer sur eux. C'était malheureusement fréquent dans les familles. Quelqu'un émergeait du lot, gagnait de l'argent, et, mû par une sorte de dette morale, se voyait contraint de tirer tous les autres, comme un poids mort. On lui faisait toujours payer finalement le scandale de sa réussite parce qu'elle humiliait ceux qu'elle repoussait dans l'ombre.

André se félicitait d'être fils unique et d'avoir rompu avec les siens. Libre d'attaches, il n'était redevable de rien. Il n'avait de comptes à rendre à personne. Il était seul, certes, mais, grâce à cette solitude, il pouvait tailler sa route à sa convenance. Il ne partageait ni les risques ni les dividendes.

En gravissant l'escalier – André négligeait d'ordinaire l'ascenseur sous prétexte de faire du sport –, il songeait à l'insistance de Mariani :

– Je veux que tu sois là, André. Tu es indispensable. Ce sont des affaires très importantes. A trois heures, à *La Salamandre,* comme d'habitude.

– J'y serai.

– Je compte sur toi. On déjeune ensemble?

– Pas aujourd'hui. Ce serait volontiers, mais je suis pris.

– Ah!... ne picole pas trop. Tu auras besoin d'avoir la tête froide.

Inutile d'en demander davantage. Félix, prudent, n'abordait jamais au téléphone les sujets délicats. C'est à ce genre de précaution qu'il devait d'avoir survécu.

Lorsque Fournier pénétra dans la pièce, tous les Mariani s'y trouvaient déjà, à l'exception d'Annonciade, restée à la villa. Il n'entrait pas dans la coutume qu'elle prît part aux discussions des hommes. Ce qui ne l'empêchait pas d'ajouter son grain de sel après, car la nature l'avait dotée d'une langue de vipère dont elle se servait sans diluer le venin.

– Vous avez commencé? Je croyais être à l'heure.

– Non, dit Mariani.

André prit place de l'autre côté de la table où des cafés étaient servis, entre Pascal et Tomaso. Mariani prit la parole :

– Nous sommes en 1957. Le monde a changé. Le Milieu aussi est en train de changer. Il y a de nouvelles façons de s'enrichir, d'empocher beaucoup plus de pognon que ce qu'on a jamais gagné. Même dans les meilleurs coups.

– Tu nous poses des devinettes, hé! Félix? bougonna Pascal.

– Oh! tu me laisses parler ou quoi?... Il vient d'y avoir un accord historique entre les Américains et les Siciliens au sujet de la came. Les Siciliens vont s'en occuper. On peut leur faire confiance pour l'organisation. Ils ne font rien à moitié. Pour ceux qui travailleront avec eux, ça va devenir extrêmement juteux.

Félix maintenant tentait de soigner son langage. Cela ne faisait que rendre plus sentencieux encore ses discours préliminaires.

– Qu'est-ce qu'on a à voir là-dedans? demanda Tomaso. Nous, on n'a jamais touché à la came. On n'a pas l'expérience.

– Justement.

– Toi, tu as une idée derrière la tête, intervint Carlu.

– Il va y avoir une réunion de tous les caïds à Palerme, dans quelques jours. J'ai mes contacts. J'ai pris mes dispositions. J'y vais. Sur place, je verrai mieux ce qu'on peut faire.

– Faut pas laisser passer l'occas', fit Dominique.

Pascal observa :

– Ouais, ici, nous avons tout ce qu'il faut sous la main. Il suffit de s'organiser. On peut stocker la matière première, raffiner, distribuer...

– Ne t'excite pas! trancha Félix. On n'en est pas encore là. Même si je pense aussi qu'on a tous les atouts dans la manche. Je suis sûr de m'entendre avec les Siciliens. Ils me connaissent. Ils savent qui je suis. Ils me respectent.

– Ils nous ont rendu quelques services.

– Nous aussi. Nous avons toujours été en bons termes. Ils n'ont jamais poussé des hommes à eux sur notre territoire.

– Ils ne vont pas venir jusqu'ici, non!

Félix Mariani fixa sur son frère un regard glacé.

– La pieuvre lance ses tentacules n'importe où. Quand elle veut. Où elle veut. Je dois faire gaffe. Je ne m'engagerai que si je peux signer un accord solide. Je veux être sûr qu'il sera respecté.

André Fournier restait silencieux. Il écoutait depuis le début sans exprimer d'opinion. Félix, troublé, s'avisa de sa réserve insolite.

– Tu ne dis rien?

– Si.

– Y a des perspectives formidables.

– Peut-être. Mais les risques sont en proportion. Énormes.

– Les risques, plaisanta Tomaso, ils sont plutôt pour les camés.

Félix se rembrunit. Il n'aimait pas les réticences inavouées de son ami.

– Si on n'y va pas, précisa-t-il, d'autres le feront à notre place. Ils auront l'aide de la mafia. Nous serons balayés.

– Ne sois pas pessimiste. Nous sommes de taille à nous défendre.

– Ce n'est pas du pessimisme. C'est de la lucidité. L'avenir est à la drogue. Je le sais. Je le sens. Vendredi, je serai à Palerme. On se reverra quand je reviens. Alors je prendrai la décision.

– Il me semble que tu l'as déjà prise, observa Fournier sans enthousiasme.

– Tu marches avec nous, dit Félix.

Ces paroles ne correspondaient ni à une question ni à un constat. Elles affirmaient une certitude fortement ancrée dans l'esprit de Félix. Pas un seul instant, le truand n'avait soupçonné que les réserves émises par Fournier pussent empêcher celui-ci de se lancer à ses côtés dans cette nouvelle aventure.

Raymonde, aidée de Piero Luzzi, s'occupait désormais d'une compagnie de filles que Fournier, selon son plan, avait distribuées en diverses boîtes, le long de l'itinéraire Marseille-Lyon. Il appelait ça son réseau PLM et prenait les précautions nécessaires pour qu'aucune de ses michelines ne déraillent. Ces demoiselles tenaient toujours leurs valises prêtes pour changer de lieu.

Il était parvenu à un savant dosage rassemblant des professionnelles capables de répondre à toutes les exigences des habitués et de soutenir le coup de feu sans broncher. Toutefois, dans ce domaine aussi, il ambitionnait de n'être pas un proxénète ordinaire. Il visait le haut de gamme, les poules de luxe que des clients choisis culbutaient au prix fort.

Depuis qu'elle avait quitté *La Salamandre*, Raymonde ne montait plus qu'exceptionnellement. André tenait pourtant à ce qu'elle continuât à le faire malgré ses nouvelles responsabilités, « pour donner l'exemple et ne pas perdre la main ». En vérité, par cette contrainte, il rappelait en permanence à la fille sa condition de pute : elle ne pouvait légitimement rien briguer de plus que ce qu'il octroyait déjà. A la moindre incartade, elle se retrouverait au bas de l'escalier, proche du trottoir, parmi les gagneuses à l'abattage.

Luzzi, Gazelli et Bornstein, les plus anciens, faisaient office de lieutenants. Ils assuraient l'autorité en l'absence de Fournier. Luzzi savait toujours où contacter celui-ci en cas de besoin. Depuis leur arrivée, l'équipe s'était enrichie d'une dizaine d'anciens baroudeurs que la fin de la guerre d'Indochine avait laissés sur le pavé. On leur avait fourni des couvertures : ils servaient officiellement en qualité de barmen, de commissionnaires, de portiers, de chauffeurs. Fournier les déclarait et ils percevaient un salaire avec le bulletin adéquat. Victor Garamond veillait scrupuleusement à colmater les failles dans le dispositif.

Ce soir-là, deux jeunes gens causaient du raffut au bar et cherchaient des noises à une entraîneuse qui se rebiffait. Ils étaient entrés déjà passablement éméchés et avaient peu consommé. Ils refusaient de payer un verre à la fille tout en s'autorisant des privautés qu'elle eût acceptées de bonne grâce s'ils avaient fait un geste. Ils l'empêchaient de faire son boulot.

Bornstein s'approcha de sa démarche de fauve. Il posa la main sur l'épaule d'un des garçons, qui se retourna vivement. Bornstein dit quelque chose. La tension tomba. Les types restèrent encore quelques minutes au zinc, histoire de ne pas perdre la face. Puis ils s'éclipsèrent.

Du travail bien fait. Sans bavure. Raymonde apprécia.

Elle s'habituait peu à peu à sa nouvelle situation. André ne venait plus la voir qu'en de rares occasions, mais il est vrai qu'il était très occupé. En plus de ses voyages à Paris, de plus en plus fréquents, et du temps que lui prenaient ses établissements disséminés de Marseille à Lyon, il fallait qu'il soit attentif à montrer son dévouement à la famille Mariani. Les affaires connues qu'il possédait à Marseille ne justifiaient pas ces absences.

« Il joue avec le feu », se disait Raymonde. Mais elle avait tant d'admiration et d'amour pour lui qu'elle se rassurait en pensant qu'un homme de cette intelligence ne pouvait pas se faire avoir par des brutes comme les Mariani. Encore que Félix, lui, pourrait très bien se rendre compte. Et si quelqu'un parlait... Un de ces gros bras, par exemple. Elle chassa ses craintes. C'étaient de vrais professionnels, attachés à André.

Et puis, finalement, ce qui l'inquiétait le plus, c'était cette doctoresse dont il s'était entiché, avec qui il s'affichait partout. Mais Raymonde avait un espoir secret. C'était « une fille de la rue Paradis », label de fortune et de snobisme. Dans ce périmètre élu, les Marseillais parvenaient à ne pas avoir le même accent que leurs concitoyens des autres quartiers. C'était tout dire. Le jour où Claudine Chevalier découvrirait qui était vraiment son « homme d'affaires », son cher André, elle serait horrifiée. Une fille de bourgeois ne supporterait pas la révélation de cette double vie. Et s'il le fallait, Raymonde pourrait aider à ce qu'elle découvre la terrible vérité.

Donc, la prostituée attendait. André Fournier lui reviendrait.

Le gros général gesticulait sur la scène, le visage empourpré, la mèche en bataille, la bouche tordue par la fureur. Pendant des années, il avait mené joyeuse vie, trompant sans états d'âme sa pauvre femme infirme. De ce côté-là, il croyait être tranquille. Il dormait sur ses deux oreilles. Et voici qu'il apprenait soudain que la générale, admirée jusque-là comme une honnête femme insoupçonnable, n'était pas plus fidèle qu'il l'avait été lui-même au cours de leur vie commune. La bougresse n'avait pas été avare de coups de canif dans leur contrat de mariage.

– *Mais foutre alors! Si vous me trompiez, pourquoi ces larmes, ces reproches, pourquoi ces immenses douleurs? Pourquoi cette maladie? Je ne comprends plus, moi. Je deviens fou!*

Un lumineux sourire éclairait le visage de la générale. Ses yeux brillaient. Elle tenait sa revanche, sa victoire.

– *Pour te garder, Léon! Pour te tenir toujours parce que je suis ta femme. Parce que, même lorsque j'avais mon amant sur le ventre, j'étais ta femme encore et tu n'y pouvais rien; rien qu'avoir honte et élever mes filles et leur donner ton nom, s'il m'en faisait. Et me reprendre le soir dans ton lit après l'autre...*

André Fournier avait profité de la tournée des Galas Karsenty, au théâtre du *Gymnase*, pour amener Claudine Chevalier à la représentation de *La Valse des toréadors*. Il adorait les pièces de Jean Anouilh, principalement les noires, bien acides, cyniques, où la verve de l'auteur se donnait libre cours. Il voulait que la jeune femme partageât sa passion. Cela semblait être le cas. Il lisait les expressions du plaisir sur son visage.

Les acteurs avaient une présence remarquable. La mise en scène était bonne, quoique un peu guindée. Le public, comme Sacha Guitry le disait certains soirs en écartant le rideau pour prendre la température de la salle, avait « du talent ».

La générale poussait impitoyablement son avantage. Elle avait attendu cet instant si longtemps!

– ... *si piteux que tu sois, tu es à moi, mon objet, ma chose, mon fourre-tout, ma boîte à ordures...*

Le gros général reculait avec effroi, ne pouvant en entendre davantage, terrassé par les terribles mots assénés par cette femme malade qu'il croyait finie. Il la découvrait soudain tellement plus rusée, plus tenace. Il reculait et il hurlait, comme pour conjurer l'insupportable réalité.

– *Non!... Non!...*

André se pencha vers Claudine. Il chuchota :

– Tu vois : on est loin du drame bourgeois ou du vaudeville.

– Redoutable. Tous les coups portent. Toute cette haine. Il y a de quoi frémir.

– Chut! C'est du théâtre. On peut être heureux... lorsqu'on n'est pas général.

– Ni générale. Nous en reparlerons.

Pendant que, devant les feux de la rampe, les protagonistes se taillaient en pièces avec force formules assassines, André Fournier et Claudine Chevalier marivaudaient à voix basse.

Après le spectacle, ils allèrent dîner à *La Réserve*. La nuit était claire. Les étoiles se reflétaient dans l'opaque miroir de la mer. Les îles du Frioul se profilaient en masses sombres. Par intermittence, le faisceau du phare de Planier dérivait dans le ciel.

André Fournier prit la main de Claudine. Elle était douce et chaude. Il sentait distinctement la finesse de ses doigts dans sa paume. Il plongea ses yeux dans les siens et lui sourit. Il la désirait.

Ce soir, il en avait assez de jouer double jeu, de miser

sur tous les tableaux à la fois. Il lui restait encore beaucoup de chemin à parcourir pour arriver à ses fins. Pourtant, en présence de la jeune femme, il n'avait plus très envie d'être Janus.

Le bar des *Navigateurs*, situé à proximité des locaux d'Honoré Gaffigues, appartenait à Félix. Mais, officiellement, le patron était Carlu. Il possédait une arrière-salle commode pour des entretiens discrets. La clientèle d'habitués se composait principalement de marins, de dockers et de transitaires. Ce bar avait été l'une des premières acquisitions de Félix et il y était très attaché. L'affaire ne rapportait pas beaucoup. Il aurait dû la céder. Mais elle était comme le témoin de ses débuts. De cette époque déjà lointaine, il conservait l'habitude d'y rencontrer Gaffigues. Ils se retiraient dans l'arrière-salle pour discuter sans témoins de leurs affaires.

Félix Mariani observa l'air maussade du gros négociant et lui en fit la remarque. L'autre soupira.

– L'existence n'est pas toujours drôle.

– Tu as des ennuis, Honoré ?

Gaffigues fit rapidement marche arrière.

– Oh ! je parle en général. Tu voulais me voir pour quoi ?

Félix le regarda comme s'il hésitait encore avant de se lancer. Puis il demanda :

– Tu as toujours de bonnes relations avec la compagnie Costa ?

– Plus que de bonnes relations : des intérêts.

– Il faudrait me rencarder sur les bateaux qui desservent la Sicile, Naples...

– Le Sud, quoi ?

– Exactement.

Les yeux de Gaffigues s'illuminèrent. Il suggéra :

– Il y a de l'argent à ramasser ?

– Beaucoup. Mais, ce truc-là, c'est de la dynamite. Mieux vaut que tu restes en dehors.

Gaffigues se rembrunit.

– Tu sais que je te rendrais volontiers service, Félix... Notre vieille amitié...

– Si tu me files les tuyaux, tu ne seras pas perdant.
– J'aurais mon petit « dédommagement »...
– Disons-le comme ça.
– Quand veux-tu les renseignements ?
– Le plus tôt sera le mieux. Je veux tout savoir sur les bateaux, les trajets, les horaires... sur les capitaines aussi. Ceux qui sont à cheval sur le règlement, ceux qui sont moins regardants... enfin, tout. C'est très important.
– Ouais. Il faudra que j'en sache un peu plus, quand même.
– C'est bon. On verra ça plus tard.
Gaffigues leva vers lui son masque flasque qu'un soudain afflux de sang empourprait.
– Dis, Félix, tu m'envoies une pute, ce soir ?
– Tu as du vague à l'âme ?
– Va savoir où elle se balade, l'âme ! Fais venir une belle, et qui ait pas froid aux yeux.
– Une vraie pute, quoi !
Gaffigues redevint sinistre. Ses traits se tirèrent.
– La plus salope. Ce soir, j'ai besoin d'orgie.

# 19

André accompagna Félix, flanqué de son frère Pascal en qualité de garde du corps, à l'aéroport de Marignane, d'où il devait embarquer sur une Caravelle à destination de Palerme via Rome. En route, les deux amis parlèrent peu du projet qui conduisait Félix en terre sicilienne. L'un et l'autre le sentaient, il y avait là matière à dissension. Ils prenaient garde de ne rien envenimer, repoussant l'échéance d'une franche explication qui interviendrait tôt ou tard. Pour l'instant, les choses demeureraient à l'état d'ébauche jusqu'au retour de Félix.

André lui souhaita tout de même bonne chance. De rudes négociations l'attendaient au bout du voyage. Il le regarda franchir le sas de départ. Pascal marchait derrière. Il se retourna pour lui faire un geste amical de la main. Puis André monta à l'étage où se trouvait le bar. Il prit un café en observant, au travers de la vaste baie vitrée, le mouvement des appareils.

Cette histoire de drogue lui déplaisait. Il avait le sentiment qu'une formidable mutation était en train de se produire. Si la mafia mettait le paquet, c'était que le jeu en valait la chandelle. Les stupéfiants cesseraient bientôt d'entretenir la délicate décadence des esthètes et des gens riches pour envahir des couches de population mal préparées à son usage. Les incertitudes d'une époque complètement déboussolée en favoriseraient l'essor. La poudre causerait des ravages et rapporterait du fric à proportion des dégâts. Son instinct d'ancien flic l'avertissait du danger. Il savait comment les Américains s'étaient appuyés sur les hommes de la mafia pour lutter contre le fascisme et préparer le débarquement en Sicile. Une attitude insensée dictée par une politique à courte vue. Dans l'immédiat, la stratégie avait parfaitement fonctionné. La sinistre pieuvre avait aidé à briser les faisceaux du non moins sinistre Mussolini. Elle avait ouvert une brèche dans les forces de l'Axe à l'ouest de l'Europe. Mais les Américains avaient donné pour cela d'énormes gages à la mafia et grevé ainsi l'avenir, sans s'en aviser.

André refusait de mettre le doigt dans cet engrenage même dans la perspective de gains pharamineux. Toutefois, s'il ne voulait pas rompre complètement avec Mariani, et cela n'entrait pas encore dans ses intentions, il devrait consentir à certaines concessions, donner des assurances. Il devrait jouer serré. Ces derniers mois, il avait quelque peu négligé Mariani et le comportement de celui-ci signifiait qu'il nourrissait des doutes à son sujet. La fraternité des années noires, l'entente qui existait alors entre eux, les vicissitudes de la vie les refoulaient sans rémission dans le passé.

Impossible d'aborder la question sous cet angle avec Mariani. Il ne comprendrait pas. Dans sa cervelle de truand, tous les trafics se valaient, tous les coups étaient bons pourvu qu'ils rapportent gros. L'argent justifiait tout. Pourquoi devenait-on gangster sinon pour gagner le plus rapidement possible le plus d'argent possible ? Le mépris des lois, la violence, étaient des effets induits. Pour lui, c'était différent. Ça l'était depuis le début. L'appât du gain le motivait en surface. En profondeur grouillaient les monstres. En devenant ce que les gens de son monde nommaient en pinçant les lèvres un « dévoyé », il se vengeait de son père et se mortifiait en étouffant une part de lui-même.

Fournier jouait, selon son habitude, double jeu. Il suivait apparemment Félix dans son entreprise, quoique à contrecœur. Et en même temps, il calculait comment s'en retirer sans le désobliger. Il avait énormément travaillé. Son activité s'était déployée avec bonheur dans plusieurs directions. Encore quelques efforts et, si rien ne se mettait en travers, on découvrirait son empire.

André Fournier soutirait de l'argent à Gaffigues et à quelques autres personnalités autrefois mouillées dans la collaboration. Il récupérait par ces canaux de confortables « dommages de guerre ». Mais les revenus du chantage, auxquels s'ajoutaient à présent les bénéfices de ses diverses boîtes et les dividendes du réseau de prostitution, ne suffisaient pas à ses appétits. Il n'avait pas mis sur pied un commando d'anciens baroudeurs dans le seul dessein d'assurer le contrôle des établissements et des filles. Il voulait frapper un grand coup, réussir un casse qui marquerait dans les annales du grand banditisme.

Il tournait dans la région lyonnaise, observait, se renseignait pour choisir la meilleure cible. Il éviterait d'agir à Marseille pour ne pas empiéter sur le territoire de Mariani. Hors de la zone d'influence de celui-ci, il se sentait dégagé de ses engagements. Il avait repéré une grosse banque située dans un quartier bourgeois, observé les mouvements de la clientèle, les dépôts, les opérations, la périodicité des descentes à la salle des coffres, le dispositif de sécurité, les habitudes du personnel.

Il avait tenu un conseil de guerre avec ses plus proches collaborateurs et arrêté son plan d'action. L'équipe procèderait en six étapes. Il fallait d'abord trouver une taupe à l'intérieur de la banque, un employé acceptant de marcher dans la combine et connaissant parfaitement le système de sécurité. Luzzi se chargeait de la mission. Au jour J, on neutraliserait le système d'alarme. Un groupe intercepterait le directeur à son domicile et le ramènerait à la banque muni des clés. Pendant ce temps, des hommes garderaient en otages la famille du directeur pour qu'il obéisse sans opposer de résistance et sans chercher à les circonvenir. Fournier savait que le directeur, un homme corpulent d'environ cinquante ans, était marié à une jolie blonde pimpante, toujours vêtue avec élégance, que le couple avait deux fillettes qu'il chérissait, l'aînée âgée de quinze ans, la cadette de onze, qu'il habitait un grand appartement, au deuxième étage d'un immeuble cossu, sis dans une rue proche de l'Opéra. La porte d'entrée ne comportait pas de verrouillage sophistiqué et il serait aisé de pénétrer par effraction.

Après avoir nettoyé la salle des coffres de tous les objets de valeur, l'équipe emprunterait un chemin de fuite minutieusement balisé, dont la sûreté aurait été plusieurs fois éprouvée. Le butin serait déposé à l'étranger, au moyen d'un petit avion de tourisme, avant que ne puisse se déclencher une enquête sérieuse. Enfin, il faudrait prévoir un alibi pour chacun des intervenants.

En cas de mauvaise surprise, la consigne était de ne pas faire usage d'une arme. Pour un casse, on pouvait s'en tirer avec quelques années de tôle, bénéficier d'une éventuelle remise de peine. Pas pour un meurtre. Surtout si la victime était un flic tué dans l'exercice de ses fonctions. André connaissait son code sur le bout du doigt. Il savait parfaitement de quoi il retournait et il voulait que ses hommes le sachent avec la même conviction pour respecter les règles de prudence.

Lui, le jour de l'opération, resterait à Marseille. Il s'afficherait avec la petite Chevalier, avec laquelle on le voyait de plus en plus souvent. Ou bien, il tiendrait compagnie à son ami Mariani.

Les nouvelles du monde n'incitaient pas à l'optimisme. Fournier se tenait scrupuleusement au courant de l'actualité. Il n'achetait pas seulement journaux et magazines pour tenir à jour son fichier, mais aussi par simple intérêt pour la chose publique qu'il avait sans doute hérité de son ancienne fonction. La presse entretenait un climat d'incertitude que le pouvoir en place s'avérait incapable de dissiper. Le naufrage menaçait l'Algérie, malgré la nomination récente du général Massu comme responsable du maintien de l'ordre à Alger : celui-ci avait entrepris une vaste opération de pacification de la ville. N'empêche, des nouvelles alarmantes parvenaient d'au-delà de la Méditerranée. On parlait d'un malaise profond au sein même de l'armée. Avec tout ça, le gouvernement de Guy Mollet ne tiendrait pas longtemps.

André Fournier soupira et replia *Le Figaro*. Il n'éprouvait aucune sympathie pour le leader de la SFIO. Pas plus d'ailleurs que pour la plupart des personnalités politiques encombrant le Palais-Bourbon, responsables de tout ce gâchis. Il songea à cette mystérieuse affaire de la mort suspecte de Mohamed Larbi Ben M'hidi, dirigeant du FLN et membre du comité de coordination. On l'avait arrêté et, quelques jours plus tard, on l'avait retrouvé mort dans sa cellule. Qui l'avait aidé à se suicider?

Il en était là de ses réflexions lorsque le téléphone sonna.

– Allô! J'écoute.

– Bonjour. Jean-Louis Pradal, à l'appareil. Je voudrais parler à M. André Fournier.

– C'est moi.

– Monsieur Fournier, j'aimerais beaucoup avoir un entretien avec vous.

– A quel sujet?

– Je ne peux rien dire comme ça. Sachez cependant que les propositions que j'ai à vous faire sont de nature à vous intéresser.

– Comment pouvez-vous en être si sûr? Nous ne nous connaissons pas.

– Détrompez-vous. Nous nous sommes déjà rencontrés dans des circonstances qui n'ont pas dû être agréables pour vous.

André fouilla sa mémoire. Son correspondant avait donné un nom : Jean-Louis Pradal. Il avait en effet vu son nom dans un entrefilet récent du *Provençal* : président régional d'une nouvelle tendance politique émanant de la fusion de plusieurs clubs, le Mouvement des républicains nationalistes (MRN), à propos duquel André avait déjà lu quelques articles sans pouvoir le situer exactement sur l'échiquier politique. Il s'agissait d'une mouvance floue de nature à ratisser large. Cependant, certains détails semblaient indiquer un réel ancrage à droite. On verrait bien, au moment des élections, comment il se positionnerait dans la stratégie des alliances dont cette IVe République se montrait tellement friande. Mais il n'avait jamais vu ce Pradal.

– C'était juste après la guerre, poursuivait Jean-Louis Pradal. Dans le bureau du commissaire divisionnaire Pierre Barbey...

Ce salaud de Barbey!

Fournier se rappela les conditions de sa démission.

Mauvais souvenir. Il n'aimait pas évoquer cette période. Barbey ne l'avait pas emportée au Paradis, sa manœuvre dégueulasse. Il végétait dans son bureau de l'Évêché : quelques échecs qui ruinaient une réputation déjà fort controversée, l'estomac rongé par un ulcère, une femme dominatrice et capricieuse, authentique mégère qui transformait son quotidien en enfer. L'imagination frondeuse des gardiens et des inspecteurs se donnait libre cours au sujet de ses mésaventures conjugales. Le jour, proche, où il partirait à la retraite, la sorcière le tiendrait à sa merci. André pensait avec jubilation aux scènes de ménage.

Il se remémorait les circonstances de sa démission tandis que Jean-Louis Pradal fournissait des précisions. Il y avait ce jour-là le procureur Croustillac et... Le déclic se produisit.

– J'y suis : vous êtes le troisième homme !

– C'est cela.

– Vous êtes tout le temps resté dans votre coin sans desserrer les dents.

– Cela ne m'a pas empêché d'avoir une opinion. Mais j'étais là en qualité d'observateur. Je venais d'être nommé commissaire du gouvernement à titre officieux.

– Un titre bizarre.

– L'époque se prêtait à ces bizarreries. Vous-même... n'est-ce pas ?... Mais revenons à nos moutons. Je n'ai pas cessé de suivre de loin votre évolution. Vous devenez quelqu'un d'important sur la place. J'ai besoin, *nous* avons besoin d'un homme comme vous. Les enjeux sont trop importants pour que nous placions notre confiance à la légère. Votre passé, votre présent, plaident également en votre faveur.

– C'est bon.

Fournier eut un instant d'hésitation. Il flairait une manœuvre politique peut-être juteuse et s'inquiétait de devoir y prendre part sans l'aval de Félix qui, en l'état, demeurait, à Marseille s'entend, le caïd incontesté, par qui tout devait nécessairement passer.

– Etes-vous sûr de frapper à la bonne porte ? dit-il. Ne devriez-vous pas plutôt voir Mariani ?

– Nous en reparlerons. Pour plusieurs raisons, je préfère avoir affaire à vous. Nous parlons le même langage.

Il sera plus facile de nous entendre. La situation exige du doigté, de la finesse, enfin, vous voyez.

– Fixez le rendez-vous.

– Voulez-vous mercredi après-midi ou vendredi, après cinq heures ?

– Vendredi me convient.

– Alors, c'est d'accord. Dix-sept heures trente. Je vous attends. Chez moi.

André Fournier reposa le combiné avec un sentiment mitigé. A plusieurs reprises, avec Mariani, ils étaient intervenus pour prêter main forte à des hommes politiques locaux. Colleurs d'affiches. Service d'ordre dans les meetings. Mesures d'intimidation. Il était depuis toujours convaincu de la nécessité de ce type d'intervention. A un certain niveau, des liens invisibles unissaient la pègre et la politique. Mais, derrière l'invitation de Jean-Louis Pradal, se profilait quelque chose dont l'envergure dépassait certainement de beaucoup les affaires habituelles.

Troisième partie

# LE GOÛT DE LA CENDRE

# 20

Philippe Borrichon, les pieds glissés dans ses pantoufles, dégustait son verre de guignolet-kirsch en regardant le journal télévisé présenté par Claude Darget. Il aimait bien son humour, son ironie. Goûter son insolence lui procurait à bon compte l'impression d'être un esprit fort. En fait, Philippe Borrichon devait à sa souplesse d'échine autant qu'à sa compétence professionnelle d'avoir gravi les échelons de la hiérarchie bancaire jusqu'au poste de directeur de succursale. Claude Darget s'amusait à des variations au sujet de la chienne Laïka, le premier être vivant catapulté dans l'espace par la grâce de l'URSS.

Le financier se demandait à quoi ce lancement pourrait bien servir. Tout cet argent qui partait en fumée lui soulevait le cœur. Il se retint d'appeler sa femme pour lui faire part de ses impressions : Martine s'occupait des filles, qui faisaient leurs devoirs.

On sonna à la porte d'entrée. Philippe Borrichon se leva en maugréant. Il détestait qu'on lui gâche le plaisir des informations.

A peine eut-il entrouvert la porte que trois hommes en cagoule le bousculèrent, firent irruption dans le hall. Avant d'avoir réalisé ce qui se passait, le canon d'un pistolet-mitrailleur s'appuyait sur son abdomen.

– Mais... qu'est-ce que... bredouilla-t-il, livide, les jambes en coton.

Le canon s'enfonça durement dans sa chair mollasse.

– Silence!

De l'autre bout de l'appartement, Martine accourait. Elle poussa un cri en voyant les hommes armés et masqués. Tandis que l'un d'entre eux braquait son époux, ses deux complices, rudoyant la jeune femme, l'installèrent sur une chaise où ils la ligotèrent et la bâillonnèrent. Puis ils allèrent chercher les deux gamines dans leur chambre et en usèrent de même avec elles.

Lorsqu'ils eurent terminé – ce qui n'exigea que quelques minutes tant ils étaient rompus à ce genre d'exercice –, celui qui dirigeait les opérations s'adressa à Philippe Borrichon.

– Maintenant, tu fais ce qu'on te dit.

– Que voulez-vous? souffla l'infortuné, en proie à une angoisse mortelle.

– Si tu obéis, on ne fera de mal à personne. Mais si tu veux faire le mariole, on s'occupera de ta femme et de tes filles.

Philippe hocha piteusement la tête en signe d'assentiment.

– Bien. Tu prends les clés de la banque, les clés de la salle des coffres, et tu nous accompagnes.

– Je ne les ai pas, articula-t-il.

Un coup de crosse dans les côtes lui fit retrouver instantanément la mémoire.

Le casse de la banque de Lyon, salué comme un exploit, défraya pendant plusieurs jours la chronique. La police, privée d'indices, se perdait en conjectures. Le plan, minutieusement préparé, s'était déroulé avec une exactitude de chronomètre. Plus de deux cents coffres avaient été fracturés sans laisser l'ombre d'une empreinte digitale.

On évaluait le butin à deux cents millions de francs. Toutefois, comme on ignorait généralement ce que les particuliers cachaient dans la salle des coffres, cette estimation se situait certainement au-dessous de la vérité. Il s'agissait d'un quartier habité par de riches bourgeois, des gens soucieux de préserver le secret de leurs biens. Ils répugnaient à en livrer publiquement l'inventaire.

Les journalistes spécialisés dans les faits divers et les affaires judiciaires insistaient sur le professionnalisme de cette opération de nettoyage. Leurs comptes rendus ne ménageaient pas la police, aux réactions étrangement tardives. Plusieurs jours après le forfait, les enquêteurs ne disposaient encore d'aucun indice sérieux et se perdaient en hypothèses plus ou moins fumeuses. On ne savait qu'une chose : les voleurs s'étaient évanouis dans la nature avec le pactole, sans laisser de traces, à croire que le casse avait été perpétré par des fantômes.

En lisant la nouvelle dans *Le Provençal*, Félix Mariani émit un sifflement d'admiration.

– Les gars qui ont réussi ce coup ne sont pas des amateurs.

André, présent, se garda de le contredire.

– Le curieux, poursuivit Félix, c'est que rien n'a filtré dans le Milieu. Tu as entendu parler de quelque chose, toi ?

– Non, répondit André avec une absolue duplicité. Ils ont dû être très circonspects pour que le projet ne s'évente pas.

– Dans quelques jours, nous en saurons certainement davantage. Les types capables de réussir un coup pareil, sans bavure, ne sont pas si nombreux.

André Fournier observa un silence prudent. Il se contenta de demander :

– Si tu apprends quelque chose, dis-le-moi. Ça m'intéresse. Simple curiosité.

Félix se mit à philosopher sur l'évolution du Milieu. On assistait à une redistribution des cartes invitant à se montrer plus vigilant dans les entreprises et la gestion de l'empire. De jeunes loups tenteraient de mettre à profit cette période fluctuante pour s'imposer aux dépens de leurs aînés.

– Les Lyonnais sont en train de se tailler une place entre les Parisiens et nous. Cette ville n'a jamais rien fait comme les autres. C'est une plaque tournante. Nous aurions dû nous y intéresser plus tôt. Un casse de cette envergure n'a pu être mené que par des gars bien implantés dans le coin.

– C'est aussi mon avis.

– Avec Paris, il faut agir, les prendre en tenailles, pendant qu'il est encore temps.

– Tu as une idée précise ?

– Pas encore. Je réfléchis... Merde ! Deux cents briques d'un coup, c'est pas rien ! On ne trouve pas ça sous le sabot d'un âne !

Félix raisonnait sans remettre en cause ses références ordinaires. Impossible, pour lui, d'imaginer l'intervention d'un groupe extérieur au Milieu traditionnel. L'hypothèse dépassait son entendement. Si, à cette minute, il avait pu pénétrer par miracle à l'intérieur de la tête de Fournier, ce qu'il y aurait découvert l'aurait cloué sur place de stupéfaction.

Le président régional du MRN reçut André Fournier dans un bureau d'un modernisme agressif, décoré de lithographies abstraites, parmi lesquelles il reconnut l'improvisation lyrique de Mathieu et les harmonies nocturnes de Soulages. A côté de telles œuvres, la photographie dédicacée du général de Gaulle paraissait pour le moins incongrue. Elle avertissait néanmoins d'une filiation et livrait ainsi une des clés de l'action menée par le propriétaire des lieux.

Jean-Louis Pradal correspondait au portrait-robot du haut fonctionnaire : mince, un peu raide dans son costume croisé bleu nuit d'excellente coupe, la rosette de la Légion d'honneur au revers, chemise à fines rayures, cravate unie, cheveux coupés court et lunettes à monture d'or. Il se comportait de façon courtoise sans se départir d'une certaine distance. La voix était posée, grave, bien timbrée. Il s'exprimait avec calme, dans une langue naturellement soutenue. Une impression de sérieux, de froideur, de compétence, émanait de sa personne. Inutile d'être fin psychologue pour comprendre que l'homme était taillé pour assumer de hautes responsabilités. Il était de la race des grands prédateurs qui hantent les alcôves du pouvoir, genre boa constrictor. Un animal à sang froid à l'aise dans tous les coups tordus dont s'alimente la politique à son plus haut niveau. Il avait déjà rendu de signalés services en sous-main. Il continuait. Nul besoin d'être grand clerc pour flairer que le poste de président régional du MRN constituait pour Jean-Louis Pradal une couverture commode.

Une fois devant lui, André Fournier le reconnut. A l'époque, sa présence muette dans le bureau du commissaire divisionnaire Barbey l'avait passablement intrigué. Personne ne l'avait présenté. Il s'était demandé quel était son rôle dans la commission de la hache devant laquelle il comparaissait, quel pouvoir détenait ce mystérieux personnage observant tout d'un regard glacé sans jamais intervenir. Il découvrait aujourd'hui une partie de son identité. Mais, sur son rôle exact dans le passé, il ne saurait sans doute rien de plus. Pradal n'était pas du genre à répondre avec franchise aux questions directes, sauf si cela entrait dans sa stratégie du moment.

Jean-Louis Pradal se lança d'abord dans des analyses très pertinentes relatives aux conditions actuelles et à l'évolution de la politique locale par rapport aux intérêts nationaux, marquant sans ambages la nécessaire prédominance, à ses yeux, des seconds. L'essentiel de son argumentation visait à restaurer l'autorité de l'État et le prestige du pays, à prendre prioritairement en compte les données de la politique étrangère. Et le point d'orgue de son discours tournait autour de l'enjeu que représentait l'Algérie dans une situation internationale où les deux grands voulaient se partager le monde. Le centre de gravité de ce combat se situait aujourd'hui en Méditerranée. La France se devait d'y rester forte et présente d'un côté et de l'autre de la mer.

– Dites-vous bien que je ne suis pas revenu ici pour la perspective du Vieux-Port.

Il avait, comme à regret, esquissé un sourire.

– Je ne cherche pas à vous convaincre, cher ami. Je veux seulement éclairer certains points importants pour notre collaboration future.

André écoutait cet exposé avec intérêt. Il était replongé dans une atmosphère intellectuelle qui lui manquait depuis quelque temps plus qu'il ne se l'avouait. Les échanges avec Félix, ses frères et leurs sbires, ne s'élevaient pas au-dessus de la trivialité ordinaire. Il ne voyait cependant pas encore où son interlocuteur voulait en venir par ce brillant préambule.

– Qu'attendez-vous de moi, au juste ?

Jean-Louis Pradal estima sans doute son vis-à-vis prêt à l'écouter puisqu'il cessa de tourner autour du pot. Il fut question de financements occultes, de protections, de voyages accompagnés, de retraites calmes et tranquilles préparées à l'avance, d'opérations musclées en cas de nécessité. Il soupira avec une parfaite hypocrisie :

– Que voulez-vous, bien que ces manières ne m'agréent point, les circonstances nous obligent parfois à recourir aux mêmes procédés que nos adversaires. Je ne vous apprends rien. Si nous hésitons, nous serons dévorés. Vous êtes l'homme qu'il nous faut.

André Fournier biaisa.

– Vous voulez dire Mariani et moi, je suppose ?

L'autre eut un geste d'impatience, comme s'il balayait une nuée de moucherons importuns.

– Personnellement, je ne tiens pas à voir M. Mariani. S'il vous est nécessaire, faites pour le mieux.

– Mariani est mon ami, dit André. Je ne travaille qu'avec lui.

Pradal se rembrunit.

– Ne me faites pas rire, monsieur Fournier. Je croyais que nous parlions sérieusement. Je vous ai dit beaucoup de choses sur nos projets. Tout au moins sur ceux qui peuvent vous concerner. Je ne vous ai pas dit ce que nous savions sur vous.

– Où voulez-vous en venir ?

– Vous m'avez mal compris. Vous avez fait et vous faites ce que vous voulez. Cela ne me regarde pas. Simplement, avant de m'adresser à vous, j'ai procédé à quelques recoupements. Une histoire comme la vôtre colle à la peau. Si je vous disais que j'ai rencontré récemment un vieil ami à vous, le... commandant Larzac. C'est un homme remarquable que je connais fort bien. Nous avons beaucoup d'idées en commun, bien qu'il soit... Comment dire ?... un peu idéaliste. Il n'y a rien de tel que ces militaires qui se prennent de goût pour les activités civiques.

Que venait faire Larzac dans cette histoire ? Tout cela semblait cousu de fil blanc, ce n'était pas par hasard que Pradal faisait intervenir son ancien chef dans la Résistance. Tandis qu'André s'interrogeait, l'autre poursuivait.

– Larzac m'a parlé de vous en termes fort élogieux. Il m'a fait part de la proposition qu'il vous avait faite.

– Et que j'avais refusée.

– Sans doute. Vous avez eu raison, de la même façon que j'ai tout de suite compris, en 1947, que vous aviez raison de démissionner...

L'ex-commissaire ressentait comme un malaise. Cet homme avait toutes les caractéristiques du serpent. Ami, ennemi ? André ne savait pas où le placer.

– Ne pensez-vous pas qu'il nous faudrait revenir au sujet qui nous préoccupe ?

– Si. Je veux seulement vous convaincre que la proposition que je vous fais est sérieuse. Je vous demande de nous aider, de participer à une grande affaire. Il ne s'agit pas de coller des affiches, ou d'aller casser du syndicaliste sur le port. Cela, c'est bon pour Mariani. Vous, vous pouvez faire mieux. Soyons clairs : je sais, je *sais* que vous faites mieux. Et c'est pour cela que je vous ai contacté.

– Bon. Mais encore ?

– Il n'y a pas de condition à ma proposition, je ne suis pas Larzac. D'ailleurs, ce qui m'intéresse, Larzac ne le savait pas.

Faisait-il allusion aux carnets de Battisti ? Il était impossible qu'il sache qu'André les avait gardés. Larzac lui-même n'y avait vu que du feu. Pradal aurait-il eu une intuition ? Larzac lui aurait-il parlé de ces carnets ? Il aurait pu alors imaginer la suite.

– Monsieur Fournier, je ne me trompe pas en pensant que vous avez d'autres ambitions que de rester le second de Mariani. Je ne peux pas me tromper. Sachez que vous avez tout à gagner à collaborer avec nous.

– Je n'en doute pas.

André avait retrouvé son équilibre. Certes, Pradal avait percé ses intentions. Peut-être même avait-il appris telle ou telle chose. Ses relations parisiennes... Mais s'il s'imaginait tenir l'ancien fonctionnaire de la DST, il faisait erreur. Et de toute manière, la seule façon de tenir Pradal était de collaborer avec lui.

– Je crois vous avoir mieux compris en effet, conclut André Fournier.

– Excellent. Nous avons besoin d'hommes tels que

vous. Vous ne serez pas mécontent, je vous l'assure. Je crois que nous allons faire ensemble de grandes choses. Bénéfiques aux deux parties.

Il avait décidé de remettre à plus tard sa réflexion. Pour la deuxième fois, le commandant Larzac réapparaissait dans son existence. Les souvenirs revenaient, une sorte d'émotion remontait du passé. Il décida de la laisser faire.

Le docteur Claudine Chevalier ordonna au patient de s'asseoir sur la table d'examen. C'était un sexagénaire, souffrant de troubles respiratoires. Elle exécuta quelques percussions d'un doigt nerveux dans le dos, apprécia la résonance. Puis elle écouta au stéthoscope les battements du cœur, le sifflement de l'air dans les bronches. Par acquit de conscience, elle prit la tension : « ... seize... neuf... c'est un peu trop... »

– Vous mangez beaucoup ?

– J'ai bon appétit.

– Il faut vous surveiller. Votre tension devra baisser.

Elle s'arma d'une spatule de bois, alluma la lampe frontale.

– Ouvrez la bouche. Tirez la langue... Bien...

L'homme posait sur le médecin des yeux vaguement inquiets. Il confiait pour la première fois les soins de sa santé à une femme. Mais les amis qui lui avaient recommandé celle-ci ne tarissaient pas d'éloges à son sujet. Elle était rapide, compétente, efficace... Et jolie femme en plus, ce qui ne gâtait rien.

– Rhabillez-vous, monsieur Avédissian.

Elle passa dans son bureau attenant à la salle d'examen.

« ... emphysème chronique... aggravé d'une rhinopharyngite avec risques de complications... »

Le patient s'assit et attendit pendant qu'elle rédigeait l'ordonnance. Contrairement à la plupart de ses confrères, elle écrivait lisiblement, d'une fine écriture penchée, nerveusement rythmée, avec de longs jambages et les points haut placés, signe d'une nature contrastée, à la fois sensuelle et portée vers l'idéal.

Tout en réfléchissant au choix des médicaments, l'esprit ailleurs, elle songeait à André Fournier. Il devenait terriblement présent. On les voyait ensemble de plus en plus souvent. Elle se trouvait bien en sa compagnie. André était très généreux, lui offrait tout ce qu'elle voulait. Il ne manquait ni d'esprit ni de culture. Elle ne pouvait plus se passer de lui.

Soudain, la question monta en elle, brutale, exigeante. Elle l'accueillit avec un mouvement de panique impossible à juguler. La formuler, c'était déjà y répondre, et y répondre, c'était consentir, accepter.

« Est-ce que je l'aime ? »

Elle le lui avait dit sous l'emprise du plaisir mais, dans ces cas-là, ne dit-on pas n'importe quoi ?

Elle fit un effort pour adresser à M. Avédissian un regard professionnel. Le brave homme, trop occupé par l'état délabré de ses poumons, ne s'était pas aperçu de son trouble.

Le docteur Chevalier tendit l'ordonnance. Sa main tremblait un peu. Sa voix était légèrement altérée.

– Suivez scrupuleusement mes indications. Ça ira mieux dans quelques jours, monsieur Avédissian. Revenez me voir la semaine prochaine. Nous ferons le point.

Quand il fut parti, elle ne fit pas entrer tout de suite le prochain patient. Elle alla se verser un grand verre d'eau fraîche pour laisser s'apaiser son émoi.

Elle se regarda dans la glace. Ses yeux étaient creux, ses traits tirés, ses lèvres décolorées.

« Mon Dieu ! Je suis folle... Complètement folle... »

Le sol se dérobait sous ses pieds. Elle se sentait attirée par l'abîme. Elle fermait les yeux sur cette sensation épouvantable et exaltante. Son cœur battait la chamade. Elle cédait au vertige sans un mouvement de défense. Heureuse du tourbillon qui, anéantissant sa volonté, l'engloutissait.

– André, dit Victor Garamond, un type a apporté une grosse enveloppe pour toi. A te remettre en mains propres.

– A-t-il ajouté quelque chose ?

– Rien. J'ai dit que je transmettrai.

André Fournier prit l'enveloppe, la palpa. Elle contenait sans doute les documents envoyés par ses contacts parisiens. Ne voulant pas risquer les aléas du service des postes, ils avaient dépêché un factotum. Il fourra l'enveloppe dans sa serviette, nc voulant pas l'ouvrir devant Garamond. Celui-ci n'était pas au courant de toutes ses transactions, en particulier celles qu'il menait avec les caïds en col blanc de Paris. Les enjeux ne supportaient pas d'intermédiaires. Lui seul connaissait ses limites, ses faiblesses et ses atouts. Lui seul pouvait manœuvrer dans cette passe difficile, semée d'écueils. Lui seul savait quel mystérieux dessein il poursuivait.

# 21

A vingt heures quinze, André Fournier sonna rue Saint-Ferréol, au cabinet du docteur Chevalier. Claudine tarda à ouvrir, sans doute occupée avec un patient. A cette heure avancée, son infirmière était déjà partie. Elle terminait son travail à dix-huit heures, tandis que la doctoresse poursuivait ses consultations beaucoup plus tard, incapable de fixer des horaires précis d'ouverture et de fermeture de son cabinet. Question de conscience professionnelle. La maladie ne se conformait pas à des cadres rigides. Elle tenait ce principe de son père.

Claudine ouvrit enfin. Il monta à l'étage. La porte du cabinet était entrebâillée. Il fronça le sourcil, vaguement inquiet. D'ordinaire, elle se déplaçait pour l'accueillir.

A l'intérieur, Claudine achevait fébrilement de rassembler ses affaires. Il n'y avait plus personne dans le salon d'attente. La jeune femme montrait un visage défait, des yeux rougis, embués de larmes.

– Qu'est-ce qu'il se passe? s'alarma-t-il.

– Viens! Partons! intima-t-elle d'une voix blanche, en serrant convulsivement sa main.

– Vas-tu m'expliquer ce qui te met dans cet état? Quelque chose de grave est arrivé?

– Ma filleule... Martine... elle est morte.

Elle se figea, fixant le vide devant elle. Il ne disait rien. Elle fit un pas vers lui et, brusquement, elle se mit à lui tambouriner la poitrine :

– La drogue! La drogue! hurla-t-elle.

Ses bras retombèrent le long de son corps. Elle sembla s'affaisser, puis elle éclata en sanglots. Il la prit tendrement par les épaules, la serra contre lui. Elle se blottit dans ses bras, désemparée. Il sentait de brusques secousses nerveuses l'agiter. Elle bredouilla :

– Dix-neuf ans... belle... C'était comme ma sœur...

– Je comprends.

Elle le regarda de ses yeux rougis.

– Qu'est-ce que tu peux comprendre ! Rien, tu ne peux rien comprendre...

Il l'entraîna doucement vers la porte.

– Où est-elle ?

– Dans un appartement du Prado.

Il lui parlait d'une voix très basse.

– C'est là que ça s'est produit ?

– Oui.

Elle le regarda encore, étonnée de pouvoir répondre aux questions qu'il lui posait.

– Allons-y. Ma voiture est en bas. Je t'accompagne.

– Merci. Je n'aurais pas eu la force de conduire. J'allais prendre un taxi. Excuse-moi... Excuse-moi.

Il lui caressa la joue.

– Qui t'a prévenue ?

Elle inspira profondément, maîtrisant un nouveau sanglot.

– La police. Ils sont déjà sur place. Ils ont trouvé mon adresse dans ses papiers. Tu sais, Martine était de Gap. Elle vivait à Marseille pour ses études, loin de ses parents. J'en avais un peu la charge.

– Tu ne m'avais pas parlé d'elle.

– C'est terrible. C'est ma faute.

– Tu savais qu'elle se droguait ?

– Non. Non ! cria-t-elle. J'étais trop occupée ! Je ne la voyais pas assez.

Elle se tut, puis reprit d'une voix calmée :

– Elle sortait avec ses copains, venait m'embrasser en coup de vent. Je m'en rends compte à présent. C'est trop tard ! Trop tard ! J'aurais dû faire plus attention à elle.

André la conduisit à l'adresse indiquée. Peu de monde circulait dans les rues à cette heure crépusculaire. Les ténèbres enveloppaient inexorablement la ville qui avait l'air lugubre.

Tout en conduisant, André Fournier luttait contre des sentiments antagonistes. Cette situation le plongeait soudain dans un état psychologique vertigineux. Encore une fois, il était au centre d'un conflit, sujet et objet de forces qui le constituaient et qui l'assaillaient. Lui, le flic dévoyé, le truand, le nouveau caïd, allait se trouver dans quelques minutes témoin d'un drame qui le touchait indirectement, au milieu d'une foule de flics et de magistrats. Lui, le gangster engagé malgré ses réticences dans le trafic des stupéfiants, allait supporter le spectacle d'une adolescente morte par overdose. Et cette mort affectait la femme qu'il aimait, car il l'aimait, cela lui sautait aux yeux ce soir, justement ce soir. Lui, qui prospérait grâce aux charmes vénaux de tant de femmes arpentant le trottoir ou hantant les lieux de plaisir, il se découvrait aussi démuni qu'un enfant, devant l'amour de Claudine.

Deux gardiens de la paix montaient la garde à l'entrée de l'appartement. André et Claudine déclinèrent leur identité, montrèrent leurs papiers. Ils les laissèrent passer. Un inspecteur, grand type longiligne vêtu d'un complet marron avachi aux coudes et aux genoux, les accueillit. Il les guida dans la pièce où se trouvait le corps de la jeune fille.

On n'avait encore touché à rien. Les flashes des appareils photographiques des enquêteurs crépitaient. L'éclat de magnésium révélait les détails sous la lumière crue.

Les doigts de Claudine se crispèrent sur le poignet d'André. Bien qu'elle soit médecin, elle ne supportait pas le spectacle qui s'offrait à eux.

Martine était nue sur un canapé de cuir fauve, allongée sur le ventre, les cuisses écartées exhibant son intimité. Son bras droit pendait sur le côté. On voyait le visage de profil. Blafard. Les lèvres violacées découvraient les dents entre lesquelles passait l'extrémité de la langue. Des coussins épars jonchaient le sol souillé de vomissures. On remarquait des seringues usagées, des verres sales, une bouteille de vodka vide.

Les policiers se déplaçaient autour de la dépouille de cette belle fille sans prêter attention à sa nudité. Ils faisaient consciencieusement leur boulot. Claudine ressentait cependant leur ballet professionnel comme une insulte à sa filleule. La scène lui semblait d'une indécence intolérable.

– Vous ne pouvez pas au moins recouvrir le corps? articula-t-elle.

– Nous allons le faire, dit l'inspecteur. Un peu de patience, madame. Nous aurons bientôt terminé.

André l'attira dans une autre pièce où un inspecteur posa quelques questions à Claudine.

La vue du cadavre avait ébranlé André. Ce n'était pas la mort en elle-même. Non, il l'avait assez donnée et ordonnée au cours de son existence pour ne plus réagir à la vue d'un macchabée. Mais cette jeune fille tuée par la mort blanche accusait un débat intérieur qui le tourmentait depuis plusieurs semaines.

En ce moment même, Félix parlementait avec les parrains siciliens pour participer au commerce de la poudre mortelle. Il ne voyait pas les cadavres présents et futurs s'aligner le long de sa route dans une haie d'horreur. Il pensait seulement au pactole que ça rapporterait. Il convertissait la souffrance et la mort en devises.

André songea soudain à ce qu'il adviendrait si Claudine apprenait qu'il trempait dans le trafic des stups.

Le grand type au complet fatigué vint parler à l'oreille de son coéquipier qui, au milieu de la confidence, leva les yeux vers Fournier. Il eut un sourire narquois, peut-être provocateur. Un des flics l'avait reconnu. Tout simplement, celui qui avait vérifié ses papiers avait fait le rapprochement.

André serra les dents. L'inspecteur remercia Claudine.

Après avoir déposé la jeune femme devant chez elle, André lui demanda :

– Tu veux que je reste?

Elle refusa.

– Pas ce soir. Je préfère être seule. Je vais prendre un somnifère et dormir. Ne plus penser. Ne plus voir cette pauvre fille.

– Je te téléphone demain matin.

– C'est ça. Pas trop tôt. Je veux dormir longtemps.

André regagna son quartier général, *Le Poney d'argent*, une boîte de grand standing située au bout de la Corniche, près de la plage. Il avait choisi cet emplacement dans le but d'établir une nette séparation avec les quartiers de la Joliette, du Vieux-Port et de l'Opéra, où les truands avaient la plupart de leurs cabarets, de leurs cercles et de leurs bistrots. Lui voulait pignon sur rue dans le périmètre bourgeois des quartiers sud, dans le huitième arrondissement, où s'érigeaient les ensembles résidentiels de luxe, les sièges des grandes banques, les immeubles des consulats.

Il monta à l'étage. En se dirigeant vers son bureau, il croisa Raymonde. Elle manucurait ses ongles avec un soin soutenu. L'entretien de sa beauté occupait désormais le plus clair de son temps. Quand elle l'aperçut, elle se leva et vint à lui tout sourire. Le jeu de la séduction. Elle y croyait donc encore ? Elle l'embrassa avec fougue. Il répondit par un baiser amical, lui tapota gentiment les fesses, et l'abandonna à ses travaux de beauté.

Raymonde avait tout fait pour conserver André, puis pour le reconquérir. La pauvre n'était pas de taille. Avec un truand ordinaire, ses efforts auraient pu être couronnés de succès. Car, dans son genre, elle manifestait de réelles qualités. Malheureusement pas avec lui. Il manquait à l'infortunée une chose essentielle que, partie du bas de l'échelle, elle ne posséderait jamais : la classe. La vraie, celle qui distingue d'emblée une femme, qui l'impose à l'assistance dès qu'elle paraît et ravale toutes les autres au rang de souillons.

André, à son bureau, consultait les papiers remis par Garamond. Les pièces s'ajustaient les unes aux autres. Bientôt, elles seraient assez nombreuses pour composer le motif qu'il imaginait patiemment depuis des mois. La façon dont les éléments correspondaient à ses vœux et prenaient place dans le dispositif témoignait de l'impeccable fonctionnement de son esprit. La réussite progressive de sa stratégie le comblait d'une satisfaction esthétique.

Il ne se leurrait pourtant pas. Boucler les premières étapes dans les meilleures conditions ne signifiait pas qu'on atteindrait obligatoirement le sommet. Beaucoup de distance restait à parcourir. La vue du chemin accompli l'emplissait cependant d'un légitime orgueil.

Il repoussa la liasse de documents, prit le téléphone, composa le numéro d'un correspondant parisien.

– Allô! Dites à Georges Michaëlis que Fournier le demande.

Il patienta un instant. Quand Michaëlis se manifesta à l'autre bout du fil, André entra immédiatement dans le vif du sujet.

– J'ai reçu votre courrier. Je viens d'en prendre connaissance. C'est parfait. Nous pouvons régler les premiers détails de l'opération...

Il avait laissé la porte de son bureau entrouverte par inadvertance. Des bribes de conversation parvenaient à Raymonde, toujours occupée à ses soins de beauté. Certaines paroles pénétrèrent sa conscience. Elle s'arrêta, tendit l'oreille, écouta. Peu à peu, bien qu'elle n'entendît qu'un interlocuteur, les fils de la conversation se rejoignaient. Même si elle ne comprenait pas tout, elle en savait assez pour comprendre que Fournier préparait un grand coup à l'insu de son ami Félix et que, si celui-ci avait vent de la chose, il serait furieux.

En même temps, Raymonde prit conscience du danger. Si André Fournier découvrait qu'elle venait de surprendre une communication de cette importance et qu'elle l'exposait à une indiscrétion lourde de conséquences, elle passerait un très vilain quart d'heure. Mieux valait qu'il ne la trouve pas.

Elle partit sans faire de bruit, sur la pointe des pieds, descendit au bar où elle retrouva Luzzi en grande discussion avec Bornstein sur les derniers résultats de l'OM.

Là-haut, dans le bureau, André parlait toujours et prenait des notes sur un calepin. Il était dans son fief. Il ne s'était aperçu de rien.

# 22

Giuseppe Frescia prit Félix Mariani par l'épaule et l'entraîna à l'écart. Le vieux mafioso se prenait d'amitié pour le Marseillais. Il appréciait son sérieux, la sobriété de son langage, sa réserve. L'Honorable Société pourrait s'appuyer sur cet élément. Il était solide.

Les discussions se déroulaient dans une atmosphère de conseil d'administration. Giuseppe Frescia n'en mésestimait pas l'importance. Mais il se fiait plutôt aux relations directes, aux apartés propices aux confidences où les hommes se livraient davantage. Là, sa ruse instinctive faisait merveille. Tandis que son air de bonhomie donnait le change, qu'il célébrait avec émotion son attachement à la Sicile, usait volontiers de proverbes du cru, il ne cessait d'observer son interlocuteur, le fouillant jusqu'à l'âme. C'était la raison pour laquelle il entraînait Félix dans une promenade apparemment anodine dans le jardin dont les terrasses plantées de pins dominaient la plaine palermitaine et la mer Tyrrhénienne, que l'on voyait fumer dans les lointains.

– Regarde, comme c'est beau.

– Magnifique.

Le vieux Frescia hocha la tête avec un fin sourire. Ses petits yeux noirs pétillaient de malice.

– Parle-moi de Marseille. J'y suis allé autrefois. Depuis, ça a dû beaucoup changer.

Félix Mariani raconta les transformations du Panier, l'activité du quartier de l'Opéra, le pittoresque du vallon des Auffes. Cependant, face à ce paysage qui ressemblait tellement à celui de sa terre natale, en plus âpre peut-être, il en vint naturellement à parler de la Corse, de son village, de ses racines profondes.

C'était là que l'attendait le chef mafieux. Il écouta Félix. Celui-ci, mis en confiance par ce vieux bandit qui aurait pu être son père, s'abandonnait à ce qui lui était cher. Il ne s'étonnait même pas de livrer, contrairement à ses habitudes, cette part de lui-même. Giuseppe ne lui avait-il pas parlé d'abord avec émotion de la maison où il était né, de ses fils, Salvatore et Lino, dont il était si fier ?

Ils arrivaient à une sorte d'esplanade où affleurait la roche. La terre montrait ici son ossature blanche. En contrebas, surgissaient des bouquets de plantes épineuses. Des colonnes brisées rappelaient vaguement l'immortalité de la Sicile.

– Maintenant, rentrons, dit Giuseppe Frescia.

Il était satisfait. Il savait ce qu'il voulait savoir. La façon dont Félix avait réagi confirmait ses intuitions. Un homme qui ne reniait pas ses origines, qui aimait son village natal, sa mère, sa famille, on pouvait compter dessus.

Félix Mariani revint de Palerme, gonflé à bloc. Le grand banditisme poussait sur la terre sicilienne comme fleurs sur humus. Les mafiosi conservaient les traditions en même temps qu'ils assimilaient les techniques modernes de gestion du crime. Ils savaient, par exemple, exploiter les faiblesses des fonctionnaires et des politiciens, détourner à leur profit les subventions de l'État, lancer des opérations immobilières bidons, spéculer sur les terrains, les denrées, les programmes d'aménagement du territoire. Grâce à ce mélange, ils accomplissaient des prodiges et prospéraient au-delà de tout ce qu'on pouvait espérer ici.

La réunion s'était déroulée dans les environs de Palerme, dans une ancienne forteresse aménagée en palace, mieux gardée que le Pentagone. Les participants à ce séminaire mondial de la pègre avaient été traités par leurs hôtes comme des princes. Les discussions étaient serrées, conduites avec beaucoup de professionnalisme. Mais, entre les séances, le plaisir reprenait ses droits.

Mariani rapportait de son voyage le sentiment de sa relative faiblesse lorsqu'il se comparait aux chefs mafieux. Mais il s'enorgueillissait d'avoir été pris au sérieux par des parrains omnipotents, aux yeux de qui Marseille représentait tout de même quelque chose d'important. Selon le côté de la barrière où l'on se situait, la mauvaise réputation de la cité devenait une qualité admirable. On pouvait miser dessus. Il se trouvait donc chargé de mettre sur pied, dans le sud-est de la France, principalement le long de la frange littorale peuplée de riches et d'oisifs, un réseau de distribution de la drogue. Il s'agissait aussi d'implanter des laboratoires clandestins dans des lieux sûrs pour assurer la transformation.

Les frères Mariani et André Fournier écoutaient en silence l'exposé de Félix, qui, après avoir satisfait leur curiosité au sujet de la qualité et du luxe de la réception, développait les perspectives d'avenir avec une flamme communicative.

– La drogue circulait déjà depuis longtemps, observa Pascal, à demi convaincu.

– Oui, mais le commerce demeure encore limité. Il s'agit à présent de le développer sur une grande échelle. Ce que nous allons faire n'aura rien de comparable avec ce qui existe. Nous allons transformer complètement le paysage. Ce sera énorme.

– Réceptionner, entreposer... dit Tomaso, toujours pratique. Est-ce qu'on est assez équipé pour réussir une opération de cette envergure ?

Félix sourit d'un air entendu aux réserves de son frère.

– T'inquiète, nous aurons les entrepôts de Gaffigues.

– Il marchera ?

– Quand il s'agit de pognon, Gaffigues marche toujours. Seulement, pour ne pas se mouiller, il fermera les yeux. Nous ferons comme s'il n'était au courant de rien. Ce ne sera pas la première fois.

– Tu es sûr de ce type ? insista André Fournier, qui voyait cette évolution d'un mauvais œil.

– J'ai eu un entretien avec lui avant mon départ et un autre au retour. Il prêtera ses locaux désaffectés de Menpenti et il nous donnera un coup de main pour les bateaux. Les colis voyageront dans les meilleures conditions de sécurité. Il nous guidera pour les chargements et recommandera les capitaines.

– Il est bien, ce Gaffigues, siffla Dominique.

« C'est le plus horrible des crapauds, songea Fournier à part soi. Plus la mare est dégueulasse, plus il jouit de barboter et plus il coasse de bonheur. »

Il imagina la scène et réprima un réflexe de répulsion. Cette vilaine bête méritait qu'on lui mette le talon sur la tête et qu'on l'enfonce dans la vase. Il se félicitait de le tenir à sa merci et de le faire chanter. Jusqu'à présent, Gaffigues arrosait sans rechigner. Il respectait le pacte à cause de la frousse qui l'inondait de sueur froide dès que Fournier menaçait de divulguer le contenu des carnets. Ce qu'il apprenait du rôle de Gaffigues dans l'organisation du trafic de drogue lui donnait de nouvelles armes contre l'infâme poussah. Il en userait à l'occasion.

Félix Mariani leva la séance.

– Chacun sait ce qu'il a à faire. Soyez prêts. Nous ne tarderons pas à agir.

– Oh! ça me démange déjà, fit Dominique en se grattant ostensiblement les mains.

Fournier se leva sans finir son cognac et s'en alla après avoir salué à la ronde.

Depuis qu'il se frottait au gratin du Milieu international, il se rendait bien compte que l'ère de la drogue était arrivée. Le dégoût qu'il éprouvait, renforcé par la mort récente de Martine, n'entamait en rien sa lucidité. Ceux qui deviendraient les maîtres du trafic détiendraient un pouvoir énorme. Les autres ne seraient plus que de simples figurants.

La fameuse réunion de Palerme s'était déroulée sous l'égide de Lucky Luciano, preuve de son importance internationale. La Cosa Nostra américaine et la Cosa Nostra sicilienne venaient de signer un pacte lourd de conséquences, une sorte de Yalta du crime au terme duquel elles se partageaient cyniquement le monde. Les Italiens assureraient désormais l'approvisionnement, la transformation, la commercialisation de la drogue et le blanchiment de l'argent. Les Américains percevraient des dividendes et poursuivraient dans les secteurs où ils excellaient, comme le racket, les réseaux de call-girls, les jeux, l'extorsion de fonds, les diverses contrebandes. Ils se contenteraient d'un pourcentage sur toutes les ventes effectuées aux États-Unis.

La réunion secrète, à laquelle Mariani venait d'assister, allait donc bouleverser à brève échéance les structures des mafias existantes. André Fournier pressentait que le prix à payer serait le sang des jeunes. Ils constitueraient les gros bataillons de consommateurs. Il y aurait des centaines, des milliers de Martine sacrifiées, qui crèveraient comme des bêtes, bouffées par la poudre. C'était cela à quoi il participait.

Une lutte terrible s'engageait pour la conquête de la suprématie à la tête de la Coupole sicilienne dont les remous se propageraient jusqu'au rivage marseillais. Malgré son expérience, son habileté à manœuvrer en eaux troubles, il ne pourrait certainement pas se contenter d'un poste d'observateur, les pieds au sec. Il devrait se mouiller comme les autres.

En marchant le long du quai de Rive-Neuve, Fournier ruminait de funestes pensées. Malgré sa prodigieuse percée, il ne représentait encore qu'un modeste rouage dans une énorme machine dont le dynamisme devait son impulsion à de plus puissants. Quoique connaissant la réalité et envisageant l'avenir avec pragmatisme, il entendait user de toutes ses ressources pour retarder la mise en œuvre des nouvelles donnes. Ses efforts se solderaient par un échec, puisqu'il était déjà obligé de marcher dans la combine. Mais il entrait là dans un jeu subtil et dangereux, une partie peut-être suicidaire et d'autant plus excitante. Car, trop fin politique, il n'entendait pas se livrer à une franche opposition qu'il eût inévitablement payée de son élimination.

Que gagnait-il dans ce vain combat ? Qu'espérait-il de quelques interventions à peine gênantes pour la propagation de la pieuvre ? Peu de choses et beaucoup : une certaine idée de soi nécessaire pour soutenir sans ciller le regard clair de Claudine.

Claudine Chevalier et André Fournier s'étaient progressivement soumis à la réalité : leur liaison ne relevait pas d'une simple passade. Il ne s'agissait pas d'assouvir seulement le désir physique qui les jetait violemment dans les bras l'un de l'autre. Un amour profond, sincère, les unissait.

Quand André constata l'existence de ce sentiment, il s'affola d'abord. Son cœur lui jouait un de ces mauvais tours contre lesquels il se croyait immunisé. Il devait se reprendre, faire marche arrière à toute allure, quoi qu'il lui en coûtât. S'il ne rompait pas tout de suite avec Claudine, il compromettrait son ascension. Il s'efforça en conséquence d'espacer leurs rendez-vous dans l'espoir de prendre ses distances et de s'affranchir.

Mais Claudine téléphonait, écrivait, le relançait sans cesse. Il s'entêta, refusant d'accepter sa vulnérabilité. Alors, éclata à ses yeux une évidence : il se conduisait comme un être stupide en s'infligeant des maux inutiles. Il céda. Avec fougue, avec soulagement, libéré

A partir de cet instant, les événements s'enchaînèrent. Il ne contrôlait plus rien. Il vit Claudine de plus en plus souvent, puis tous les jours, plusieurs fois par jour. Jusqu'à ce que la jeune femme emménageât chez lui. Le prétexte de son installation fut des plus curieux : elle y serait bien tandis qu'il irait à Paris pour ses affaires, comme cela était fixé depuis plusieurs semaines.

De grandes décisions reposent quelquefois sur des prétextes futiles qui ne dupent personne, surtout pas leurs auteurs. Claudine conservait d'ailleurs son propre appartement de la rue Saint-Ferréol, situé dans le prolongement de son cabinet. Elle partirait quand bon lui semblerait.

Elle n'en avait pas envie. Lui non plus.

François Poggio, dit le Balafré, habitait l'artère la plus cotée de Paris. Huit cents mètres carrés, avec une vaste terrasse et un jardin d'hiver bien peigné, au dernier étage d'un vénérable immeuble de l'avenue Foch. Une adresse ainsi libellée posait son homme, même si l'avenue n'avait plus tout à fait le prestige et le faste qu'elle étalait à la Belle Époque, lorsque les plus grands noms de l'aristocratie européenne y avaient pignon sur rue.

Les vieilles fortunes ne résistaient pas au séisme de l'après-guerre. Aujourd'hui, des parvenus, de richissimes Arabes, des Libanais, des stars du show-business remplaçaient peu à peu cette espèce en voie de disparition. Mais François Poggio ne se souciait guère de cette relative déchéance. Luxe inintelligent, gaspillage, tape-à-l'œil. Il ne s'en avisait même pas. Il éprouvait la griserie souveraine de gîter parmi les privilégiés de ce monde. Il pensait, à l'instar de Vautrin, que « la fortune est la vertu ». A ce compte-là, le Balafré était sans conteste l'un des hommes les plus vertueux de sa contre-allée.

On n'entrait pas chez François Poggio sans montrer patte blanche. Un cerbère taillé dans le tronc d'un chêne accueillait le visiteur d'un air inquisiteur. A la protubérance bosselant le côté gauche de son veston, on devinait la présence d'un gros calibre.

Le cerbère reconnut André Fournier et le laissa passer.

Un yacht filait doucement dans la nuit noire.

*La Delphine* avait été loué par un administrateur de la Société maritime interméditerranéenne de transport, qui venait de découvrir récemment que ses frasques avec les SS en 1943 n'étaient pas demeurées inaperçues à un homme dont il connaissait à peine le nom : Battisti.

Il avait bien fallu obtempérer aux menaces d'André Fournier. Faire contre mauvaise fortune bon cœur. Julien Delgate était un insouciant, un viveur, peu lui importaient les péripéties de son existence. Il voulait jouir, le plus longtemps possible. Tant que Fournier ne lui demandait pas des choses impossibles, tant qu'il lui laissait l'essentiel de son argent, le reste n'avait guère de réelle gravité. Et puis ce qu'on pouvait lui reprocher ne l'aurait quand même pas mené à l'échafaud : ce n'était après tout que des erreurs de jeunesse, un peu grosses, il faut bien l'avouer. Il aurait été obligé de partir, à près de cinquante ans, de reconstruire sa vie ailleurs, sans doute. S'il le fallait, il s'y résoudrait.

– La seule chose que vous avez besoin de savoir, c'est qu'il y aura à bord un homme que vous ne devez pas connaître, lui avait dit Fournier. Vous louez demain le yacht *La Delphine*, il est libre pour cette date. Je m'occupe de trouver le personnel, qui se présentera deux jours avant le départ pour préparer le bateau.

– Dois-je avertir mes compagnons de la présence du passager clandestin ?

– Seulement si cela se révèle indispensable. Et dans ce cas, vous leur direz qu'il s'agit d'un citoyen grec et que c'est un service que vous rendez à une compagnie maritime avec laquelle vous travaillez. De toute manière, au moindre problème, vous avertissez le maître d'hôtel qui dirige l'affaire. C'est un homme de ressources.

– J'espère que nos jeux ne dérangeront pas votre colis ?

– Le bateau est aménagé de telle sorte qu'il sera isolé. Ne vous inquiétez pas. Sans doute la croisière sera moins agréable pour lui que pour vous, mais je peux vous assurer qu'il la fait de son plein gré. Donc...

Quinze jours plus tard, tout était prêt.

« Fournier est un homme du monde », songea Julien Delgate.

Et puis, il appréciait plutôt ce maître chanteur qu'il connaissait par ailleurs, qu'il avait rencontré au théâtre, puis chez des amis communs. Il faut de tout pour faire un monde. De plus, ce qu'il lui demandait n'était pas si déplaisant. Louer un yacht, certes il fallait payer, mais il l'avait déjà fait en 1955 pour le plaisir. Cette fois s'y ajoutait l'aventure. Car il devait y avoir quelque danger à cette croisière qui devait les mener jusqu'en Crète en passant par les Baléares et par Oran. « A-Dieu-vat ! » s'était-il dit.

Le personnel de service était tout à fait présentable. Des gros bras qui n'avaient sans doute pas porté des plateaux de petit déjeuner toute leur vie, mais très aimables. Pour les marins, on ne pouvait rien en dire sinon qu'ils semblaient connaître leur travail. Peut-être une propension un peu trop forte pour des civils à prendre des attitudes de garde-à-vous devant le maître d'hôtel, qui paraissait avoir de l'influence même sur le commandant.

On était parti de Toulon l'après-midi même.

La soirée s'était merveilleusement déroulée. La petite Solange, une starlette qu'il avait rencontrée l'année passée au Festival de Cannes, était d'une compagnie adorable. De la conversation – deux ans de faculté ne font de mal à personne –, un corps splendide, bien que les conditions ne fussent pas vraiment réunies pour qu'il en apprécie tous les avantages. Cela irait mieux quand on aurait mis le cap sur le sud et que la température plus douce rendrait possibles les bains de soleil. D'ici là d'ailleurs il comptait bien avoir découvert Solange de tout autre manière. A Cannes, il avait fallu qu'il la quitte précipitamment à cause d'un petit différend bancaire – Bon Dieu les affaires, quelle plaie! –, et il lui avait promis de l'inviter à la première occasion. « Fournier est une aubaine, il faudra que je le remercie. »

Leurs compagnons étaient tous fort sympathiques : il y avait là un couple de ses amis, des Hollandais, qui passaient la moitié de l'année à Monte-Carlo et l'autre à Amsterdam. L'hiver nordique payait les folies méridionales. Lorsqu'on est fils de courtier en pétrole, on peut toujours trier les paperasses de papa pendant six mois, ça n'est pas tellement sorcier.

Il y avait aussi une comtesse espagnole qui avait choisi le mauvais camp en 1936, sans doute par désœuvrement, qui s'en mordait les doigts et qui cherchait maintenant l'âme sœur qui lui permettrait d'envisager sa soixantaine de façon moins angoissée. Justement Julien Delgate avait découvert un industriel auquel un veuvage de dix ans pesait décidément trop.

On avait délicieusement dîné. On avait dansé la rumba, ou en tout cas quelque chose qui pouvait en tenir lieu, sur un disque de Dario Moreno. Tout le monde était fatigué. Chacun était reparti dans sa cabine. Fournier avait insisté pour que la première nuit soit le plus calme possible. Julien y avait veillé. Un engagement est un engagement. Mais l'administrateur ne dormait pas. Il était deux heures du matin.

Par le hublot, il vit approcher une espèce de hors-bord. Trois silhouettes se levèrent. Il tira le rideau. Moins il en saurait, mieux cela vaudrait.

André Fournier se tenait derrière un homme en imperméable gris portant un feutre du même ton neutre dont les bords rabattus masquaient le front et ombraient le regard. La lumière du fanal qui brillait sur *La Delphine* n'était de toute manière pas assez forte pour permettre de dévisager qui que ce soit.

– David ?

– Oui, c'est moi, patron, répondit la forme accrochée à l'échelle de bordée.

David Bornstein tendit la main à l'homme à l'imperméable qui avait déjà un pied sur le bastingage du horsbord.

– Merci, mon ami, fit l'homme en saisissant la main. Au revoir, monsieur Fournier.

– Bonne route, répondit André tandis que l'homme gravissait prestement les cinq échelons. David, pas de problème ?

Bornstein se retourna :

– Non, tout se passe bien. Votre homme est une merveille.

– Attends pour voir. En cas de problème, tu sais ce que tu as à faire. Sauver le colis par tous les moyens. Si les autres deviennent gênants...

– Ne vous inquiétez pas.

Le passager clandestin, accompagné par un marin, avait déjà pris la coursive et disparaissait dans l'écoutille avant.

La sonnerie du téléphone se déclencha sur la ligne personnelle d'André Fournier. Une voix qu'il connaissait bien maintenant, sans s'embarrasser du « allô » traditionnel, affirma :

– Fournier, c'est Pradal.

– Oui.

– Nous venons d'avoir des nouvelles de notre ami. Il est arrivé à bon port. Il a insisté pour que je vous félicite de votre sens de l'organisation.

– Vous le remercierez.

– Je n'y manquerai pas. Si nos affaires aboutissent, vous n'aurez pas à vous plaindre, je vous l'assure. A bientôt.

– Au revoir.

Fournier raccrocha le combiné. Ses yeux se tournèrent vers la fenêtre. Les arbres se couvraient de jeunes feuilles d'un vert tendre. Le printemps 1958 lui donnait pour l'instant entière satisfaction.

# 23

André Fournier épousa le docteur Claudine Chevalier, par une belle journée de juin 1959, dans la plus stricte intimité. Assistaient à la cérémonie, les parents de la mariée, Félix Mariani, une poignée d'intimes. Après la brève formalité officielle, à l'hôtel de ville, où un adjoint bâcla la lecture des articles du code civil, la bénédiction nuptiale fut donnée en l'église Saint-Joseph, rue Paradis, choisie parce qu'elle était la paroisse de la jeune femme.

Elle se souvenait aussi de concerts donnés sur les grandes orgues de Cavaillé-Coll, qui comptaient parmi les plus belles en France. Elle tenait à entendre leur voix pour son mariage. Par un retour de piété d'enfance, elle croyait que ce ciment sonore, lié par la gloire de Dieu, assurerait la pérennité de son union.

André accéda de bonne grâce à ce désir. Les mystères de la religion n'émouvaient plus son cœur depuis longtemps, et il se fût volontiers passé des simagrées du prêtre, mais il ne refuserait rien à Claudine un jour pareil. En fait, il en fut plus ému qu'il n'osait se l'avouer. Le décorum, les odeurs d'encens, les paroles de miel, avaient fait leurs preuves depuis des générations et résisté au scepticisme et à toutes les barbaries. Les sortilèges éculés de l'Église pouvaient neutraliser dans un moment d'humanité des fauves comme Mariani, dont Fournier voyait, sur la droite, le visage de forban profondément recueilli.

Quelque temps auparavant, André et Claudine avaient eu une longue conversation. Cela se passait le soir, dans la chambre. Ils avaient éteint la lumière et laissé les rideaux tirés. La claire nuit de printemps, pénétrant dans la pièce à travers le vitrage, bleuissait la pénombre. Ils étaient enlacés dans le lit, face à la fenêtre. André respirait la chevelure de la jeune femme dont la tête s'appuyait à son épaule.

André ne voulait pas engager leur vie de couple sur des bases fausses. Sans entrer dans le détail ni rien livrer de ses affaires en cours, il l'avertit qu'il n'était peut-être pas l'homme qu'elle croyait. Il vivait dans la marginalité. Il fréquentait le Milieu, des gens dangereux, peu recommandables. En partageant son existence, elle s'exposait elle-même. Il lui devait cette part de vérité, par honnêteté, et pour la prévenir au cas où il arriverait malheur.

Claudine avait posé sur lui un regard amusé. Une étincelle d'ironie luisait dans ses prunelles.

– Mon chéri, je sais déjà cela.

Il se rembrunit.

– Qui a parlé ? gronda-t-il.

Elle éclata de rire.

– Personne, voyons ! Ce n'est pas la peine de sortir de tes gonds. Mais ta réputation est déjà solidement établie. Inutile de te dire que ce n'est plus celle du brillant commissaire Fournier. Marseille est un grand village. Tout se sait.

– Oui. Surtout ce qu'il faudrait taire.

– Des personnes, sans doute bien intentionnées, ont parlé de toi devant moi en des termes qui supprimaient toute ambiguïté. La vérité est venue à moi sans que je fasse rien pour la chercher.

– Les frères de Mariani ?... Dominique ?...

– Non. Des clients, des relations, des gens qui n'ont rien à voir avec le Milieu.

– Et moi qui...

– Tu vois, mon chéri. Pas la peine de te faire du souci pour moi. Je savais à quoi m'en tenir en acceptant de t'épouser.

Il effleura ses lèvres.

– Tu n'as pas peur ?

– Je t'aime. C'est idiot, non?
Elle rit comme une enfant.

Le lendemain, ils appareillaient pour la Grèce à bord de l'*Andros*, pour une croisière de dix jours. Claudine refusait de fermer plus longtemps son cabinet, tenu par un remplaçant. Elle rêvait de Rhodes et de sa forteresse, d'Athènes et de son Acropole, de Delphes et de son sanctuaire. Elle eût voulu faire une escale alanguie à Chypre, l'île d'Aphrodite, « demeure des Amours qui charment les mortels »...

Le mariage d'André avec Claudine Chevalier sonnait le glas des ultimes espoirs de Raymonde. Quand elle apprit la nouvelle, elle éclata de rage impuissante. Comment une bourgeoise avait-elle pu épouser un truand? Car, quoi qu'on en dise, c'est bien ce qu'était André, et il était même pire que les autres, puisqu'il était capable de trahir ses amis! Si seulement André se fût entiché d'une autre pute, d'une commise, d'une coiffeuse, voire d'une secrétaire, elle eût conservé ses chances et pu se battre à armes égales. Mais contre un médecin... Elle ruminait sa déconvenue. Une boule d'amertume tournait à l'intérieur de son ventre. Elle en oubliait qu'elle devait de la reconnaissance à Fournier pour l'avoir tirée des vilaines pattes de Gaffigues et rachetée à Félix, pour lui avoir aussi offert une vie plus agréable.

Félix était le contraire d'un sentimental. N'empêche, elle le comprenait mieux. Quand ils parlaient ensemble, ils étaient sur la même longueur d'onde. Tandis qu'avec André...

Elle se prit à songer à ces deux hommes, tellement dissemblables, à leurs étranges relations, à leur amitié, incompréhensible pour peu qu'on se mêlât de l'analyser en profondeur. La camaraderie des luttes clandestines n'expliquait pas tout. Elle se revit écoutant la conversation téléphonique de Fournier. Qu'il possède quelques affaires à côté, des hôtels, cela pouvait passer dans une amitié. Mais ces manigances à grande échelle, qui, un jour ou l'autre, ne pouvaient que provoquer la ruine et la chute de Mariani... Que cherchait André ? Comment aimer un homme qui trahissait son ami, qui l'avait trahie elle-même ? Et comment ne pas aimer André ?

Puis elle sombra dans une période de profond abattement. Un vide affreux se creusait dans sa vie. Elle ne mangeait quasi plus, abusait des somnifères et de l'alcool. A la boîte, pendant les heures de travail, au lieu de faire bonne figure, elle se déplaçait comme un zombie.

Piero Luzzi lui en fit la remarque.

– Raymonde, tu files un mauvais coton. Je sais pas ce que t'as, mais faut te ressaisir. C'est pas bon pour la clientèle, ça. André, il serait pas content.

– Je m'en fous ! Qu'il aille au diable !

– Oh ! Quelle mouche te pique ? Viens boire un verre et remets-toi. Tu penses pas ce que tu dis.

Elle le rabroua. Puis, sans transition, elle se blottit contre lui et fondit en larmes.

Luzzi n'aimait pas que les femmes pleurent dans son giron. Il se sentait désarmé. Il ne savait que faire ni que dire. Il se contentait de tapoter vaguement l'épaule de Raymonde en répétant bêtement :

– T'en fais pas... ça va aller mieux... t'en fais pas...

A bout d'arguments, il l'amena dans sa carrée et la sauta. A ses yeux, nul remède ne valait mieux que l'amour pour guérir les états d'âme d'une gonzesse. Il appliqua consciencieusement sa thérapeutique à Raymonde, qui s'abandonna, privée de volonté. Lui ou un autre, peu importait. Aucun n'effacerait jamais l'empreinte de son beau commissaire de l'hiver 44.

Deux jours plus tard, Raymonde demanda à voir Félix Mariani. Celui-ci l'accueillit par une plaisanterie de mauvais goût.

– Il ne t'a pas amenée dans ses bagages, ton patron ?

Il savait depuis le début combien elle en pinçait pour André. Il ne lui déplaisait pas de l'asticoter pour le plaisir, sans méchanceté. Après tout, ce n'était qu'une pute. Il ne mesurait pas que chacune de ses paroles entrait dans le cœur de la jeune femme comme un tison. Elle souffrait plus que s'il avait cogné.

Elle balbutia :

– Il se moque bien de moi!

– Ne tombe pas dans le sentiment, ma fille. Ce n'est pas pour toi. Tu voulais me voir?

– Oui.

– Je t'écoute.

Alors, comme on se jette à l'eau, elle déballa tout ce qu'elle savait. Elle venait d'ouvrir la bonde, et le flot de paroles s'écoulait de sa bouche sans qu'elle puisse plus l'endiguer. Elle s'entendait dire des choses épouvantables qui se retourneraient demain contre André. Il lui semblait qu'une autre les disait, qu'elle était seulement témoin de la scène.

« Je suis une garce de le trahir. Mon Dieu! je suis en train de le perdre, de le tuer. Je voudrais n'être jamais venue. »

Cependant, elle était là. L'irréparable était en train de s'accomplir. Au fur et à mesure qu'elle parlait, elle se sentait soulagée. Elle crevait l'abcès. Mais, lorsqu'il serait entièrement vidé, c'est elle qui en crèverait. Elle en avait la certitude. Par quel miracle survivrait-elle au mal qu'elle causait à l'homme qu'elle aimait? Si André apprenait sa trahison, il la lui ferait payer très cher. Elle s'en moquait. Plus rien ne la rattachait désormais à ce monde. Plus rien.

Une faible lueur perçait toutefois au sein de son désespoir. Félix Mariani était un homme dur mais régulier. Il lui saurait gré d'avoir communiqué des renseignements de cette importance. Il la protégerait. Elle avait peut-être encore une chance de s'en sortir. Il l'aiderait.

Elle se trompait. Félix tirerait profit de ses informations mais il la méprisait de les lui avoir fournies. Il découvrait grâce à elle comment Fournier agissait dans son dos pour se tailler un empire menaçant le sien, comment il chassait sur ses terres. Mais il ne témoignerait jamais la moindre reconnaissance à la salope qui le vendait.

Il bouillonnait intérieurement sans que son visage exprimât le moindre frémissement.

« S'il s'imagine qu'il va faire la loi, il trouvera à qui parler. »

Il avait écouté Raymonde sans l'interrompre. Avec ce calme tendu qui précédait les tempêtes. Quand elle se tut, il posa quelques questions. Elle répondit de son mieux.

– C'est bien, dit-il.

– Maintenant, qu'est-ce que je fais?

– Tu retournes là-bas.

Elle eut un regard affolé.

– Je ne peux pas.

– Tu appartiens à André. Ne l'oublie pas.

– Mais s'il apprend, il va me...

– Il n'apprendra rien du tout. Il n'y a que toi et moi qui savons. Je ne veux pas d'histoire à cause de toi. Pour l'instant.

Elle se leva, les jambes flageolantes. Une bouillie emplissait sa tête. Elle remuait dans sa bouche sèche une langue d'étoupe.

– J'ai soif.

– Sers-toi un verre.

– Je vous en sers un aussi, monsieur Félix?

Il haussa les épaules. Son regard glacé se vrilla dans ses yeux.

– A partir de maintenant, tu es à ma disposition. Tu me dis tout. Va. Je te téléphonerai.

Une fois seul, Félix Mariani laissa libre cours à sa fureur. André avait osé! Il avait cru en lui, l'avait considéré comme un véritable ami, et c'était le premier à le doubler, à le défier. Depuis quand duraient-elles, ses magouilles? Il s'en voulait de n'avoir rien découvert de lui-même. Sa rage était à proportion de sa déconvenue. On ne bravait pas impunément Félix Mariani. André l'apprendrait à ses dépens. La sanction serait terrible. Un formidable désir de vengeance l'envahissait. Il réalisait avec amertume qu'il était seul. Qu'il avait toujours été seul. Quand on se trouvait placé à sa hauteur, on ne pouvait se payer le luxe d'un ami.

Vers le soir, il s'apaisa. Il réfléchit avec calme. Il s'était emporté sur la foi des propos de Raymonde. Celle-ci ne déguisait-elle pas la vérité? C'était une femme bafouée. Elle avait agi par dépit amoureux. Or, d'une femme bafouée, on pouvait tout craindre: le mensonge, une machination, le crime. Raymonde mettrait tout en œuvre pour nuire à André, pour le poignarder dans le dos. Peut-être prétendait-elle se servir de lui pour assouvir sa vengeance. Dans ce cas...

Avant d'entreprendre quoi que ce soit, il importait de vérifier les assertions de la jeune femme. En particulier, les manœuvres qui se tramaient dans la capitale. Si Fournier s'imposait là-bas, il gagnerait en puissance et ne tarderait pas à le supplanter à Marseille. Le détruire deviendrait alors une question de survie.

Félix Mariani décida de ne pas souffler mot de l'affaire à ses frères – il redoutait en particulier le sang chaud de Dominique, prompt à tous les excès –, et de se rendre immédiatement à Paris pour consulter ses amis corses, les caïds Jean-François Nicoletti et Jeannot Salviati. Des amis de toujours. Eux sauraient avec qui Fournier trafiquait et de quoi il retournait exactement. Ils possédaient le meilleur réseau d'informateurs de la place. Leur réputation les préservait des jalousies et des coups fourrés. Ils inspiraient le respect. Les truands leur accordaient leur confiance parce que leurs conseils étaient bons et leurs sentences justes.

Paris allait devenir à brève échéance une des plaques tournantes internationales de la drogue. La ville comptait la plus forte proportion de consommateurs potentiels de toute la France. L'appât du gain serait si fort que plus personne ne respecterait les règles. L'équilibre relatif instauré chez les truands depuis la guerre basculerait dans le chaos.

Félix Mariani songeait à ces choses avec mélancolie dans le train qui l'emmenait à Paris. Il évoquait le chemin parcouru depuis l'arrivée du petit berger corse sur le continent. Tout ce qu'il avait osé, les risques bravés, sa prodigieuse ascension. Il se sentait au faîte de sa puissance. Les accords passés avec les Siciliens allaient encore l'accroître. Il se croyait inattaquable. Et voilà que Raymonde révélait la piqûre du scorpion.

Il sourit à cette image. Elle le ramena des années en arrière, avant qu'il ne quitte son village de Calacuccia, du temps de son enfance. Il soulevait les pierres pour dénicher ces bestioles venimeuses. Elles dressaient leur queue armée d'un aiguillon crochu, pareilles à de dérisoires dragons libérés des ténèbres. Il n'avait pas peur. Il s'amusait à les agacer avec un bout de bois. Puis lorsqu'il en avait assez, il les clouait au sol et les regardait se débattre jusqu'à ce qu'elles crèvent. D'autres fois, il les enfermait à l'intérieur d'un cercle de pétrole ou d'essence qu'il enflammait pour vérifier si, comme on le prétendait, le scorpion, face au danger, se piquait bien avec son propre dard.

Fournier était de la race des scorpions. Raymonde avait soulevé la pierre sous laquelle il se dissimulait. Mais lui, Félix, l'arroserait d'essence et il périrait brûlé dans son venin comme ses semblables. Il ne resterait rien de ses ambitions, qu'un amas de cendres gluantes.

Jean-François Nicoletti et Jeannot Salviati accueillirent Félix dans un salon privé du *Belgencier*, le grand restaurant qu'ils possédaient avenue de la Madeleine. Une belle pièce lambrissée, un lustre de cristal, des toiles brossées par de petits maîtres du XIXe auxquelles le Marseillais n'accorda pas un regard.

Nicoletti s'inquiéta de son voyage. C'était un petit homme rond, aux cheveux clairsemés, soigneusement coiffés en arrière, avec des yeux bleu pâle. Il parlait d'une voix extrêmement douce, accompagnant ses propos d'ébauches de gestes à la Tino Rossi. Cette apparente bonhomie masquait un caractère en acier trempé. Quand on s'y laissait prendre, c'était déjà trop tard. Chez Nicoletti, la plus exquise politesse accompagnait la plus féroce cruauté.

– Tu as fait un bon voyage ?

– Un peu long.

– Tu aurais dû prendre l'avion.

– Je préfère le train quand j'ai à réfléchir.

Jeannot Salviati intervint.

– Bon. Tu es là. On prend l'apéro. Champagne ?

– Va pour le champ'.

Autant Nicoletti montrait de la réserve, autant Salviati déployait de la jovialité. Grand, mince et sec comme un hareng saur, il avait un visage anguleux surmonté d'une tignasse frisée toujours ébouriffée, les yeux noirs, profondément enfoncés dans les orbites, les dents jaunies par la nicotine.

Le sommelier servit le Dom Perignon et s'éclipsa.

– On a vérifié. Drôle de pote, ton Fournier. Il nous cause bien du souci, dit Jean-François Nicoletti.

– Je te mets à l'aise : ce n'est pas *mon* Fournier. Il est en train de me doubler quelque part. Si je vous ai sollicités, c'est que je veux savoir ce qu'il mijote.

– Il est souvent à Paris, observa Jeannot Salviati.

– Justement. C'est pour ça que j'ai besoin de vous.

– Tu ne pouvais pas mieux tomber. Il a ses accointances avec Poggio.

– Le Balafré est dans le coup...

– Oui. Tu vois que l'affaire devient sérieuse. Poggio n'arrête pas de nous monter des traquenards.

– Il faut prendre des mesures.

En plus du reste, André Fournier présentait une tare rédhibitoire aux yeux du trio : il n'était pas né dans l'île de Beauté. A part l'amitié révolue de Félix, il ne pouvait se prévaloir d'aucune attache avec le clan corse. La solidité insulaire fonctionna donc à plein. Contre lui.

– Ce *pinzuttu* ne va pas faire la loi, trancha Nicoletti, doucereux.

Il expliqua les dangers d'un rapprochement entre Fournier et le Balafré pour leurs propres affaires, ce dernier se posant depuis toujours en rival. Il cherchait à s'implanter dans les boîtes de nuit et dans les cercles de jeu clandestins d'où les deux Corses tiraient une grande partie de leurs revenus.

– Comment ça se présente, à Marseille? demanda Jeannot Salviati.

Usant des renseignements fournis par Raymonde, Félix Mariani brossa le panorama de la situation. Au regard de tous, il restait le caïd. C'était incontestable. Mais il savait maintenant que Fournier minait son pouvoir. S'il tardait à réagir, son empire risquait de s'effondrer.

– Comment ce type a-t-il réussi à développer son ambition sous nos yeux! Sans qu'on y voie rien. C'est tout de même extraordinaire!

– Il est intelligent, instruit. Malin comme un singe, répondit Félix, en se souvenant que c'était justement ces qualités qui, à l'époque, avaient retenu son intérêt. Il parle comme un livre.

– On va lui couper le sifflet, à ce prétentieux. Pour l'éternité.

Jeannot Salviati écarta les bras pour signifier le caractère évident de l'opération.

– C'est à toi de jouer, Félix. Il a été ton ami. Tu le connais mieux que personne. Nous, nous te fournirons tous les moyens dont tu auras besoin.

– Merci. Je m'en occupe.

De sa voix posée, Jean-François Nicoletti conclut :

– Ce sera toi ou lui. Nous, nous préférons que ce soit toi. A Marseille, il n'y a pas place pour deux chefs.

# 24

A leur retour de voyage de noces, André et Claudine entreprirent des travaux de rénovation dans ce qui était maintenant leur villa. A vrai dire, les tâches furent strictement réparties. André donna carte blanche à sa femme pour l'aménagement de leur intérieur. Il ne lésinait pas sur la dépense, mais Claudine ne voulut pas d'un décorateur. Elle préféra diriger elle-même les artisans. Elle voulait que chaque élément correspondît à son choix. Elle prenait l'avis d'André, par acquit de conscience, et celui-ci se contentait de régler les factures et d'admirer les résultats, de la voir se passionner pour le choix d'une couleur, s'enthousiasmer pour un tissu, vibrer à la découverte d'un meuble ou d'un bibelot.

Pendant qu'elle s'occupait à transformer la villa, il collaborait aux côtés de Félix au règlement de questions plus terre à terre : la mise en place du circuit de la drogue. Aucune modification sensible dans le comportement de son ami n'éveillait sa suspicion. Il ne se méfiait pas.

Mariani, lorsqu'il jouait gros, savait parfaitement simuler. Or, il venait d'entamer avec Fournier une partie de poker mortelle.

Il l'observait, cherchant la faille. André se comportait comme à l'accoutumée. Rien ne transpirait de sa duplicité. Aussi l'amitié de Félix se mua-t-elle très vite en haine. D'un coup, toutes les envies, toutes les jalousies rentrées, se rassemblaient en un foyer ardent. Il s'enorgueillissait de se contenir, de savoir attendre l'heure propice pour frapper. André paierait la note le moment venu. Avec sa peau, avec son sang.

Mariani était un intuitif, Fournier un cérébral, qui pensait au moindre détail, réglait sa carrière comme un mécanisme d'horlogerie. Ce qui ne l'empêchait pas de posséder, à la manière des grands carnassiers, une sorte de sixième sens qui l'avertissait du danger à l'ultime seconde. Plusieurs fois, notamment pendant la guerre, il lui avait dû de ne pas tomber aux mains de l'ennemi ou de ne pas succomber.

Dans cette phase délicate, Félix Mariani accumulait pourtant les succès. Le clan avait trouvé d'excellents chimistes, équipé des laboratoires clandestins disséminés dans l'aire marseillaise, aux environs d'Aix-en-Provence, à Aubagne, à La Ciotat. Il produisait une héroïne d'une remarquable pureté. L'argent rentrait à flots. Mais tous ces motifs de satisfaction lui procuraient en même temps de nouvelles raisons d'enrager : comme Fournier collaborait au trafic, il touchait sa part de bénéfices. Mariani le voyait empocher tout ce fric en rongeant son frein. C'était comme s'il le lui volait. Heureusement, ce salaud-là n'en profiterait pas longtemps. Il rendrait tout, jusqu'au dernier centime. Et le souffle avec.

Un dimanche matin, Jean-François Nicoletti téléphona. Il discuta longtemps avec Mariani. Lorsque celui-ci reposa le combiné, son visage s'était durci. Son regard fulgurait.

Honoré Gaffigues se curait les ongles avec la pointe de son Opinel. Il ne se séparait jamais de ce couteau ayant appartenu à son père. Le seul souvenir qu'il conservât de cet homme mort d'un accident du travail, en tombant d'un échafaudage. Les pompiers avaient ramassé un corps disloqué baignant dans une mare de sang qu'ils avaient nettoyée à la lance. Honoré avait onze ans. Aujourd'hui, les hurlements de douleur de sa mère lui déchiraient encore le cœur. C'était peut-être contre ce souvenir qu'il s'était cuirassé, pour le conjurer qu'il avait voulu réussir.

– Honoré, qu'est-ce que tu penses de Fournier ?

Un silence suivit la question de Mariani. Gaffigues leva la tête avec lenteur, comme à regret, et poussa un profond soupir.

– Je ne l'aime pas.
– Si tu as des choses à lui reprocher, parle.
Gaffigues fit un geste évasif, mais il y avait dans son regard une lueur affolée, aussitôt captée par Mariani, qui insista :
– Tu me rends service.
Gaffigues chercha une échappatoire.
– Oh ! presque rien. C'est insignifiant. Une impression. Lui et moi, nous n'avons pas d'atomes crochus.
– Honoré, tu mens. Je ne te crois pas.
Nouveau soupir à fendre l'âme.
– Je ne peux rien dire.
– Parce que je suis son ami ?
Gaffigues hésita, le regard fuyant.
– Peut-être...
– Alors, tranquillise-toi : je ne le suis plus.
Pour preuve de sa bonne foi, Félix dévoila la duplicité de Fournier, son manque de reconnaissance, ses trahisons. Au fur et à mesure qu'il parlait, Gaffigues changeait de physionomie. A présent, il rayonnait. Si le torchon brûlait entre Fournier et Félix, il pourrait tirer son épingle du jeu.
A son tour, il vida son sac. Il parlait, parlait. Il pouvait enfin exhaler sa haine et sa hargne. Le chantage, les carnets, la morgue de Fournier, ses belles manières qui n'étaient qu'un masque pour un voyou de la pire espèce. Le pognon enfin, tout ce pognon qui filait grossir son compte en banque et qui servait à bâtir son empire au détriment de Mariani. Entraîné par son élan, il en rajouta même un peu.
Félix se retenait d'éclater à chaque étape du récit. « Depuis le début, ce salaud préparait son coup. » Fournier n'était pas seulement un traître, c'était une vermine. Il l'avait engraissé. Il lui avait appris le métier. Il avait voulu en faire un loup, mais c'était un renard. Depuis le début. Quand ce fut terminé, il brandit un poing rageur.
– On va l'avoir, ce fils de pute, Honoré. Je te jure qu'on va l'avoir. Je l'écraserai moi-même.
« Finalement, c'est peut-être Doumé qui avait raison. »

Le conseil de guerre ne se tint pas comme d'habitude au premier étage de *La Salamandre*, mais au sous-sol de la villa du Roucas Blanc, aménagé en bunker. Tous les frères Mariani n'assistaient pas à la réunion. Félix n'avait mandé que ceux prévus pour réaliser l'opération. Il y avait donc André, Dominique, Carlu et Pascal.

– Nous allons récupérer deux cents kilos d'opium que nous transformerons. La came transite sur un cargo panaméen qui fait escale à Rouen, mercredi matin. Dominique, tu seras chargé de la première phase de l'opération. Prends trois hommes avec toi et réceptionne les paquets. Le capitaine est dans le coup.

– Il s'appelle comment, le rafiot ?

– Le *Rumero*. Tu recevras tes instructions plus tard.

– C'est bon. J'emmènerai Ange, Perez et Mozzicone.

– De Rouen, la came sera convoyée jusqu'à Paris, où André la récupérera le soir même pour la livrer à Marseille. Il aura la responsabilité de la deuxième phase.

– Où se fera l'échange ?

– Dans une usine désaffectée de la banlieue sud. Une ancienne fabrique d'appareils électriques. Mes contacts parisiens ont tout vérifié. Vous pouvez y aller.

– Et pour la livraison ? s'enquit Fournier.

– Les entrepôts de Gaffigues, à Menpenti. Tu connais. Pour plus de sécurité, tu rouleras de nuit. Tomaso, toi, tu t'occupes du téléphone. On vous donnera le numéro. En cas de pépin ou de changement d'horaire, vous l'appelez.

– Et nous, dit Pascal, on fait tapisserie ?

– Vous attendez l'arrivée d'André à Menpenti et vous veillez au déchargement.

Il embrassa tout son monde d'un regard circulaire.

– Pas de questions ?

– Deux cents kilos d'opium, ça va chercher combien ? demanda Carlu.

– Beaucoup.

Concilier l'exercice de la médecine et les contraintes d'une installation relevait d'un perpétuel numéro d'équilibre.

D'autant que Claudine n'admettait ni la médiocrité ni la négligence dans aucun domaine. Elle groupait ses rendez-vous pour libérer un peu de temps et, dès que possible, filait à la villa vérifier l'état d'avancement des travaux.

– Tu te fatigues trop, s'inquiétait André.

– Allons donc! J'ai une santé de fer.

Le plus souvent, le soir, il allait la chercher à son cabinet. D'autres fois, s'il avait à faire, elle rentrait seule à la villa. Peu à peu, celle-ci prenait tournure. La jeune femme se sentait bien dans ce cadre élégant et confortable qu'elle avait tant désiré. Elle hantait les antiquaires pour dénicher le vase ou le lampadaire, le détail manquant qui permettrait de composer un ensemble original. André se réjouissait du bonheur qui se peignait sur son visage lorsqu'elle lui faisait admirer sa dernière trouvaille. Sous son influence, il retrouvait avec étonnement le goût d'une vie bourgeoise et se défendait mollement contre les petits plaisirs qu'elle procurait.

Après le conseil de guerre du Roucas Blanc, André flâna dans le centre ville. Place de la Bourse, il rencontra un ancien collègue, inspecteur de police, avec qui il continuait d'entretenir des relations. Il conservait pas mal de contacts chez les flics, en tout cas les plus anciens. Ils allèrent boire un verre à la terrasse du *Cintra*. Le flic rapporta les derniers potins de l'Évêché et ils rigolèrent ensemble des travers de certains fonctionnaires.

– Tu sais, André, les culs de plomb et les manches de lustrine sont maintenant les plus nombreux.

– On n'arrête pas le progrès.

– Hé! C'est bien la seule chose qu'ils soient capables d'arrêter, les pauvres! Ils entrent dans la police comme ils entreraient à la SNCF ou aux PTT. Et comment va ta femme?

La question tomba dans le vide.

– Oh! André! Tu n'écoutes pas.

– Excuse-moi.

– Je te demandais comment se porte ta femme.

– Elle soigne, elle décore. Une véritable fée.

– Terrible, cette histoire de sa nièce. Un planton m'a dit que tu y étais.

– Oui.

– On en retrouve presque un par mois maintenant. Des

jeunes. Quelle saloperie! Cendrier, le nouveau, il remue ciel et terre. Qui sait? Il va peut-être convaincre le commissaire Barberian de lever son cul.

André tiqua.

– Qui sait? hasarda-t-il.

– Voilà, dit l'autre en le regardant dans les yeux. Bon, il faut que je file.

Ils se serrèrent amicalement la main et se séparèrent. En le regardant s'éloigner en direction de la rue de la République, Fournier savait que son ancien collègue avait voulu lui dire quelque chose. L'avertir d'un danger? Il aurait été plus précis. Après tout, les voyages de Mariani en Sicile n'avaient pas dû passer inaperçus. Mais quant à avoir autre chose que des soupçons... Cela avait plutôt l'allure d'une bouteille à la mer. Et puis l'entrée en matière, par la mort de la gamine, était trop personnelle. C'était plutôt: « J'espère que tu n'es pas dans le trafic. » Jusqu'au cou maintenant il y était, dans le trafic. Il allait transporter une livraison. Malgré ses réticences, petit à petit, il avait franchi toutes les étapes.

« Malgré mes réticences. » Finalement il ne s'était jamais vraiment interrogé sur la différence qu'il faisait lui-même entre le banditisme en général et la drogue. Il avait effleuré le sujet, réagissant en fonction de Claudine, se contentant de renâcler. En quoi pouvaient bien consister les « réticences » d'un « défroqué » de la police vis-à-vis de la drogue?

André Fournier s'était mis à marcher, sans but, regardant la foule qui se faisait et se défaisait, de trottoir en trottoir, des cadres affairés, leur porte-documents sous le bras, des dockers rejoignant l'embauche de l'après-midi, des Marseillaises traînant leur marmaille vers il ne savait quelle séance de cinéma ou de dentiste, des jeunes filles en bande qui riaient à gorge déployée et rougissaient tout à coup du regard de cet homme mûr vers leurs jambes nues.

Une foule innocente. Voilà ce à quoi il s'était toujours arrêté, l'innocence d'une môme de dix-neuf ans, l'innocence de la foule. Mais ce n'était pas exactement ça. Avec les carnets de Battisti, il ne visait qu'à coup sûr, les hommes qu'il faisait chanter payaient tout simplement leurs crimes. Piller une banque, c'était piller une société anonyme. Il passait toutes ses activités en revue. Il avait toujours regardé ses victimes dans les yeux, les choses étaient claires, c'étaient comme des combats d'homme à homme. Il y avait ou un ennemi ou une fripouille, une cible enfin.

Avec la drogue, on ne voit pas sa cible. Ou on la voit trop bien. « La voilà la cible, ces beautés en herbe qui descendent vers le Vieux-Port. » Ce ne sont pas seulement des innocentes. Ce sont des cibles en puissance. La drogue transforme tout le monde en cible. C'est un peu comme ouvrir un Bottin à n'importe quelle page et pointer un nom au hasard. Un revolver dont les balles, au lieu d'être projetées droit devant, feraient n'importe quoi, des zigzags, des virages à cent quatre-vingts degrés.

André regarda les filles s'éloigner. Une grande brune se retourna et, lui décochant un regard provocateur, fit une petite révérence. Ses amies s'arrêtèrent un peu interloquées puis un grand rire envahit toute la rue. Elles se mirent à courir, s'esclaffant de plus belle.

Après cette opération-là, il fallait frapper un grand coup. Ça ne pouvait plus durer. Il avait d'abord mis le doigt, puis le bras y était passé. Il fallait arrêter. Après tout, son système était en place, il pouvait se passer de Mariani. Retarder les choses ne servait à rien. Il livrerait la came à Félix, puis il aurait une explication avec lui.

– Non! Je ne veux pas! hurla Raymonde.

Une formidable gifle assenée par Félix lui imposa silence.

– Tu la boucles. Tu fais ce qu'on te dit.

Il se tourna vers Gaffigues.

– Elle est à toi, Honoré. Maintenant, elle va être douce comme une agnelle.

Pour la forme, il distribua sur l'autre joue une seconde gifle, moins violente.

Gaffigues regardait avec un plaisir évident Raymonde, qui écarquillait des yeux effrayés en se frottant doucement le visage, comme pour effacer la douleur. Il l'avait voulue. Félix la lui servait sur un plateau, docile, domestiquée. Humble. Il pouvait en user à sa guise.

– *Ciao!* lança Félix Mariani en ouvrant la porte. Je file. Amuse-toi bien, Honoré.

La vue de Raymonde fouettait le sang de Gaffigues. Il se souvenait du premier jour où il l'avait baisée, de sa passivité, de son mépris. Il n'essuierait pas son arrogance une seconde fois. A l'époque, elle avait déjà ce fumier de Fournier dans la tête. Pendant qu'il s'essoufflait au-dessus d'elle, elle ne lui appartenait pas. Elle subissait en ne pensant qu'à l'autre. Depuis, cette idée le hantait, le rendait fou. Il se fût accommodé d'un autre homme – les clients ne manquaient pas, c'était dans l'ordre des choses pour une pute –, pas de Fournier. Il existait entre eux un trop lourd contentieux. Il ne supportait pas que Raymonde aimât ce type, ce salopard qui, depuis des années, lui serrait la gorge.

Le goitre de Gaffigues s'enflait. Du sang injectait ses yeux. Un rictus mauvais déformait sa bouche.

Il savait que Fournier avait racheté Raymonde à Mariani. Même si elle avait trahi, elle lui demeurait profondément attachée. C'était même le signe qu'elle l'était. En la maltraitant, Gaffigues avait l'impression qu'il atteindrait son ennemi, qu'il lui enlèverait quelque chose d'important. Ah! cette fois, il s'appliquerait. Il y mettrait tout son soin. Il déploierait du génie. André le faisait chanter? Eh bien! Il allait bientôt apprendre comment lui, Gaffigues, faisait chanter sa putain.

Il s'avança sur Raymonde. Énorme masse difforme. La face, animée par la haine, devenait plus hideuse. Il lui souffla au visage une haleine chargée d'alcool.

– Approche!

Elle obéit en tremblant. Il ne servait à rien de vouloir se défendre. Félix ne tolérerait pas de rébellion de sa part. Et maintenant, après ce qu'elle avait fait, elle n'espérait aucun recours de Fournier. Son destin était d'obéir, de se soumettre, pour que de gros dégueulasses comme Gaffigues assouvissent leurs sordides désirs.

La main de Gaffigues agrippa le col du chemisier de la jeune femme. Il tira violemment. Le tissu se déchira. Il tira encore. Raymonde, déséquilibrée, tomba sur le sol.

– Debout!

Il la redressa d'un coup de pied dans les côtes. Elle cria de douleur. Les yeux hagards, le souffle coupé, elle se remit péniblement d'aplomb.

– Pourquoi faites-vous ça? bredouilla-t-elle.

– Parce que ça me plaît. Et, tu vas voir, ça va te plaire aussi, salope. Pour ça, oui, ça va te plaire!

Il ricana.

– Tu l'aimes, hein, ton Fournier? Il te plaît?

Il leva le bras pour frapper.

– Tu réponds, dis! Il te plaît plus que moi?

– Non!

Il sursauta.

– En plus, tu te fous de ma gueule!

Elle reçut une baffe en pleine figure. Le chemisier déchiré pendait lamentablement autour de la taille. Un filet de sang coulait de sa narine. Gaffigues avait repris son calme. De toute manière, il la tenait.

– Remarque, je te comprends. J'ai une sale tronche, pas vrai? Il faut t'habituer. Je m'y suis bien habitué, moi! ricana-t-il tandis qu'il empoignait les bretelles du soutien-gorge pour l'arracher.

Raymonde poursuivit sous les coups cet horrible strip-tease. Quand elle fut nue, Gaffigues déboutonna sa braguette.

– Maintenant, viens. Si tu n'es pas gentille, je te crève.

A défaut d'être gentille, Raymonde fut docile. Surmontant son immense dégoût, elle se pliait à toutes les exigences de Gaffigues, dans un état second, comme si son double agissait à sa place. Il en profita pendant presque une heure, jouant de son corps à la manière d'un objet dont il abusait avec des fantaisies de gosse vicieux. Il jouissait surtout de l'abaisser, de l'avilir. Il voulait qu'elle rampe à ses pieds, dans la poussière. Il posait le talon sur sa nuque. Il la cinglait à coups de ceinture.

Raymonde, à qui les tendances sadomasochistes répugnaient, hurlait. L'empreinte des coups maculait et zébrait sa peau rouge, sanguinolente par endroits.

– Tu peux gueuler à t'éclater les poumons! Va! Ici, personne ne t'entendra.

Raymonde, haletante, se tordait sur le parquet. Elle

implorait en vain sa pitié. Elle sentait sa volonté l'abandonner. Elle sombrait dans un trou noir, sans fond.

– Ce serait bien si ton Fournier te voyait dans cet état, hein ?

Il ponctua la remarque d'un formidable coup dans les reins.

– Ton beau Fournier, il ne perd rien pour attendre. Lui aussi, on va l'arranger. Quand on en aura fini, il n'en restera pas grand-chose, tu peux me croire. Félix et moi, on n'est pas des enfants de chœur.

Elle eut la force de lancer une ultime bravade :

– C'est lui qui vous aura. Quand il saura...

Elle ne put terminer. Un coup de pied en plein visage mit un terme à sa dérisoire provocation. Son cerveau se noya d'écarlate. Un flot emplit sa bouche. Elle vomit un magma de sang, de bile.

Gaffigues lui assénait avec jubilation l'incroyable vérité. Cette histoire de drogue à transporter était bidon. Un piège pour attirer Fournier et se débarrasser de lui. Tout en parlant, il cognait, cognait comme une mécanique insensible.

Raymonde ne se plaignait plus, ne réagissait plus. Elle encaissait. Cette passivité gâtait le plaisir de Gaffigues. Il se pencha, la secoua. La tête bascula, les yeux étaient révulsés, le corps flasque. Il toucha la poitrine, colla sa main à l'emplacement du cœur sans percevoir de battements.

Alors, une frousse intense s'empara de lui. Il était allé trop loin. Il avait maintenant un cadavre sur les bras. Il fallait le faire disparaître au plus vite, nettoyer les dégâts, se ménager un alibi en béton. Seul Félix était en mesure de régler cette affaire sans faire de vagues. Il avait tout intérêt à le faire puisqu'ils combattaient le même adversaire. La mort de Raymonde entrait au chapitre des pertes. Elle était jeune encore. Elle aurait dû avoir le cœur mieux accroché.

Gaffigues enferma le corps dans la pièce et fila vers *La Salamandre* solliciter l'aide de Mariani.

# 25

Raymonde remua légèrement le bras. La douleur fulgura aussitôt, comme un éclair lancinant dans sa chair. Un râle s'échappa de sa gorge. Son corps n'était qu'une plaie vive. Elle ne pouvait lever les paupières. Elles semblaient de plomb. Un écran rouge brûlait devant ses yeux et c'était comme si elle fixait un incendie. La jeune femme respirait avec une extrême difficulté. L'instinct vital ne désarmait pas cependant. Elle s'appliquait à exhaler... inhaler... exhaler... inhaler... L'air pénétrant ses bronches paraissait embrasé.

Elle mobilisa tout ce qu'il lui restait de volonté pour tenter de coordonner ses idées. Des choses vagues traversaient son esprit pour s'effacer aussitôt. Une sorte de fantasmagorie engendrée par l'ivresse des coups. Elle sentait confusément qu'elle avait quelque chose d'important à faire mais sa conscience ne parvenait pas à retenir la moindre bribe de sens. Quelquefois, un mot s'immobilisait et restait posé là, pareil à un gros insecte têtu, avant de se dissiper en des myriades d'éphémères.

Elle souffrait atrocement. Elle n'était qu'un bloc de douleur. Toute son attention se mobilisait sur les intolérables fulgurances qui transperçaient sa chair au moindre mouvement. Elle reprenait possession de son corps à partir des douleurs dont le cerveau interprétait l'intensité, la forme, la provenance. Une nappe dure à l'emplacement du ventre. Une fine tige sensible forant la jambe à hauteur de la hanche. Une boule de feu à la cheville gauche. Un spasme là, au défaut des côtes.

Aurait-elle la force de...

Depuis combien de temps gisait-elle sur le sol ? Pourquoi se trouvait-elle là, dans cette pièce dont elle accommodait à grand-peine quelques détails ? Elle revit l'énorme masse penchée sur elle. Son bourreau ? Où était passé son bourreau ?

Peu à peu, les idées s'ajustaient. Elle se souvint. L'angoisse la tenailla, se superposant à la douleur. Une peur panique s'empara d'elle. Elle était perdue. Rien ni personne ne la sauverait désormais du trou noir où le destin l'avait plongée. Sa pauvre vie s'achevait dans cette pièce où Gaffigues l'avait enfermée. Elle ne s'échapperait pas.

Sans doute l'avait-il crue morte. Elle n'était qu'évanouie. Il était parti. Dans quelques minutes, il serait de nouveau là. Il recommencerait à taper.

Le temps pressait... Fournier... Gaffigues avait dit quelque chose à propos de Fournier. Quelque chose de très important, de grave. Mais quoi ? Sa mémoire refusait de fonctionner au-delà d'un certain seuil.

A travers les persiennes fermées, le soleil de fin d'après-midi déposait de larges bandes de douceur sur le corps de la jeune femme pantelante. Elle avait soif. Très soif. La gorge sèche. Elle tourna péniblement le visage vers la fenêtre. De petites raies de ciel bleu, très pâle, se découpaient au-dessus du toit de l'immeuble d'en face.

Sur le bureau trônait le bloc noir du téléphone. Si seulement elle arrivait à se traîner jusque-là...

Elle commença de ramper, lentement, avec d'infinies précautions. Surmontant la douleur. Le souffle court. De faibles gémissements accompagnaient sa progression. Derrière elle, un sillage carmin maculait le parquet. Soudain, elle fut prise de nausée et vomit. Ce fut comme si on lui arrachait les tripes.

Le téléphone était encore très loin. Inaccessible.

Elle se calma au bout de quelques minutes, reprit courage. Puis, elle progressa de nouveau en direction du bureau où le salut miroitait sombrement, moulé de Bakélite noire.

Fournier... le piège... fallait pas qu'il aille là-bas... l'avertir... Toute sa volonté se fixa sur cette idée. C'était à la fois son épine dorsale et son moteur. Elle la soutenait, la tirait en avant. Elle arriverait au bout. Oui, ce serait sans doute la dernière chose qu'elle ferait en ce monde, mais elle y arriverait. Elle sauverait André. Elle devait absolument le sauver puisqu'elle l'avait trahi, qu'elle était responsable de tout le mal.

Parvenue au pied du bureau, elle tendit le bras pour se soulever. En vain. Son bras retomba dans un fracas de douleurs.

Le téléphone était hors de sa portée. Elle s'épuiserait sans succès à vouloir se hisser jusqu'à lui. Instinctivement, elle tira sur le fil. L'appareil glissa et tomba. Elle eut peur qu'il ne fût inutilisable. La persistance de la tonalité indiqua qu'il n'était pas cassé et qu'il fonctionnait toujours.

Raymonde glissa péniblement l'index dans le cadran, composa le numéro. La sonnerie parut interminable. Enfin, on décrocha.

– Allô!

Elle reconnut Luzzi.

– C'est... c'est Raymonde, articula-t-elle.

– Où es-tu? On t'attend depuis trois plombes!

– Laisse... moi... parler... Je...

– Qu'est-ce que t'as? Ça va pas?

– Écoute... André, ils vont le tuer...

– Qui?

– Faut pas qu'il aille... Ils le tueront... Paris, c'est... un piège... un piège...

– Explique-toi!

– Peux... pas... Je peux... Gaffig...

Elle entendit une porte s'ouvrir, et la voix de Dominique Mariani résonna :

– Dans la pièce du fond...

Dans le téléphone, Luzzi criait :

– Raymonde, tu es là? Qui menace André? Parle!

Raymonde raccrocha tant bien que mal le combiné.

Dans un dernier effort, elle repoussa l'appareil sous le fauteuil contre lequel elle appuyait son bras. Elle s'écroula. Une clé tournait dans la serrure de la porte. Dominique Mariani et Tony Murena entrèrent.

– Le chantier! commenta Tony tandis que Dominique s'approchait du corps de Raymonde.

Il se pencha et, sortant de sa poche intérieure une petite

glace qui ne le quittait jamais avec le peigne d'écaille assorti, il la plaça devant la bouche de Raymonde.

– Ah, le con. Elle n'est même pas morte.

Dominique se releva, fit un pas en arrière et, prenant son élan, envoya son pied dans la tête de Raymonde, qui rebondit sur le parquet puis s'immobilisa, formant un angle inhabituel avec le cou.

– Tu balanceras plus personne!

Dominique Mariani sifflotait le dernier tube de Dario Moreno. A Rouen, le transfert s'était déroulé sans anicroches. Aristote Papamandialis, le capitaine du *Rumero*, un vieux pirate grec qui avait bourlingué sur toutes les mers du globe, et sans doute aussi trempé dans maints trafics, connaissait parfaitement son affaire. Il avait prévu un transbordement par canot avant l'accostage. La marchandise avait été débarquée à l'heure dite, à l'endroit fixé pour la livraison. Elle arrivait du Triangle d'Or via Palerme, après un périple savamment calculé pour égarer les services des douanes.

Dominique attendait avec son équipe. Il avait prévu deux voitures, deux Mercedes noires. Il avait pris place dans celle de tête, à côté de Mozzicone, qui pilotait. Derrière, se tenait Perez armé d'un PM. Ange conduisait la seconde avec, à son bord, deux autres porte-flingues aguerris et tout un arsenal.

Si Dominique éprouvait à cet instant une telle joie, cela ne résultait pas du sentiment d'avoir réussi la première phase de l'opération, ni même de la perspective d'empocher beaucoup de fric, mais de la satisfaction d'avoir vu son frère, Félix, agir conformément à ses vœux et le charger d'une nouvelle mission qui le comblait d'aise. Enfin, Félix y voyait clair. Il se décidait à bouger. Le reste relevait de la simple routine. Dominique savait sélectionner les hommes. Aujourd'hui, les meilleurs l'accompagnaient.

Il sortit son paquet de Camel, alluma une cigarette, tira dessus avec délice.

Ce Fournier, il ne comprendrait jamais pourquoi son frère s'en était entiché. Depuis le début, il n'avait jamais pu l'encaisser. « Ce n'est pas un mec comme nous. Ça se voit tout de suite. »

Pour atteindre l'usine d'appareillage électrique désaffectée, on quittait la route nationale et on suivait une petite route mal entretenue, sinuant entre des terres en friche où se dressaient par endroits un hangar, l'enclos d'un ferrailleur, où des carrosseries de bagnoles rouillaient en plein air, une bâtisse abandonnée, des pylônes de lignes électriques dont la théorie s'enfonçait dans les ténèbres.

André Fournier respectait scrupuleusement l'itinéraire repéré sur le plan remis par Mariani avant le départ. Il roulait dans une Mercedes blanche en compagnie de trois de ses baroudeurs, au nombre desquels son fidèle Luzzi, armés jusqu'aux dents. Chacun connaissait parfaitement les consignes et le rôle qui lui était dévolu. Un briefing avait réuni toute l'équipe, la veille, en vue de la préparation minutieuse de l'opération.

Il avait beaucoup plu dans la journée. Une flotte boueuse emplissait ornières et nids-de-poule. Les nuages s'étaient dissipés sous le vent. Mais, avec le crépuscule, le paysage revêtait un aspect des plus sinistres. On l'eût dit repéré par un metteur en scène de mauvais polars. Félix avait choisi un véritable coupe-gorge pour réaliser le transit de la drogue. Sans doute espérait-il mettre ses hommes en condition.

La veille, Fournier avait eu une longue entrevue secrète avec Pradal. Il avait confié des choses importantes au président du MRN, qui s'était montré très réceptif et disposé à collaborer. Il avait aussi téléphoné au Balafré pour le tenir au courant. Il était donc paré. Selon son habitude, il avait réduit au maximum la part de hasard. La machine était lancée. Elle irait jusqu'au bout.

L'usine se composait d'un vaste corps de bâtiment en U fermé par une grille de fer à laquelle manquaient des barreaux. Le portail était ouvert. Dans la cour pavée, sur la droite, s'amoncelaient des caisses et des tonneaux, des gravats. De grandes fenêtres aux carreaux cassés s'alignaient le long des façades de brique.

Deux Mercedes noires stationnaient déjà dans la cour. Seuls étaient allumés les feux de position. Une silhouette se détachait à l'avant de la première voiture.

Fournier reconnut Dominique. Il estima qu'il était un

peu en avance sur l'horaire. Le comité d'accueil les attendait sans doute avec impatience. Sans importance pour ce qu'ils avaient à faire. Un peu plus tôt, un peu plus tard, cela reviendrait au même. *Alea jacta est.*

Jean-Louis Pradal n'éprouvait pas de sympathie particulière pour André Fournier, alias Janus. Mais il jugeait les hommes avec pragmatisme. Il reconnaissait les qualités de celui-ci et estimait à leur juste prix les services qu'il pouvait en attendre. Calculateur ambitieux, Pradal ne donnait rien pour rien. Fournier avait pris des risques en sa faveur lorsqu'il l'avait sollicité. Aujourd'hui, des obstacles se dressaient sur son chemin. A son tour, il l'aiderait à les surmonter. D'ailleurs, il y trouverait un profit immédiat.

En effet, au cours de leur entretien, Fournier avait intentionnellement laissé filtrer de précieuses indiscrétions. Il en savait beaucoup plus que ce qui transpirait de ses propos, en particulier au sujet de la drogue dont la commercialisation commençait à inquiéter les autorités. Mais le brusquer ne servirait à rien. Il s'enfermerait dans le mutisme, irait frapper à une autre porte. Pradal avait donc sagement décidé de se plier à sa tactique. L'essentiel étant qu'il n'en fût pas dupe et que son partenaire le sût. Plus tard, il en dirait certainement davantage. Si les dieux – ou le diable – étaient avec lui.

A partir de quelques allusions, qu'il pouvait recouper, Pradal perçait à jour les réticences de Fournier à propos de la drogue. Il fallait l'encourager dans cette attitude. Elle s'avérerait utile pour le couvrir plus tard. Lui-même avait reçu d'Italie des rapports confidentiels alarmants relatifs à l'offensive lancée par la mafia pour gagner de nouveaux marchés. Si on n'intervenait pas à temps, l'Europe tout entière serait tôt ou tard menacée par la pieuvre noire.

Pradal estima qu'il pouvait immédiatement monnayer les renseignements dont il disposait. Il composa le numéro de téléphone du *Grand Hôtel Noailles.*

– Je voudrais parler à M. Lindon Cooper, demanda-t-il à la réception.

– Un instant, je vous prie.

Au bout de quelques secondes, la voix nasillarde de l'Américain grésilla dans l'appareil. Pradal se félicita qu'il soit là. Il le connaissait de longue date. Cela remontait à Alger, en 1943, au temps du Comité français de libération nationale.

– Lindon, il faut que je te voie.

– Tu veux qu'on fasse *une bonne gueuleton ?*

– Non. C'est urgent.

– *Le bouilleubès* aussi, c'est urgent.

– Ne plaisante pas, Lindon. J'ai des tuyaux importants.

– *OK! I'm listening.*

Lindon Cooper appartenait au bureau des narcotiques. Il enquêtait depuis plusieurs mois sur la French Connection. La piste l'avait conduit à Marseille.

La Mercedes de Fournier stoppa à l'entrée de la cour, face aux deux autres voitures. Le chauffeur éteignit les phares mais laissa tourner le moteur. Fournier baissa la vitre, fit un geste de la main, et lança :

– Dominique, ça va ?

– Tout baigne. J'ai la marchandise. Y a plus qu'à la transbahuter.

Il fit un geste. Deux gars de l'équipe de Dominique sortirent et ouvrirent le coffre de leurs véhicules respectifs. Ils en retirèrent plusieurs valises qu'ils déposèrent à côté.

– Oh! s'écria Dominique devant le peu d'entrain des nouveaux arrivés, on n'est pas là pour se taper tout le boulot. Tes hommes pourraient venir donner un coup de main, non ?

Fournier comprit ce que signifiaient ces paroles anodines. Il descendit et le fixa d'un regard froid.

– T'inquiète, Doumé! Ils vont te le donner, ce coup de main.

A la seconde, les vitres de l'usine volèrent en éclats. Des éclairs jaillirent des fenêtres tandis que des détonations déchiraient la nuit. Deux hommes de Dominique s'écroulèrent en hurlant. Celui-ci, sortant son calibre et tirant au jugé, se jeta à plat ventre tandis que le reste de son équipe ripostait en direction des fenêtres d'où les salves continuaient de partir.

– Bande de fumiers! éructa Dominique.

Ils avaient oublié Fournier, qui, profitant de la diversion, était allé se poster derrière un amas de caisses. Pour

Dominique, il ne faisait aucun doute que ce traquenard était dû à une bande rivale qui les prenait pour cible, lui et Fournier.

– Les salauds! Ils ne nous auront pas comme ça! cria-t-il, bien décidé à sauver la marchandise ou à vendre chèrement sa peau.

Dans le même temps, deux légionnaires à la solde de Fournier jaillirent de la voiture, PM au poing, et arrosèrent la cour, en direction de Dominique. Celui-ci, atteint à la cuisse, poussa un cri.

– Ah!... Merde!

Cette fois, il avait compris. Fournier l'avait eu comme un bleu.

Luzzi avait bondi. De tous côtés, ça canardait. D'un geste prompt et sûr, il lança droit au but la première grenade offensive, suivie de deux autres. Les Mercedes noires explosèrent. L'essence s'enflamma.

Une torche vivante fusa et se roula sur le sol en hurlant. Une brève rafale mit un terme à sa pantomime tragique.

Un autre type tenta une sortie en tirant au jugé. Fournier l'ajusta calmement. La balle l'atteignit entre les deux yeux. Il arrondit la bouche et s'effondra.

Du côté de Dominique Mariani, les armes s'étaient tues.

– Combien étaients-ils? demanda Fournier.

– Je vois six corps, dit Luzzi. Y a le compte.

– Cessez le feu! clama Fournier. C'est terminé. Inspectez le secteur avec prudence. On n'a peut-être pas tout nettoyé.

L'arme pointée, parés à toute éventualité, les hommes de Fournier sortirent de leurs planques.

La cour était jonchée de cadavres.

– Un sacré coup! s'exclama Bornstein, que l'odeur de la poudre excitait.

Des flammes enveloppées d'une épaisse fumée âcre s'élevaient des carcasses carbonisées. Deux cents kilos d'opium brûlaient sous leurs yeux.

– Les anges vont crever d'une overdose, plaisanta Luzzi.

– Les anges, peut-être, dit Fournier. Quant aux démons, ils n'ont plus besoin de ça pour planer.

# 26

Lorsque Félix Mariani apprit l'échec de l'opération, le carnage dans lequel son frère Dominique avait péri, il entra dans une violente colère. Puis il s'enferma un jour entier chez lui, dans sa villa du Roucas Blanc, pour réfléchir. Des hommes de main sur le qui-vive assuraient sa protection. La menace rôdait partout. Désormais, il devrait se tenir en permanence sur ses gardes, tâcher de frapper le premier.

– C'est la guerre, dit-il à Pascal et à Tomaso venus aux nouvelles.

– Tu as trop hésité, observa Tomaso.

– Qui pouvait prévoir ? dit Pascal qui admettait encore difficilement la trahison de Fournier.

Celui-ci n'avait plus donné signe de vie depuis la fusillade, et ce silence était une preuve de sa culpabilité. L'air de Marseille allait devenir malsain. Et pas seulement de Marseille, car Mariani rameutait ses alliés, leur démontrant qu'André était resté un corps étranger au sein même du Milieu et que, à ce titre, il représentait un danger potentiel pour tout le monde. On ne serait tranquille, entre soi, qu'après l'avoir liquidé.

Jean-François Nicoletti et Jeannot Salviati furent les premiers à réagir. Ils y avaient quelque intérêt. En s'unissant à Mariani pour détruire l'empire de Fournier, ils entamaient sérieusement la puissance du Balafré, leur éternel rival. Ils n'ignoraient pas les manœuvres des deux hommes pour s'emparer des jeux parisiens. L'élimination de Fournier priverait Poggio de son principal soutien. Après, la poudre pourrait parler dans le bel immeuble de l'avenue Foch.

– Félix, assura Nicoletti de sa voix doucereuse, tu es des nôtres. Nous ne laisserons pas impuni l'affront de ces *pinzutti.*

– Merci. J'apprécie votre geste.

– C'est dans les moments difficiles qu'on compte ses amis.

– Maintenant, il faut trouver cet enfant de salaud.

– Nous mettons tous nos gens à ses trousses. On finira par mettre la main dessus.

– J'ai déjà pris mes dispositions. Soyez prudents. André, il est fort et rusé. Il peut faire mal.

– Tu as des tuyaux ?

– Non. Plus revu. Aucune nouvelle.

– Personne ne le connaît mieux que toi, Félix. Tu as bien une idée de l'endroit où il se planque ?

– Pas encore. Mais je sais qu'il reviendra à Marseille. Peut-être même qu'il y est déjà.

– Pourquoi tu penses ça ?

– Il y a Claudine.

– Qui est-ce ?

– La femme qu'il aime. Ils viennent juste de se marier. Il va pas interrompre sa lune de miel.

– Intéressant.

– Oui, cette gonzesse, on trouvera pas mieux comme appelant. Dès qu'il se pointe, il est mort.

A l'autre bout du fil, Salviati, toujours facétieux, même dans les moments dramatiques, rigola :

– Le coup de foudre, quoi !

A partir de cette date, Marseille et sa région connurent une série de règlements de comptes spectaculaires qui firent la une de tous les journaux. Les chroniqueurs s'en donnaient à cœur joie, exploitant le sang à grand renfort de titres tonitruants et de photos chocs. Les tirages grimpaient. Les lecteurs, toujours plus nombreux, attendaient chaque matin la suite de ce sanglant roman-feuilleton. En matière de journalisme, le crime payait.

A Paris, au ministère de l'Intérieur, on se contentait de

compter les coups. D'autant que la loi du silence fonctionnait sans le moindre fléchissement et qu'il devenait extrêmement difficile de trouver des indices et de recueillir des témoignages. Les indics restaient bouche cousue. Personne ne savait rien. Personne n'avait rien vu. La plupart des voyous que ne concernait pas cette affaire préférèrent quitter Marseille le temps qu'elle se règle. Au demeurant, les flics n'étaient pas tous mécontents de ce nouvel épisode de la guerre des gangs.

Avec son cynisme habituel, le commissaire principal Barberian observa devant un parterre de collègues convaincus d'avance et qui refusaient de lever le petit doigt pour épargner la vie d'un truand :

– Ils font le ménage à notre place. Laissons-les faire. Après, les choses seront plus claires.

Et puis, en ce moment, la police avait d'autres chats à fouetter. Les événements d'Algérie ne lui laissaient guère de loisirs. Marseille était sans doute une plaque tournante du banditisme, mais c'était aussi un des passages importants entre l'Algérie et la métropole : entre le FLN algérien et l'OAS, les flics ne chômaient pas.

Néanmoins, Barberian suivait très attentivement l'évolution de la situation, collectant le plus de faits possible. Il savait qu'une lutte à mort était engagée entre le caïd Mariani et Fournier, l'ancien flic, son challenger.

Un matin, vers onze heures, deux truands chevronnés, Mario Colora, qui avait appartenu au gang des Blouses grises, et Mathieu Baldi, sirotaient leur pastis à l'intérieur du *Bar de la Tourette*, sur le Vieux-Port. Leur « zinc d'attache », selon le mot de Mathieu. Ils épluchaient la page des courses dans le journal pour jouer à Pont-de-Vivaux et palabraient sur les mérites comparés des canassons. Soudain, une Mercedes blanche stoppa devant le bar. Deux types masqués, armés de pistolets-mitrailleurs, giclèrent du véhicule et, en moins de temps qu'il n'en faut pour le dire, arrosèrent la salle, puis remontèrent dans la voiture qui démarra en trombe. Les corps ensanglantés de Mario Colora et de Mathieu Baldi gisaient sur le sol, parmi les débris de verre, les tables et les chaises renversées. Ils ne sauraient jamais quel cheval choisir. De toute façon, ils avaient misé sur le mauvais.

Dix jours plus tard, en plein après-midi, dans les quartiers nord, l'ancien légionnaire Yvan Begovitch se trouvait avec deux de ses collègues à l'intérieur d'une DS 19 flambant neuve en stationnement. Il avait passé dans ce coin-là une partie de son enfance, rue de Lyon, au bas de la montée de la Viste. Après des années de baroud, il aimait revenir sur les lieux, respirer l'atmosphère de ces rues populaires qui évoquaient tant de souvenirs. Ce jour-là, il fit sa dernière visite : les trois hommes périrent criblés de balles avant d'avoir pu réagir. Une fois encore, les agresseurs s'étaient évanouis comme ils avaient surgi.

Un truand fut exécuté place Sébastopol. Un autre sur les allées de Meilhan, malgré la présence de son garde du corps, qui préféra fuir plutôt que de le défendre. On retrouva des corps dans les ravins de la Gineste, au bas du cap Canaille, dans les rochers, sous le pont de la Fausse-Monnaie. A la fin de l'année, on ne dénombrait pas moins de trente-sept règlements de comptes non élucidés. Le commissaire Barberian avait vu juste : c'était vraiment le grand nettoyage. Félix Mariani et André Fournier pouvaient mesurer le vide laissé dans leurs clans respectifs. Mais d'autres hommes prenaient la relève. Ni l'un ni l'autre n'avaient épuisé toutes leurs réserves.

Mariani ne se séparait pas de ses porte-flingues. Le plus souvent, il dormait dans un yacht au large de Bandol, où il se sentait plus en sécurité. Fournier se savait le plus menacé. Pour éviter d'être repéré, il changeait de domicile tous les jours. Le plus souvent possible, il téléphonait à Claudine pour la rassurer. Elle était folle d'angoisse. Lui cherchait à la protéger. Il se doutait que ses ennemis implacables, à défaut de le coincer, s'en prendraient à elle tôt ou tard. Il avait donc confié sa garde au fidèle Piero Luzzi, en qui il avait toute confiance.

– Chéri, se plaignait Claudine, tu me manques. J'ai besoin de te voir.

– C'est trop dangereux.

– Jusqu'à quand ce cauchemar va-t-il durer ? Je suis à bout de nerfs.

– Courage. Les choses finiront par se tasser.

– J'ai peur pour toi.

– Je ne veux pas que tu aies peur. Je sais ce que je fais.

J'ai encore beaucoup de cartes à jouer. Tu verras, ma chérie, encore un peu de patience. Après, nous serons de nouveau ensemble. Nous referons une croisière.

Alors, elle avait eu cette étrange réaction :

– Je prie pour toi.

Honoré Gaffigues passa une heure au *Péano*. Il aimait l'ambiance de ce bistrot en passe de devenir légendaire. Là se côtoyaient fraternellement les peintres du quartier de Rive-Neuve, dont Pierre Ambrogiani faisait figure de chef de file, avec ses frères Pascal et Toussaint d'Orsino, des journalistes – les trois grands quotidiens régionaux *Le Méridional, La Marseillaise, Le Provençal* avaient leur siège en face –, des écrivains, des maraîchers, des retraités, des truands. Tout ce monde composite vivait en bonne intelligence et dans la bonne humeur. On faisait des blagues, des espiègleries de potaches. On apprenait aussi tous les potins de la cité. Entre l'heure du pastis et celle du café, il se dépensait plus d'humour et plus d'esprit que nulle part ailleurs.

Gaffigues paya sa tournée à un ami transitaire. Ils parlèrent de la dernière grève des dockers, des difficultés du port autonome.

– Si ça continue comme ça, la clientèle fichera le camp. On aura l'air malin.

– Le gouvernement ne prend pas les mesures nécessaires. Il est trop mou.

– Il a peur de la CGT, voilà tout!

Un photographe de presse, surnommé Kiki, se joignit à eux. Il raconta deux ou trois blagues particulièrement salaces. Gaffigues écouta, rit, puis l'appétit le décida à aller déjeuner place Thiars, au *Caribou*, l'excellent restaurant tenu par Catoni.

Gaffigues adorait la cuisine. Il hantait les bonnes tables et dévorait comme un ogre. Tout jeune, entre les repas, il dévalisait les placards. « Tu es gras, Honoré, mais tu y prends peine », soupirait sa défunte mère, désolée de ne le voir jamais rassasié.

Gaffigues prit de nouveau l'apéritif. Le garçon apporta sur la table une quantité de hors-d'œuvre : des moules au gratin, du pâté de merle, des coquillages, des sardines à l'escabèche, des poivrons cuits au four, marinés dans l'huile d'olive vierge. Puis, on lui servit un loup grillé. Il arrosait les mets d'un vin de Cassis, un Château de Fontcreuse blanc de blanc, bien frappé, qui glissait dans la gorge comme une eau de jouvence. Une bouteille ne lui suffit pas. Il en réclama une seconde.

Quand enfin il se leva, il était un peu éméché. Le visage congestionné par l'excès d'alcool et de nourriture, il respirait avec peine. Dehors, l'air lui fit du bien.

Il se dirigea vers le cours d'Estienne-d'Orves. Le marché était terminé. La plupart des marchands de quatre-saisons avaient plié bagage. Les employés de la voirie balayaient les épluchures et arrosaient le carreau à grands jets d'eau bouillonnante.

Comme il traversait, une Mercedes blanche stoppa brusquement à sa hauteur, lui coupant le chemin. La portière arrière s'ouvrit. Des mains l'empoignèrent violemment, le tirèrent à l'intérieur. Avant d'avoir pu comprendre ce qui lui arrivait, il se retrouva assis sur la banquette arrière, le canon d'un revolver enfoncé dans les côtes.

Après Cassis, sur la route de La Ciotat, dans une zone de collines pratiquement déserte, le relais dit de *Belle Fille* servait d'étape dominicale aux familles phocéennes en quête d'espace et d'air pur. Un terre-plein faisait fonction de boulodrome où les amateurs jouaient à la pétanque. En été, la proche pinède autorisait de bonnes siestes sous les arbres crissant de cigales.

En semaine, presque personne ne s'arrêtait. L'établissement devenait une retraite solitaire et paisible, propice aux rendez-vous secrets.

C'était là que Fournier devait attendre Pradal et cet agent américain qui promettait de lui être fort utile, Lindon Cooper.

– Avance! Grouille-toi!

Antoine Gazelli poussa Gaffigues sans ménagement. David Bornstein et un autre type l'accompagnaient. Ils se trouvaient dans une maison isolée de la Bouilladisse, dans la banlieue de Marseille. Une de ces agglomérations qui tenaient par d'invisibles liens à leur immense voisine. La maison, sans grâce mais commode, avait été louée par Bornstein à une vieille commerçante à la retraite qui préférait vivre dans un petit deux pièces-cuisine du boulevard Chave plutôt que de venir « s'enterrer à la campagne ».

Ils descendirent l'escalier conduisant à la cave.

– Où m'emmenez-vous ? balbutia Gaffigues, effrayé.

Il avait perdu toute superbe. Son déjeuner trop copieux lui restait sur l'estomac.

– Ta gueule ! dit Bornstein en le gratifiant d'un coup de poing dans les reins.

– Tu parleras quand on te le demandera, ajouta Gazelli. Et on te le demandera bientôt.

– Tu as beaucoup de choses intéressantes à dire. J'en suis certain, renchérit Bornstein.

– Moi ? Je...

– Ta gueule, on t'a dit !

Parvenus dans la cave, ils lièrent les mains de Gaffigues à une poutrelle métallique et attendirent patiemment en fumant des cigarettes.

Une demi-heure s'écoula. Puis des pas retentirent dans l'escalier. La porte s'ouvrit. André Fournier entra. Gaffigues pâlit à sa vue. Une angoisse mortelle noua son estomac. Il eut un hoquet. Il venait de comprendre les raisons de son enlèvement. Il n'avait aucune pitié à espérer de ses ravisseurs.

Fournier s'approcha du prisonnier et lui donna un violent coup de pied dans le bas-ventre. Gaffigues se tordit misérablement au bout de sa corde en hurlant.

– Un acompte ! rugit Fournier. En souvenir de Raymonde ! Tu vois, j'en sais des choses !

Il se tourna vers ses hommes.

– Maintenant, le bal peut commencer. Je veux que ce fumier-là vide son sac. Qu'il crache ses tripes.

Pendant un moment, Gaffigues encaissa les coups en refusant de parler. Mais Bornstein, qui avait l'expérience des interrogatoires musclés, connaissait la méthode pour extirper les aveux et arracher des renseignements aux plus récalcitrants. Gaffigues ne résista pas à son traitement. Il déballa tout ce qu'il savait de la stratégie de Mariani, de ses projets, les informa qu'il devait prendre prochainement livraison lui-même d'une grosse quantité d'héroïne arrivant de Sicile par bateau.

Fournier jubila.

– Le nom du bateau ?

– Le *Capriccio*, souffla Gaffigues, sur le point de tomber dans les pommes.

Antoine Gazelli lui jeta un seau d'eau froide au visage pour l'aider à reprendre ses esprits.

– Qu'est-ce qu'on en fait maintenant ? demanda-t-il à Fournier.

– Qu'on l'achève. En mémoire de Raymonde et de toutes les saloperies qu'il a sur la conscience, je veux que ça dure longtemps.

– Laissez-le-moi, dit Bornstein, le regard fixe. Je m'en charge.

– D'accord.

Un sourire cruel étira les minces lèvres blêmes de David Bornstein. Il se dirigea vers l'établi où des outils pendaient au râtelier. Il prit une lampe à souder, l'alluma le plus paisiblement du monde, régla la flamme avec une minutie d'ouvrier modèle.

Quand il se retourna, la lampe à souder à la main, l'horreur ravagea le visage bouffi d'Honoré Gaffigues. Il hurla :

– Non ! Pas ça ! Pitié ! Pitié ! Non !

Sur le point de partir, André Fournier lança :

– Pitié ? C'est un mot qui ne faisait pas partie de ton vocabulaire.

Comme il gravissait l'escalier de la cave, un cri dément retentit tandis que se répandait une atroce odeur de chair brûlée.

# 27

Félix Mariani tomba dans l'embuscade tendue par la brigade des stupéfiants à partir des renseignements fournis par Lindon Cooper. Celui-ci assistait à l'opération sans y prendre part, en observateur. Quatre cents kilos d'héroïne se trouvaient dissimulés dans la proue du *Capriccio*. Pris en flagrant délit, Mariani, ses frères Carlu et Tomaso, plusieurs de ses hommes, furent arrêtés et incarcérés. Félix, qui, à part quelques brèves incursions en cellule dans sa jeunesse, pour des délits véniels, n'avait jamais connu le cachot, fut emprisonné aux Baumettes en attendant son procès.

Il marchait de long en large dans sa petite cellule en ruminant sa vengeance. Une étroite fenêtre donnait sur le massif de Marseille-Veyre, et les collines blanches se profilaient sur le ciel d'azur très pur.

Félix ne jouissait plus de sa liberté, certes. Mais il restait puissant. Les autres détenus le craignaient et le respectaient. Il mit au point grâce à eux des filières lui permettant de faire passer ses instructions à l'extérieur, de continuer de gérer son empire et de poursuivre l'implacable lutte l'opposant à son rival.

Par chance, Pascal, le plus intelligent de ses frères, le plus doué, avait échappé au coup de filet. Il avait un alibi en béton. Ce jour-là il subissait, en clinique, l'extraction de deux dents de sagesse. Tout le corps médical pouvait témoigner en sa faveur. Il conservait les coudées franches. Sans doute la police le surveillait-elle, guettant le moindre faux pas pour le mettre à son tour sous les verrous. Mais Pascal, averti, ne manquait pas de ruse.

Après avoir tant admiré Fournier, avoir cherché à l'imiter, Pascal lui vouait à présent une haine à la mesure de sa déception. Il saurait continuer le combat. Même si le clan avait perdu beaucoup d'hommes et s'il fallait surmonter les conséquences de son arrestation. Le trafic de la drogue n'avait été qu'ébréché par la prise des inspecteurs des stups. L'argent continuait de rentrer, à flots. A Paris, fidèles à leur engagement, Jean-François Nicoletti et Jeannot Salviati ne restaient pas inactifs. Quelques cadavres dûment assaisonnés, deux ou trois plasticages, témoignaient de leur zèle. Ils seconderaient Pascal fraternellement. Quand la fraternité rejoignait les intérêts, il n'y avait pas de souci à se faire.

Plus Mariani réfléchissait, plus il croyait en la présence de Fournier derrière le traquenard dont il avait été victime. La disparition de Gaffigues confirmait d'ailleurs ses soupçons. Mais, dans ce cas, pourquoi ce salaud n'avait-il pas livré les laboratoires ? « Pour les récupérer, tiens donc ! » De toute manière, Pascal avait veillé à déménager en urgence. Deux nouveaux labos avaient recommencé à fonctionner.

Les poulets disposaient de renseignements très précis puisqu'ils l'attendaient à l'endroit exact, qu'ils étaient intervenus au moment opportun, qu'ils n'avaient pas eu à fouiller longtemps le *Capriccio* pour découvrir la came. Cela imposait la piste Gaffigues-Fournier.

Ainsi, pour le réduire, l'ancien flic retournait-il à la case départ. Il l'avait livré à ses collègues sur un plateau. Ça ne pouvait pas s'être passé autrement. Il ne voyait personne d'autre, dans son entourage immédiat, qui eût osé le contrer de la sorte.

Mariani savait que, profitant de son arrestation, Fournier s'enhardissait. Il s'était montré en ville. On le lui avait rapporté. Probable que ce traître au double visage allait aussi voir sa gonzesse, Claudine. Une mijorée qui le snobait. Il ne la supportait pas. Une animosité instinctive l'opposait à cette femme. Quelque chose comme un réflexe de défense.

Si Fournier avait épousé une brave fille du peuple, docile, discrète, solide, comme doit l'être une vraie épouse de truand, c'eût été différent. Mais une doctoresse ! Une bourgeoise ! Elle avait certainement exercé une mauvaise influence sur André, qui l'aimait passionnément. C'était évident. Ça crevait les yeux. Sinon, il ne se serait pas embarqué dans le mariage. Il avait toutes les poules qu'il voulait. Elles venaient lui manger dans la main.

En vérité, le truand se sentait humilié par l'amour de Fournier affiché au grand jour, par la richesse qu'il étalait, le respect, voire l'admiration, qu'il suscitait dans les milieux économique et financier de la cité, les relations qu'il entretenait avec des personnalités proches du pouvoir. Fournier réussissait dans des sphères qui demeureraient à jamais hors de sa portée. Nicoletti avait mille fois raison. Dans Rome, il n'y avait pas place pour deux César.

Félix savait ce qu'il risquait s'il tombait sur un juge répressif. Le flagrant délit supprimait le bénéfice des circonstances atténuantes. Son procès se déroulerait au palais de justice d'Aix-en-Provence, dans quelques semaines, quelques mois au plus tard. Impossible de prévoir l'avancement des dossiers avec les magistrats toujours débordés par le nombre des affaires. Il écoperait vraisemblablement de la peine maximale prévue par le code pénal pour le trafic de drogue. Dix-huit ans de réclusion.

Dix-huit ans à ressasser derrière les barreaux tandis que Fournier, en liberté, le narguerait. Peut-être croyait-il avoir gagné ? Dans ce cas, il se trompait lourdement. Seule la mort pouvait empêcher Mariani d'assouvir sa vengeance. Et encore. D'autres se dresseraient pour prendre la relève. Jusqu'à ce que son honneur soit lavé.

Il songea à son village, à la plainte d'un *lamentu* qui s'échappait du *caselu*, et ce souvenir fit battre son cœur d'une nouvelle ardeur. Il savait que ce chant, d'une mélodie si déchirante, n'exprimait pas la détresse ni la mélancolie. Les femmes qui le poussaient ne s'y trompaient pas. Il ne célébrait jamais qu'un seul et même thème sans fin, repris sur le registre des voix plurielles : le thème de la vengeance.

Félix Mariani s'appuya aux barreaux de sa cellule. Les notes, les mots se conjuguèrent spontanément dans sa gorge.

Ce chant était un cri de guerre.

André tentait vainement de faire comprendre à sa femme quel danger elle courait.

– Claudine, il faut absolument que tu partes. Ils vont certainement s'en prendre à toi. Tu es ma femme. Cela suffit à t'exposer. Ils ne respecteront rien.

– Luzzi veille sur moi.

– Sa présence n'est pas suffisante. La maison n'est pas sûre. Je vais te trouver une planque où tu disparaîtras, le temps que ça se tasse.

– Mais je ne peux pas fermer mon cabinet!

– Il s'agit bien de ton cabinet! Chérie, tu ne vois pas quelle est la situation. Ces types sont des fauves.

Il la serra contre lui, embrassa tendrement ses cheveux, son front, ses yeux, sa bouche.

– Je ne veux pas qu'on te fasse du mal.

– Je ne veux pas me cacher. Débrouille-toi!

Elle lui rendit son baiser. Une violente avidité les poussait maintenant l'un vers l'autre comme si un paroxysme d'amour pouvait conjurer le sort. Le corps de Claudine s'électrisa. Elle tira André, le fit rouler sur elle, l'étreignit avec fougue, ouvrit les cuisses, haletante :

– Viens! J'ai envie de toi.

La glace de Venise renvoyait des reflets rouges qui inondaient le plafond sans éclairer la pièce. Il faisait chaud. La pénombre crépusculaire commençait à s'emparer doucement des choses qui s'effaçaient les unes après les autres dans une lente vibration de l'air.

Le maton accompagna Félix Mariani au parloir. Ils entrèrent dans une sorte de long couloir séparé en deux parties par une murette à mi-hauteur, surmontée, sur toute la longueur, d'une paroi de verre Sécurit. Des boxes s'alignaient de part et d'autre, équipés d'une chaise.

Le gardien en désigna un à Félix, qui s'assit. De l'autre côté, maître Eugène Gaboriot entra. Il posa sa serviette sur la tablette et prit place, face au détenu.

– Bonjour, maître.

– Bonjour, Félix. Vous avez l'air en pleine forme.

– Je vous retourne le compliment. C'est votre petite danseuse roumaine qui vous maintient?

– Elle est repartie danser ailleurs.

– Bah ! elles lèvent toutes la jambe, un jour ou l'autre. Plus elles sont légères, plus vite elles s'envolent. Je suppose que votre Roumaine est déjà remplacée.

Maître Eugène Gaboriot réprima un petit sourire fat.

– Chut ! C'est une femme du monde.

Pendant ce préambule, Mariani et son avocat vérifiaient que l'administration n'avait pas dissimulé de micro pour écouter leur conversation. Il n'y en avait pas. Ils pouvaient passer aux choses sérieuses. Un ténor du barreau comme Eugène Gaboriot ne visitait pas un caïd du calibre de Mariani pour marivauder sur ses dernières conquêtes.

Félix Mariani avait décidé d'éliminer Fournier, quel qu'en soit le prix. Il lançait un contrat de cent unités sur sa tête. Pour cela, il avait besoin d'un intermédiaire crédible. Tout désignait maître Eugène Gaboriot pour ce rôle.

– Où en sommes-nous, maître ?

– Je dois rencontrer le juge d'instruction demain, à quinze heures.

– Bien. J'ai confiance en vous.

– Vous pouvez.

– Alors, maître, allez voir mon frère. Dites-lui que je veux qu'on apporte des fleurs sur la tombe de Fournier. Je veux les plus belles fleurs. Peu importe le prix.

– Des fleurs ?... s'étonna maître Gaboriot.

Il savait que Mariani n'aimait pas les fleurs. Les seules qu'il supportait étaient celles qu'on portait sur la tombe de ses ennemis. Mariani poursuivit d'une voix sèche, le masque dur :

– J'espère que vous saurez transmettre ce désir. Je tiens tout particulièrement à honorer sa mémoire. Je vous tiens, cher maître, pour responsable de cette volonté. Elle doit être exécutée immédiatement.

L'avocat pâlit légèrement. Il savait de quelle mission Mariani le chargeait et ce que cela représentait exactement.

Il s'agissait d'un contrat. A partir de cet instant, il ne pouvait se dérober. Il devenait garant de sa bonne exécution, complice d'un ordre de tuer. Maître Eugène Gaboriot était un excellent avocat mais, hors du prétoire, il ne brillait pas par son courage. Il affrontait pour la première fois cette situation. Un engrenage venait de le happer et il le tiendrait jusqu'à la fin de ses jours.

– Alors, maître ? s'impatienta Mariani.

Maître Eugène Gaboriot répondit d'une voix altérée :

– D'accord. Je ferai ce que vous demandez.

Mariani lui dédia un sourire carnassier.

– Je n'en attendais pas moins de vous.

Maître Gaboriot regrettait maintenant d'avoir accepté de le défendre. Il était trop tard. Au départ, il n'avait considéré qu'une chose : son client payait bien. Il avait bien sûr rendu quelques services au Milieu, en particulier à Mariani, essentiellement des renseignements. Il avait aussi fermé les yeux sur quelques manœuvres envers des témoins. Mais aujourd'hui, il ne s'agissait plus de ce genre de vétilles. A présent, l'avocat était dépositaire d'un secret vital et ce changement d'état le plaçait aux ordres du truand.

En quittant le parloir, maître Gaboriot sentait son estomac noué. Il songeait qu'il existait des contrats qu'on ne passait pas devant notaire mais qui s'inscrivaient en lettres de sang. A l'avenir, seule la loi du silence, la loi sacrée de l'*Omertà*, lui permettrait de survivre.

Pour la première fois de sa vie, maître Eugène Gaboriot constata que des sueurs froides coulaient dans son dos.

Claudine s'étira avec une langueur de chatte. Heureuse. De la lumière brillait dans ses yeux clairs. Elle venait de faire l'amour avec l'homme qu'elle aimait. Elle oubliait tout le reste, les menaces, la clandestinité que voulait lui imposer André. Seules comptaient les précieuses minutes qu'elle était en train de vivre.

André somnolait, le visage détendu. Il ressemblait à un enfant. Elle s'attendrit. Puis, lancinante, l'inquiétude revint. Elle paniqua.

« Pourvu qu'il ne lui arrive rien. »

Elle enfila une robe de chambre et alla dans la cuisine préparer du café. André l'aimait noir, corsé, « à réveiller un mort », disait-il. Il le buvait sans sucre, suivi d'un verre d'eau glacée, à la mode italienne.

Dans le jardin, Piero Luzzi, levé depuis longtemps, discutait sous le platane avec un autre gars. Tout semblait calme, baigné de sérénité. Comment croire en la méchanceté du monde ? Comment penser que ce délicat équilibre pouvait être rompu à chaque seconde ?

Dehors, à proximité de la villa des Fournier, stationnaient une fourgonnette Renault et une BMW aux vitres teintées. Des hommes y surveillaient discrètement toutes les allées et venues. Ils savaient qu'André et sa femme se trouvaient à l'intérieur, avec trois autres individus chargés de leur protection. Ils savaient à quelle heure les domestiques arrivaient et repartaient, à quelle heure passait le facteur, et ils savaient aussi que le couple ne recevait plus personne depuis plusieurs jours, à part les habitués.

Une Mercedes blanche s'engagea lentement dans la rue. Elle s'arrêta au niveau de la BMW dont le conducteur – au visage dissimulé derrière des lunettes noires – baissa la vitre. Celui de la Mercedes fit de même.

C'était Pascal Mariani.

# 28

Derrière la villa des Fournier, entre les propriétés mitoyennes que séparaient des murs de clôture, se faufilaient d'étroits sentiers. Si l'on suivait ce labyrinthe jusqu'à son extrémité, on débouchait quelque huit cents mètres plus bas, à l'embranchement de l'avenue Talabot et de l'avenue de la Garde-Freinet. Presque personne n'empruntait ce dédale par où, les jours de pluie, les eaux déboulaient en torrents. Là se trouvait peut-être l'explication de son existence.

André aimait à se promener seul dans cet univers d'herbes folles, de ronces et de bruissements d'insectes; personne ne le dérangeait. Il sortait de derrière chez lui par un petit passage pratiqué dans la clôture et marchait en méditant. Par endroits, le chien d'un voisin aboyait à son pas. Cet itinéraire pratiquement inconnu ne figurait même pas sur les plans. Il offrait, par conséquent, un avantage de plus : celui de ménager une possibilité de fuite. André avait découvert cela par hasard, en fouinant derrière la haie vive de lauriers. Quand il ressentait l'envie de se soustraire aux gens, d'échapper à ses servitudes d'hôte, il filait par là sans rien dire. Même Claudine ignorait où il se trouvait.

Il était dix heures. Le soleil brillait haut dans le ciel. Claudine, enfermée dans la salle de bains, faisait sa toilette. Piero Luzzi assurait la surveillance. Avant midi, David Bornstein le rejoindrait. Tout était en ordre.

Fournier pouvait musarder en paix. Après tous ces

jours de traque, où il changeait de domicile en permanence pour égarer les tueurs lancés à ses trousses, il appréciait de retrouver ses habitudes, sans pour autant baisser la garde. Derrière les barreaux de la prison des Baumettes, Félix Mariani demeurait dangereux.

Il se glissa derrière la haie de lauriers, enjamba la partie du mur éboulée, se retrouva dans son domaine. Il arracha un brin d'herbe et le mâchonna.

Lundi, il prendrait l'avion pour Genève. Il avait plusieurs comptes répartis dans des banques suisses. Il pourrait aisément débloquer les fonds nécessaires à un repli stratégique qui permettrait de mieux protéger Claudine. Cette idée le hantait. La jeune femme était devenue ce qu'il possédait de plus précieux au monde.

De Genève, il téléphonerait aussi au Balafré. Il fallait qu'ils parlent pour arrêter une stratégie commune, pousser l'avantage. Il savait que son ami se débrouillait bien contre le duo diabolique constitué par Nicoletti et Salviati. Il était passé avec succès à la contre-offensive. Encore un peu de patience.

Il songea qu'il péchait peut-être par excès d'optimisme. Mariani n'était pas seul en piste avec Nicoletti et Salviati. Il avait derrière lui les parrains de la mafia qui avaient tout intérêt à le maintenir en place pour le trafic de la drogue. Sans doute les mafieux avaient-ils été mis au courant des réticences de Fournier, et de la destruction des paquets d'opium évanouis en fumée par sa faute, dans une usine désaffectée. C'étaient des manquements qu'ils ne sauraient tolérer. Voilà pourquoi il valait mieux prendre le large, se mettre au vert en attendant que ça se tasse. Où qu'il aille, du moment qu'il était avec Claudine, il serait heureux. Il avait assez de fric pour vivre largement pendant des années. Pendant ce temps, ses affaires continueraient à prospérer sous la houlette de Poggio.

Piero Luzzi se pencha à la fenêtre et inspecta la rue. Il ne remarqua rien d'insolite. Il n'y avait aucun véhicule en stationnement. Les volets de la villa d'en face étaient clos. Les propriétaires étaient absents depuis trois semaines.

L'ancien légionnaire leva les yeux vers les arbres. Les jardins en étaient plein, de toutes espèces : des pins, des cyprès, des platanes, des micocouliers. Sur ces hauteurs privilégiées, on respirait comme une odeur de campagne.

Dans le salon, Claudine fredonnait joyeusement un air à la mode. Elle s'appliquait à manucurer ses ongles.

– Où est André ? demanda-t-elle.

– Il est allé faire un tour dans le jardin, dit Luzzi.

Il consulta sa montre-bracelet. Dans vingt minutes, avec l'exactitude d'un soldat discipliné, David serait là.

Il passa dans la pièce à côté. Et jeta un coup d'œil dehors.

Une fourgonnette Renault suivie d'une BMW venait de démarrer et descendait en direction de la Corniche.

Il ouvrit la fenêtre :

– André, appela-t-il, il y a quelque chose de bizarre... André...

Il se dirigea vers le salon.

« Claudine aimerait certainement que nous retournions dans les îles grecques. Nous y avons été si heureux ! »

Il revit en pensée les escaliers de Santorin inondés de soleil, les étagements de maisons blanches dominant la mer, les placettes où l'ombre avait la couleur des roses. A Mykonos, ils s'étaient reposés dans une ruelle déserte, au pied d'un moulin. Devant eux, des volets bleus et jaunes, des bouquets de géraniums. Une réalité brute et sensible. Une harmonie primaire, tangible. Oui, dans cet archipel égéen auquel les dieux avaient prodigué leurs grâces, la beauté pouvait se toucher.

Soudain, l'air trembla. Une formidable déflagration déchira l'atmosphère. André sursauta, se retourna. Un nuage de poussière et de fumée noire, traversé de flammes, s'élevait derrière lui. Son sang ne fit qu'un tour. Il hurla intérieurement. Il se mit à courir.

« Non ! Ce n'est pas possible ! Mon Dieu ! Ils ont osé ! Ils ont osé ! »

Une terreur atroce le tenailla. Les tueurs à la solde de Mariani venaient de faire sauter la maison. Le nuage noir se développait, formant une torche lugubre dans l'azur. Ils avaient dû mettre le paquet.

« Pourvu que Claudine soit indemne. »

Il fallait qu'il aille voir sur place avant que les secours

n'interviennent. Il ne disposait pour cela que de quelques minutes. Il sortit son revolver. Les agresseurs pouvaient inspecter les lieux de leur forfait pour s'assurer qu'ils avaient réussi leur coup. Aucun doute n'était permis : ils voulaient le tuer, lui. Ils avaient préparé ça de longue main. Les salauds ne pouvaient pas prévoir qu'il serait sorti, en train de se balader dans un sentier à l'abri des observateurs.

Il pénétra dans la maison envahie de poussière et d'opaque fumée. Il se retint de tousser. Pour se protéger, il noua son mouchoir sur son nez et sa bouche. Il avança parmi les gravats. Les plafonds s'étaient effondrés. L'explosion avait été d'une extrême violence.

Dans le salon, il trébucha sur le corps de Claudine, à moitié déchiqueté, noirci. La douleur le submergea. Il eut l'impression que le sol se dérobait sous ses pieds. Mais aucune plainte ne franchit ses lèvres. Il ne craquerait pas. Il ferait front. Les auteurs de ce crime allaient payer la note.

Il poursuivit ses recherches. La cloison était éventrée. Des lambeaux de papier brûlaient. La porte, arrachée, se consumait lentement sur le parquet. Dans la pièce mitoyenne gisait le corps de Luzzi, atrocement mutilé, méconnaissable. Il n'avait rien pu faire.

Fournier mesura soudain combien il était seul. Il devait prendre le large au plus vite pour ne pas périr à son tour. Il fallait qu'il vive pour venger Claudine. Il lui devait bien ça. Il l'avait sortie d'un milieu douillet pour l'entraîner dans une aventure à laquelle elle n'était pas préparée. Elle l'avait suivi par amour. Elle ne méritait pas un si tragique destin.

Il considéra le cadavre de Luzzi. Une idée folle effleura son esprit. Ils avaient à peu près la même taille, la même corpulence. Avec un peu de chance... Pourquoi pas ?

Il enleva sa montre, décrocha la gourmette en or gravée de son prénom, les souilla de poussière et de cendre, et les fixa à la dépouille de l'ancien légionnaire après l'avoir débarrassé de ses propres bijoux.

Il prit son briquet, sortit son portefeuille avec ses papiers d'identité, l'enflamma. Il le laissa brûler un moment en prenant soin de ne pas trop abîmer les documents officiels. Puis il glissa le tout dans la poche intérieure de ce qui restait du veston de Luzzi. Les enquêteurs se fonderaient là-dessus pour conclure à sa mort.

Dans la rue, la sirène des pompiers et celle de police secours se rapprochaient. Un pan du plafond se détacha et tomba avec fracas.

Le lendemain, *Le Provençal, Le Méridional, La Marseillaise* relataient l'attentat avec force détails. Il ne faisait aucun doute qu'André Fournier, alias Janus dans la Résistance, ex-commissaire de la DST, personnalité bien connue du Milieu marseillais, avait péri sous les décombres de sa villa, avec le docteur Claudine Fournier née Chevalier, son épouse. Les journaux titraient sur un nouvel épisode particulièrement dramatique de la guerre des gangs. Certains chroniqueurs estimaient qu'on avait atteint le point d'orgue de l'horreur et que, dorénavant, Mariani étant sous les verrous et Fournier décédé, le climat de la ville allait enfin s'assainir.

Cette lecture combla d'aise Jean-François Nicoletti et Jeannot Salviati. Désormais, ils avaient les coudées franches. Non seulement, ils préservaient leur empire mais ils pouvaient espérer l'agrandir en s'emparant des débris de celui de Fournier. Le Balafré avait mangé son pain blanc. Il n'oserait plus les braver sur leur propre territoire ni nulle part ailleurs. Il serait bien inspiré de liquider ses affaires, son luxueux appartement de l'avenue Foch, et de se faire oublier.

Quand Félix Mariani pénétra dans le parloir des Baumettes pour voir son avocat, il savait déjà. Les plus épaisses murailles n'empêchaient pas le téléphone arabe de fonctionner.

– Félix, dit maître Gaboriot, les fleurs ont été livrées comme vous le vouliez.

– Je sais, maître. C'était un beau bouquet.

– Maintenant, pensons à votre procès.

Lindon Cooper retrouva Jean-Louis Pradal à son bureau.

– Vous avez les papiers que je vous ai demandés pour notre ami ?

L'Américain fouilla dans sa serviette de cuir et sortit les documents.

– Les voici. Tout est OK.

– Quand part-il ?

– Vendredi.

– Pourquoi si tard ?

– Il n'a pas voulu avant l'enterrement.

– C'est une erreur.

– *No, my friend, it's love,* le bel amour, comme vous dites dans votre langue.

– Je suppose que vous le verrez d'ici là.

– *Yes, for sure.*

– Il a encore beaucoup de choses à dire. Maintenant, il n'a plus de raisons de se taire. Il va vider son sac.

– Un type utile.

– Oui. Et pas si mauvais qu'on le croit.

Le président Jean-Louis Pradal ne perdait jamais de vue ses objectifs. A la lumière des récents événements, de grandes modifications s'étaient produites chez André Fournier. Elles révélaient en lui l'existence d'un être caché, refoulé, qui ne demandait qu'à émerger. Pradal était prêt à miser là-dessus.

– Quand vous le verrez, dit-il, assurez-le de ma compassion et de ma sympathie.

– OK.

– Nous aurions besoin d'hommes de cette trempe.

Pradal hésita puis ajouta :

– Dites-lui aussi qu'il a toute l'amitié de Larzac.

Les obsèques d'André et de Claudine Fournier rassemblèrent une foule composite. On reconnaissait parmi les membres de la famille et les amis, plusieurs inspecteurs des renseignements généraux, les représentants de la PJ de Marseille, l'observateur américain de la DEA, des truands, des curieux venus se mêler au fait divers, humer les parfums épicés du scandale. Les allées du cimetière Saint-Pierre grouillaient de monde.

Le tombeau où les défunts seraient inhumés côte à côte, pour l'éternité, disparaissait sous d'immenses couronnes et gerbes de fleurs. Il y en avait pour une fortune.

Les journalistes présents déchiffraient avec stupeur les provenances. « A notre ami Fournier », signé : « Ses collègues d'Amsterdam. » Hambourg, Bruxelles, Rome, Genève, toute l'Europe était présente, par fleurs interposées, aux obsèques de Fournier. Cela prouvait en quelle estime on le tenait. A force de ruse, d'intelligence, de volonté, il avait réussi. Il était devenu un grand caïd de la pègre internationale. Un prince.

Quelques alliés du clan Mariani, venus en observateurs, et perdus dans la foule anonyme, s'effrayaient de voir les parterres entiers de fleurs. Ils reconnurent même quelques personnalités du Milieu international. Ils comprenaient, confusément, qu'une limite interdite avait été franchie et que les conséquences seraient terribles. Il est des erreurs sur lesquelles il est impossible de revenir. De toute évidence, l'assassinat de Fournier en était une.

Le lendemain, dans sa prison, en lisant les commentaires des journaux relatant l'événement, Félix Mariani mesura combien il avait sous-estimé le poids réel de son rival. La haine l'avait rendu aveugle, imprudent. Il s'était départi de cette sagesse qui lui avait si longtemps permis de jouer le juge de paix.

Soudain, il eut peur.

# Épilogue

Un homme, qui devait avoisiner les soixante-dix ans, marchait vers les grilles du port, tournant le dos à la mer. Il tenait à la main une sacoche de cuir noir gaufré. Une fine chaîne de métal attachée à la poignée disparaissait dans la manche de son costume croisé gris anthracite. De petits carnets aux feuilles jaunies emplissaient une boîte de métal qui avait trouvé place dans la sacoche. Derrière lui, deux élégants aux épaules cependant assez larges pour ne pas être de simples touristes avaient pris le rythme des pas du vieil homme. Le plus costaud, s'approchant d'une DS noire, ouvrit la portière.

Le commandant Larzac pénétra dans la voiture. L'homme s'assit à côté de lui, tandis que son compagnon montait à l'avant. Les secrets de Battisti étaient revenus à leur premier destinataire.

– Nous rentrons, fit Larzac.

Le chauffeur tourna la clé de contact. Lentement, la carrosserie se souleva. Puis la voiture s'engagea entre les grilles et fila sur le quai du Lazaret. L'ancien résistant tourna son visage vers la mer et vit au loin la grande silhouette du *Bruly*, qui filait droit vers la barre orange et pourpre qui, à l'horizon, tentait de départager le ciel et la mer.

Le mugissement sourd de la sirène du *Bruly* effraya un vol de mouettes qui s'enfuit en poussant des cris navrés. Il appareillait pour le Maroc. Le crépuscule teintait le ciel de rouge. Le mistral allait se lever et souffler au moins trois jours.

André, accoudé au bastingage de la poupe, regardait s'éloigner la silhouette familière de Notre-Dame-de-la-Garde dominant la ville illuminée. Cette ville qu'il aimait et qu'un destin cruel l'obligeait à quitter.

– Je reviendrai, dit-il.

Il en fit le serment à la mémoire de la femme qu'il avait aimée et qui reposait sous une dalle de marbre, à côté d'un homme qui n'était pas le sien. Sa liberté était à ce prix. A tous les moments de son existence, il s'était montré réaliste. Mariani croyait l'avoir éliminé. Mieux valait qu'il continuât de le croire. La surprise serait un jour plus éclatante. Mariani purgerait sa peine. Les années s'accumuleraient sur lui. Les mœurs changeraient. De nouvelles meutes de jeunes loups mordraient à ses basques. Ainsi allait la vie.

Cependant, malgré les aléas du temps, son désir de vengeance demeurerait intact. Entre Félix et lui, il y avait trop de sang. Et le sang appelait le sang.

Dans quelques jours, il serait en Argentine. Des amis l'attendaient. Il pourrait recommencer.

La côte se réduisait à présent à une simple masse horizontale plus foncée. La nuit était tombée. Quelques étoiles s'allumaient au firmament. Une face de Janus se perdait dans l'ombre opaque du passé; l'autre se tournait résolument vers l'Occident encore lointain et mystérieux où brillait le soleil d'un nouveau destin.

# Table

Première partie : NAISSANCE D'UN CAÏD.... 7

Deuxième partie : LES ANNÉES DE BRAISE.. 85

Troisième partie : LE GOÛT DE LA CENDRE 199

Épilogue .............................. 277

*Cet ouvrage a été réalisé par la*
*SOCIÉTÉ NOUVELLE FIRMIN-DIDOT*
*Mesnil-sur-l'Estrée*
*pour le compte des Presses de la Cité*
*12, avenue d'Italie, 75013 Paris*
*en novembre 1994*

*Imprimé en France*
Dépôt légal : juillet 1994
N° d'édition : 6253 - N° d'impression : 29163